纸老虎

我在此生此世界

北方联合出版传媒(集团)股份有限公司
万卷出版公司

目 录

混乱而严整的季节　　　　　001

领着灵魂和植物在山野行走　014

我在此时此世界　　　　　　024

山　顶　　　　　　　　　　042

阅读与呼吸　　　　　　　　048

对大地的情感是

　　人类最古老的智慧　　　062

思想的尘土（上）　　　　　070

思想的尘土（下）　　　　　089

生命的沉思　　　　　　　　117

祖父是一粒粮食　　　　　　121

荒火？原野　　　　　　　　126

一个少年的幻想与远方　　　132

海边遐思　　　　　　　　　139

站立海边　　　　　　　　　144

一个人走在海边　　　　　　148

某一城市　　　　　　　　　153

瓯海行：止于纸山　　　　　158

坚硬的风景　　　　　　　　169

鹰　穴　　　　　　　　　　172

在大地上走丢　　　　　　　175

寻找城市入口　　　　　　178

去了高原的兄弟　　　　　182

归乡者　　　　　　　　　195

苍凉的天穹　　　　　　　199

鲁西故事　　　　　　　　205

记忆的重量　　　　　　　219

遥远的岁月　　　　　　　231

陌生的父女　　　　　　　236

漂泊者的悔愧　　　　　　239

街　边　　　　　　　　　246

一次活动　　　　　　　　249

返程票：我把自己寄回去　251

赴京纪实　　　　　　　　255

被烧红的秋天　　　　　　260

还是那个山谷　　　　　　262

去枣庄的路上　　　　　　265

诺贝尔文学奖在哪里　　　269

在榆次偶遇　　　　　　　273

忏悔我就原谅　诚实我就原谅

　　　　　　　　　　　　277

生动的大地　　　　　　　280

中年的血浆因青春而汇流　283

股市和生命蹦极　　　　　287

群鸟铺地 292

门口的芙蓉树 294

绵延的友谊 296

我的新编词典 300

原来校庆是这样的 310

赤条条地洗洗自己 316

走到教堂然后返回 318

生命的不等式 320

学校今天陷落在高考里 322

生命随记 326

谁来安慰我的孤独 328

闪电是天空的刃 330

盐碱地 332

犄 角 334

木 犁 336

苦艾的月亮 338

梅 339

平原上的黄昏 341

平原雪 343

泥 土 345

平原上的葬礼 346

平原上的荒火 348

混乱而严整的季节

世界在秩序里呈现出美。

——歌德

　　春天，地门大开，万簇光芒从泥土中射出，照亮所有越冬而来的枝干，和所有埋在土地中的种子。

　　春天，绿色和花朵的暴动将至。这是春天的程序，一个古老的程序。一场无声的惊雷将以视野的方式出现，在每一粒土的内部滚涌。暴动发生，泥土复活，沉默的泥土中深藏暴力。泥土成为伟大的雕塑。我望着万物，身体虚弱，呼吸衰竭，奄奄一息。我不参与暴动，我沉入泥土与根缠绕，并甘心背负暴动策划者的罪名。

　　春天的力量在树根和树梢之间奔跑。树梢是树的一部分，但树梢和树却更像两种事物，我不知那条神秘的分界线在哪里，但坚信它的存在。而树梢与鸟儿或云朵更可以构成一种事物，而如若它与天空构成一种事物，似乎更加完整——它多么像天空的血管和掌纹！所以树梢生长在树上，却似乎不属于树。我总是觉得树梢属于神性之物，有神迹。树梢如同树的一种果实，被天空采撷，被秘密窃走。而有些事物之间看似最清晰明确的、铁律一样的分界线，其实是完全不存在的。比如树梢和鸟儿之间，和云朵之间，和天空之间。裂痕，有时只是一个美丽的沙画的纹路，轻轻一擦，便无。在世界内部，其统一性更大于差异性和分割性。一切分界线都是连接线。所以，重新确定一切事物之间的分界线，就是在改变世界。

春天的空气里隐隐有种发情和死亡的气息。发情的气息在每一件事物上都能闻得到，更容易从自己的内心里感受到。而死亡的气息并不是来自正在发生的死亡本身，而是从逃过了死亡的人与事物的呼吸中散发出来的。这其实也就是万物发轫的力量所在。没有比生与死靠得更近的了。正如一切的生长皆是从死亡之中。没有结束，哪有万物之始！

在春天的山野里遇到树的人是幸运的。——山野里到处都是树，所以，山野里到处都是幸福的人。这株站在山脚下的槐树，我几乎从所有方向凝望过它。在大山里，看惯了密密麻麻大片大片的树，突然遇到一株这么有风骨的独立的树，我承认我被它征服了。春天的树，在经历了激越和萌动之后，枝繁叶茂，郁郁葱葱，姿态高岸，但走近它，才发现它的树干比我想象的更遒劲，充满结实的力量。它是树中的美男子，它的背景也美奂。树下一条模糊的小径像述说也像留白。我似乎在前世已经见过它。它像从岁月中伸出来的一只手臂，有力地钳制住了我。那枝头的光泽，幽暗而饱满。

就像植物的血色和气色，含着一种被压抑的力量。那是沉入土地中的阳光，在沉默、酿造之后，伴着泥土之光，沿着从根开始的树干、树的方向重新生长出来了。阳光从来不是只有直射、折射，而是拥有无比丰富的照耀、循环、交融的方式。——而我们只习惯于仰起头来阅读光芒。

初入夏门，艳阳高悬，大地繁茂，红隐绿肥。在山野徒步几十里，步子有缓有急。饮山泉乳，摘槐花香。坐硬石条，卧细沙地，仰躺柴草，背靠树身。见柴扉见果园见幼果见幽湖见怪石见野狗见遍野幼苗，遇农人问耕种，遇路人奉问候，亦自言自语。那浓密的树林间疏朗而斑驳的影子，是炎热的夏季最美的颜色，那简直就是晾晒在大地原野里的灵魂的衣衫。

但我一直不很喜欢夏天，这种感觉在我对四季产生评介之初一直到现在不曾改变。夏天过于滥情，在这个季节一切都那么易于腐烂，到处都散发着腐浊之气。食物那么不禁放，池塘里的水也生满绿萍。蚊子苍蝇以及各种螨虫、微生物充满世界的各个角落。世界浮躁而肤浅，心不安生。我们的身体也处于濡热的糟烂过程中。在夏天，生活中的女子更容易被勾引。这并不仅仅因为她们的裙子撩拨起来更容易，而是生命里湖心的水浅了，更容易被撩动。

从南山上下来的风带着微微热浪奔至我窗前，然后在扬起窗帘和植物的叶片之后，穿堂而过。我心情木木地坐在茶几前吃着酸甜的麦黄杏，想着田野里正在经历着的麦收，会突然感到一种自己被隐藏起来的人生况味。其实现在的麦收已完全不比我童年的麦收了，那时的麦收多么浩大啊！一想起童年故乡的麦收，我就想起忙碌的姥姥，想起生产队打麦场边上的糖精水和绿豆汤。我至今记得六七岁时，麦忙炎热之际，我在和伙伴疯玩之后，在几乎热得冒烟的打麦场旁的树荫下，姥姥给我舀了一碗清凉的糖精水，喝下后的爽快。现在人们知道了糖精水对身体有害，但那时却是专给打场的汉子准备的。而在山野，我一直觉得喝生水才是真正喝水。撅着腚，趴在泉眼上，嘴唇和冰凉的石头碰在一切，骨头瞬间变凉。那样喝下的水，才是圣水琼浆。那样喝水，喝下那样的水的人，就是仙人。

在声势浩大的麦收之后，那遗落的麦穗，比麦垛上的麦穗更充满着耀眼的光辉，在我的童年，它对姥姥的意义更深刻，那也是泥土更深厚更细腻的情愫。我曾多次跟着姥姥去捡拾麦穗。在田埂上在麦垄间，我稚嫩的步子和姥姥沉实的步子一起丈量着麦地和夏天。我觉得，姥姥一直处于我和麦穗之间，我们三位一体，做着相同的姿势。一生不变。而处在我和麦穗之间的姥姥，那么瘦！

我虽然不很喜欢夏天，却喜闻夏日惊雷的轰隆和震响。只有雷声与乌云悬浮在空中的时候，才能看到一点夏日世界本来的庄严。除此之外，夏日让这个世界只剩下过敏的、燥热的、黏糊的肌肤，夏日只有蚊虫、浮苔、食物变质时的绿毛，而世界的魂魄已经丢失了。

夏风在力度上并不比冬天凛冽的寒风小，我曾在一个上午，在杨树林里，亲眼看到劲风吹断了一株直径十几公分的杨树。开始是先听到一声巨响，几乎像石头砸在石头上的声音，顿时有恐惧感。当看到没有异样时，以经验立即判断是树断裂的声音。之后又有几声稍弱的断裂声传来，便向着那株树走去。我看到了数个树断裂的新茬口，因为压在了另一株树上才没有完全断裂开。

夏天喧嚣，其实是呈现着另一种沉默的特征，它释放所有声音，逼退一切发言者。蝉在密叶间殚精竭虑，石头和土壤正在融化。万物在生长中，抬高大地，曾板结的小径也重新开始生长野草，却把小径掩埋了弄丢了。心野蓬勃芜杂，迷茫阻挡光芒。大地上看不到脚印，翅膀只能在被遮挡的空中现出翅膀的局部。大地充血过度，生命遭遇另一种空前危机。远处悬挂的地平线，是激情昂扬还是绝望？夏天的疯狂和混乱其实包含了另一种法则和秩序。万物从容中，唯我慌张。我在想，是谁掌握着这一切？既然有万能掌握者，那么，我愿意将我的一切上缴，我废弃自己的一切权利，包括生与死亡，包括欢愉与痛苦，渴望与绝望，智慧与思想。以及呼吸的权利，我也不再执行，全由万能的掌握者代替。是的，这个世界上，不存在人的任何业力，没有尊卑，只有掌握者的意志是存在的唯一。

每一天的消失，都让我无比慌张。只有我自己知道我是如何承受着内心每时每刻都发生着的颤栗。在夏日疯狂的生长里，生命内部，是那么遥远，它以更接近真实的状态对抗着身外的虚空和假象。其实，即便这样，我仍然不能相信内心的真实。我的灵魂就像小径一样被掩埋被丢失。我已经放弃了追问我是谁，来自何处，去往哪里。因为我没有被追问者，甚至我亦不是追问者。——我不在。

只有疼痛，能让我的生命固定，能让我感到自己隐约存在。

夏日，整个原野和世界都正忙于生长，植物向着高处奔跑。以对横向的否定，确定它们的高度和高贵的品格。秩序的遵守，让它们拥挤而不混乱。广袤的土地，知道如何约束每一株植物。向上和向下，是人类失去了的方向，直到最后，人类再也不配拥有这样的方向。而浩瀚的植物们在阳光引领下，在大地统一支撑下，万音颂唱。哦，天光，天光，天光。

我并不陶醉和迷恋夏日的疯狂生长。虽然我一直歌颂生长，但这生长和夏季都是世界的自然性，无须歌颂。它是四季更迭，时光滚动中的一环，是大地的受孕和孕育。是时间的消失和谷物的逐渐呈现。你何曾见过世界如此充满光泽？但我一直不陶醉于其中，所以我在跟随世界静止的部分行走，而心灵不来到这夏日。所以我也是这个季节最早枯萎的那一株。所以，在我生命里，夏季从不到来。此时，我正绕过它。或者我是跟随别人来到别人的季节。时间里，我找不到另外的路径。

因为雨季到来，我走进原野深处的难度越来越大，次数会减少，这是一种对我的折磨。泥土一直那么泥泞，不能定型，无立足之地，只适合庄稼站立。而那些浓密的庄稼、野草、荆棘、灌木把整个原野封锁，连山路也全部占满掩藏，走进去，也是四面屏风，只能看到刀形的天空。但这都不是我不走进原野的理由。还是蛇、蜥蜴、豆虫等这些活物让我恐惧，一旦它们出现，四面屏风就会变成四面绝壁让我难逃。

夏风之凉，是农人最喜欢的。尤其从禾苗和麦浪上滚来的风，对农人来说，像一盘爽口的凉菜，像一杯通体透凉的冷饮。他望着禾苗和麦浪，像一个将军望着他的士兵。但农人心里仍然想的是新粮与粮囤与透明的胃之间的关系。以及收获之后播种玉米的忙碌。

秋天了。玉米是秋天的宏大象征。夏天的所有力量藏在庄稼里，与秋天汇合。那后面的路途，将变得庄严。立秋，这原野的盛事，将在明亮的苍穹下，悄悄完成。

秋色，最早是从石头上呈现出来的。比如南山。你会感觉到那石头上的阳光里也会有影子，而在春夏完全不会有。此时，万物更加繁茂，大地的光芒被遮蔽，更多的阳光悬浮在庄稼和树木的上空。此时，世界如此清晰，纹脉中的往事入心入髓。此时，身材颀长，皮肤白皙，长发飘飞的女子适合站在山岗上。我的美丽女人们，原野和秋天在呼唤，你们站到山岗上来吧，在秋光里沐浴，在晶蓝的天空下梳妆。从此大地与我都不感伤。

而美丽的农妇一直站在山岗上。

秋天明显比夏日静一些。我并不只是说人，而是包括动物、昆虫、植物，以及空气在内的一切。秋天，似乎一切都在整体地悬浮着，并在这悬浮中开始微微下沉垂落。包括一切生命，包括这个季节，包括尘土。所以，即便离开世界的人，这个季节也比夏季多些。那是生命的下沉。也只有在秋季，我允许自己获得少许快乐，并赦免自己快乐无罪。但决不可轻薄和放纵。只有和情人相聚，可以得到我自己对自己彻底的赦免。

秋天的阳光像是被打了格子，清晰条理。万物的纹路肌理如同刚被洗过，世界的呈现更充满层次也更加充分，体现着格物之美。几乎可以在任何一件事物上，看到透明的影子，拨开记忆和回溯的通路。在秋日长空下凝望着的人，他的灵魂，亦像身体里活动的影子。此时，我们向精神内部的深处望去，视力优异。在秋分这天，目光毫无阻挡……

无边的玉米地，浩瀚的青纱帐，总是能给予我们一种心情。穿行在玉米地里，你会感觉世界多么真实。是一种很有根据的真实。面对着庄稼之间那互相连接的小路，你是渴望远方，还是渴望归乡？

秋天，不仅仅谷物成熟，果实成熟，叶片也在成熟，没人收获叶片，会最终赠还大地。这是叶子的幸运。它将归根，或漂泊于风中，在远方归根，进入新一轮循环。成熟之后，下一个环节是酿造，并不只是农人家里开始了储存和酿造，而是整个世界开始了储存和酿造。所以整个世界在秋天满溢香气。

我们陶醉于收获，我们看不到土地下面，长粗了的根，和新生的根。根脉在泥土的深处，形状和火焰一样。并且像火焰一样，用它的温度烤着土地。在收获之后，所有的根依然沉默着，远离所有赞美。

对于今年的庄稼，去年的庄稼和所有的根正是它的史前。

在庄稼的根部，应该是生命的广场和坛城。广袤的大地，藏下的是根和声音。旺盛地生长，是一种超越我们听觉的轰鸣。在这沉实的秋天，已经找不到开放的力量。花瓣快乐地枯萎，花朵归梦。那是大梦，是永恒的梦境。永恒就是我们感知到的"无"。泥土一直给予我们生长的暗示。而远方，水泥和沥青构筑的世界已经不能再次生长。水泥的世界在打扮我们的死亡。因为它们是已经死亡的泥土。

天下是个圆环。因循环往复而永恒。因重复和失去意义而永恒。但当它成为困境的时候，天下，就是一个圆柱。我们像驴在磨道，永远围着它转，却爬不上去。就像里尔克说的，我们围绕着古塔，绕行了千年。

深秋，霜冷大地，无边原野上，所有的收获结束，最后的花期消失，花瓣崩溃，枯叶生脆。生长的力量，再次回到泥土自身的生长，回到泥土内部的生长。阳光透射层次分明的土壤，土地的精血需要补偿。分娩之后，大地要清理浊物和污血。节气像一个巫师，为土地的伤口念诵口诀。这是土地的威严，所以它慈祥而又冷酷地驱逐了人类。它巨大的忍耐，要整整一个冬天。

当一场冬雨从下午落下，这个冬天就真正地到达了我们的门外。世界灰暗而混沌。我站在中年的码头，会突然失去对一场雨的理解力和感受力。我躲在暖气的房间里，听着有些坚硬的雨声，我渴望一盆通红的炉火。在火焰旁边，让自己像个怕冷的、哮喘的、意念呆滞的老人。烤着火，让血液不那么冷，仍然能汩汩流淌，却想不起所有的往事。遥远的青春在遥远的悬崖忍受荒凉。

冬天最耀眼的意象当然是雪。……雪一直下着。早上醒来时已下了厚厚的一层，山野一片白茫茫，还没有化尽的残雪，被新的雪压在下面，形成记忆层次。雪静静地下的时候会给天地增加一种特殊的神韵，让我感到，即便今天已经没有了炉火，没有了火焰的跳跃，而内心的夹层里，似乎仍然能感受到火焰的辉映和氤氲。雪，火焰，生命，冬日的景象。

而在温暖的边沿和边沿之外，一切似乎都被冻僵。

在这个时代，在这样的现实中，在寒冷的城市中，我常常找不到语言开始的地方，也找不到语言结束的地方。城市更加僵硬，一切都如此分裂，如此混乱。人类，自从有了城市，便获得了更加巨大的罪恶的生产线，和盛放罪恶的容器。所以在这里，我们所看到的表达，是如此莽撞和武断，如此突兀和莫名其妙，他们根本不认识世界，不认识季节，不认识这个世界上的任何事物，他们看到的一切都是人类新造的事物。他们彻底地失去了自然的秩序，丧失了在美好的秩序中发现和获得美的能力，所以他们如此没有庄重没有教养，语言完全脱离了语境，他们最大限度地延续在无序和无逻辑的状态中。这也应该是粗暴语言肮脏语言横行的根源。

当天空变黄时，岁月也就变成黄色的了。所有新到来的时间也都散发着陈旧光泽。这也暗喻着无论正发生的现在，还是被我们命名的未来都是陈旧的。——时间内部一直隐含着回溯的属性。也许时间里的我们，一直是退行的。即，一切皆已发生过，并已被定型。我们只是重新去经历。这也说明世界有定数，并可以被预言。

大地的枯萎，是生长的一个环节。循环，是一个真正伟大的意义。它甚至摧毁了所有局部的意义和过程的意义。死亡和降生在自然界衔接得那么完美，把造物主的意志呈现得如此合理和充分。而这一切，几乎被我们感觉不到。所以，伟大的造物主，用呈现掩盖了一切。或者，也藐视了一切。而一切的藐视，皆是对人类的藐视。

在冬天，我喜欢那些从夜里下的雪，这样，当我从睡眠中醒来，一站在窗前就能看到它，并看到这美好的事物仍然在发生中。雪花的轨迹是垂直的，落在地上是横向铺展的。美好的、圣洁的雪铺过道路，铺过草地树林，铺过湖面，并随着渐渐升高的山坡一直铺满我的南山。世界被连在一起，沟壑和裂痕被抹去。只有站立的树干和电线杆在这洁白大地上画下直线。

一场雪，像一个素缟的梦，酝酿一次春天的苏醒。此时，最忙碌最活跃的是地下所有植物的根，那是一场地下风暴，所有的根像大地的筋络，把大地编织得更紧密。只是我们看不到这一切，就像从没有看到世界的本象。根的伸展里，冬眠的动物们也在抖动的泥土中醒来，光出现在洞口，没有冬眠的人在洞口移动。

而冰棱，挂在房檐上。那是天空的嫩枝，宇宙的新芽。

山里的野湖，会被锁住整整一个冬天。冰是坚硬的枷锁。寒风一直吹它，雪一次次覆盖它。湖缩得很紧。期待春嫩阳暖，雪消冰融，一个断枝把湖砸醒，把明亮的眸子重新映入我们的眼帘。那一瞬间，在冰融的过程中似比看到初现的嫩绿和初开的花朵更令我惊奇。这是刚刚离开的冬天最后的尾部，最后一块冰，是冬天的最后一只脚印。它让我感到了大地上的不舍之意。比回忆和遥望更真实、怅然、缱绻。在融化中它静静的边缘部位的缩小，比将至的声势浩大的春天更强烈。

而不久之后的某一刻，当冰最终消失，那将是世界最深刻的一次告别和变奏。它将比对季节的迎接更能对灵魂产生触动，比不可阻挡的生长力量在大地深处的断裂更能产生隐隐的疼痛。我说过，我是一个很喜欢冬天和深秋的人，这几乎是从少年时代就确定了的。至今没变。去年的春天，我告诉自己，年龄越来越大了，该喜欢春天了。暗示的作用下，我真的比以前喜欢春天了。现在春天又来了，我想我会对春天喜欢得更多些。在春天的萌动里，复活自己生命中的春天。让自己跟随节气伴着万物一次次生长！

残雪犹存，春天已经从这里整装待发。四野的乡村里偶尔传来的农人莫名的鞭炮声，正如地下春天的滚雷。很快，大地的惊蛰就要来临。

花期即将到来，我暂时停止忧伤。让将至的最深的花之海埋藏绝望。与时光一起进入季节永恒的滚动和循环。

大地呈现生命的过程，人类忘记了感动。

看啊，在远山，乌云正在降临。春光也在降临。

四季衔接，并一直这样奔跑。

领着灵魂和植物在山野行走

　　我看见，树梢上最高的那片叶子，在大风中离开那株树后升高，已经到达了天空的最深处，那正是它可以到达的天空的最低处。

　　树一直在山野里等着我们。

　　在北方最多的就是杨树，它高大挺拔，和北方人的气质明肖暗合，初春，在叶片生长之前，它会先吐出穗子，穗子非枝非叶非花，亦非果？我故乡叫白杨狗子，从乡人口中说出来是白浪狗子。在北方的旷野上，白杨林远远望去像一种影子的雕像，更像一种往事，每每望到它，我总会在内心里激动。但我更愿意深入其中，成为它们之中的一株。

　　在山里，树是守护大地的士兵，它们遍布路旁、地边、山坡、幽谷、山顶，它们不择土壤，随处而生。槐树、榆树、柿子树、板栗树、梨树、山楂树、核桃树、香椿树、山枣树、松树，它们神态各异，各呈风姿。增加着大地的阴凉和世界的丰富性。

　　在山野里遇到树的人是幸运的。——山野里到处都是树，所以，山野里到处都是幸福的人。

这株站在山脚下的槐树，我几乎从所有方向凝望过它。在大山里，看惯了密密麻麻大片大片的树，突然遇到一株这么有风骨的独立的树，我承认我被它征服了。它枝繁叶茂，郁郁葱葱，姿态高岸，但走近它，才发现它的树干比我想象得更遒劲，充满结实的力量。它是树中的美男子，它的背景也美奂。树下一条模糊的小径像述说也像留白。我似乎在前世已经见过它。它像从岁月中伸出来的一只手臂，有力地钳制住了我。那枝头的光泽，幽暗而饱满。就像植物的血色和气色，含着一种被压抑的力量。那是沉入土地中的阳光，在沉默、酿造之后，伴着泥土之光，沿着从根开始的道路，经过树干，沿着树的方向重新生长出来了。阳光从来不是只有直射、折射，还有很多光芒是由万物来照耀我们的，甚至阳光可以从泥土中生长出来，经过粮食、棉花和衣裳到达我们身边。阳光拥有无比丰富的与生命互相照耀、循环、交融的方式。——而我们只习惯于仰起头来阅读光芒。

东峪村边。一株古柏，独树成林。主树干直径一米有余，几百年前，在树干离地仅二尺处，齐刷刷生出六个分枝，几百年后，六个分枝各自成树。古老的村庄在岁月中的变迁，一代代庄稼人的烟火日子，它记得。

这千年古柏，遒劲苍茂。有树神之仪。上世纪80年代，村人修了石围子予以保护。那应是懂得敬树的一群人，是心中有敬畏的一群人。每次路过它我都会在树下坐很久，身沐树瑞，心承天惠。我与树说了很多话，有心语，亦有唇语。

清爽的夏风从树里吹来，吹进我的年轮。那时，我感到天地间充满巨大的寓意和暗示。我轻盈而透明。

在万物枯萎、时光交替的冬天，只有栗子树，在经历了一个冬天的摧折之后，枯了的树叶还是那么浓密地挂在树上。我不知道是什么力量让它们那么坚韧地不离开它们的母体。我在山野里曾经很多次看到这样的栗子树，每次我都感叹它经历和承受严冬的能力。在我目及之处，这样风姿的树只有栗子树。它展示着大地的另一种品格。

我是一个树的朝拜者，我一直觉得树是有灵性的，树的生长过程就是神性生长的过程。所以，望着一株老树，我祈望能沿着一条树根，甚至可以从一个枝杈开始，进入植物内部，让生命在其中延伸。从此，我属于植物界。

在这些林林总总的古树和老树面前，我永远是一个长着幼齿的童子，我一直在树的内部打着水漂，又在树轮中消失。

我现在越来越明白一个这样的道理：一株树，一块石头，甚至一株草都有它的"原位"，不宜随便动的。

高处的树梢！别忘了我。我一直站在你的根旁边。

我们并不知道今天的大地上丢失了什么，我们也不知道这个世界已丢失了什么！在今天我们出入商场超市、饭店酒肆，享受着丰富的食物，和各种古怪的物质。但我们只能在长长的食物链尽头看到水果蔬菜和粮食。而它们的来处被我们完全遗忘。关于大地，我们看到的只是一个空间，其实我们已经不认识大地。我们的生命里已没有大地，甚至没有空间。大地在人类的意识之外独立存在。已远去，已遥远。

在从树根向着树梢跋涉的过程中，我们忘了一切。

我总是独自一人走入原野深处，尊享天地万物的恩惠。没有人陪伴，就像在证明我的迷醉和决绝。我突然想，如果某一天，我投入天地万物中，身后的世界崩塌陷落，只留下我一个人孑然一身立于大地中央，万物生命蓬勃，激情宽阔无限，而我将如何创造未来的人类？我是该做一个悲剧的终结者还是初始者？我该如何开始漫长的人类旅程？

人类中的第一个人，即创始者，和人类中的最后一个人，即终结者，在两者之间，我一直做着选择。——很多时候，我是二者的合一。

每当我站在原野时，土地也是和我一起站着的；当我在泥土里躺下时，土地也是侧身和我偎着的，就像它也刚刚躺下来；其实我还常常觉得，无论我走到哪里，我都是领着泥土在走，领着我的灵魂在走，或被泥土挽留；泥土并不只有铺展一种形象，泥土也是站着的，也是走着的，只有墓穴是静止的。那里最适合躺下。天地之间的广阔，不过是物与物之间的间隙。

一个人知道事物的边沿是痛苦的。甚至是生命不能承受的；一个人不能知道事物的边沿则是绝望的。从此生命将承受整个世界的重压，你再也无法在肉体的存在中存在。

虚无是极致处的大美，它真的不是那么容易享受得到。所以我一直视虚无为我的生命中一笔最大的横财。而物象出现处，世界开始狭窄。

世界把一切天问放置在最微观的事物中，这就是这个世界尘土不断滋生的原因。那是上苍对我们永恒的细致的提醒，那也是世界最美妙的部分。

总是有人问我，为什么总是在原野里？我也总是告诉他们，原野没有大门，没有上锁，大地也没有栅栏。即便有，你也可以翻过它们。

奎山上，繁茂的树，以及它周围的石头真美。石头呈现出的各种独特、逼真，而又魔幻抽象的造型，只有天工可以为之。每每面对它们我总是发出这样的疑问，它们要把这样的美呈现给谁？我绝对相信，在天空深处，一定有一副注视着它们的神明的目光。

转过一个小山头，突遇一巨石。如山野里一个突兀奇崛的细节。此石有名，叫骑鞍石。是旁边一个正在侍弄桃园的农妇告诉我的。此石东西各有一座小山，中间呈马鞍状，此石正骑在上面。村妇说，他们村的村支书听别人说此石碍村子风水，找来石匠炸了半边，石匠竟不久之后便莫名其妙地死了。村妇说，村支书吓得敢紧来给此石烧纸磕头，才躲开灾祸。——而我想，他真的躲开灾祸了吗？也许你觉得这是一个灵异的带有迷信色彩的故事，但我信。在山野里走久了，我特别愿意相信这样的故事，和故事中的寓意。在山野，世界有它独有的呈现真实的方式。大地上的任何事物都是活着的，有灵性的，并有着审判和惩戒的力量。

在山里，我已多次遇到这样造型的石头。为了接近它，我几次从陡峭且不十分牢固的石堰上摔下来。甚至会有一滴血抹在从石堰上掉下的石头上。我沉迷于山野里一切平常事物，也惊奇那些奇特的事物。我遇到的每一块石头，都感觉它就像从我身上长出的一块石头，带着我的沉重、力量和古老雄性，被寄存这里，等待我的到来，等待我对它的寻觅。多么苍老的石头！多少风雨多少时光能塑造出这样的颜色和神圣。而我面对它，生命突然充满了激情，身体里是奔涌的、压抑不住的火焰和旋流。

石头的存在，不像生命的存在一样，存在着无数的前提，亦不需要自我追向。它最简单的、最根本的存在，既包括了生命内涵，亦包括了生命处延。既包括了生命表象，亦包括了生命本质。甚至更多。

——石头证明，没有生命之物，也可以存在，并注定可以永恒。

我的远方在树梢，或者树梢上方；或者我在山顶上，或者山顶上方。我渴望稳定的远方，生命在那里被规定。我要一直站在那里，从根开始一点点向上，不跟随雁阵，不仰望云端。我放弃横向的一切方向，那里已站满拥挤的人群。我崇尚向上的方向，高度也许不够遥远，但那是真正的远方。高度放弃平行，让任何向上的拐弯处都是最宽阔的岔路口。在那里，每一步都是超越。

在大地上我是一个永远的遥望者，我对世界的好奇来自童年，来自血液，来自天性。我一直趴在世界的墙头上窥视，我一直渴望看到这个世界的一切秘密。这也是我为什么会在原野里越走越深的缘由。永不停止，永不满足，永远饥渴。我在大地的宽广里，在树与小径的引领里向着最深刻的世界靠近。有时候我会觉得我是万能的凝望者，我可以看到一切，世界已经完全对我敞开，我看到的已经足够多。但是，我又常常觉得，我什么也没有看到。——其实我看见了什么，什么就挡住了我的视线。正是我看到的东西，阻挡了我的视野。面对世界，每次靠近，只能获得一次与它的关系。很多时候，我只能藏在一隅，放弃凝望和视野，把目光收入内心，让所有灵魂的目光集体放飞，群起群落。就像我获得了神的资格，在世界的不同维度里一起到达，在冥想中到达，同时靠近所有事物或成为所有事物。我把光、影、时间和空间重新组装，世界内部再也没有了阻挡……

我总是在想，是谁写下了大自然这部伟大经书！它掩藏了玄奥与深刻，只呈现给我们朴素和简单。所有文字的经书在它面前都词不及义，就像自然的最大破绽。而那些以经书的名义代行统治权力的人，都是罪恶的使者，万能的意志将使他们的灵魂永远不得回返和皈依。所以一切权力者和将过多财富归于名下的人，他们的灵魂已提前被剥夺。

我常常也会觉得，今天脚下的大地，已经精气泄尽。再也不是草肥水美、丰润膏腴之地。它的骨骼在干枯，肌肤在塌陷，筋络在僵硬中失去弹性，它的血液在干涸，血性在丧失。人类在欲望的驱使里，疯狂地永无休止地对它挖掘，掠夺。它满目疮痍,肌体内外伤痕累累。它羸弱虚脱,勉力支撑。它旺盛的生育繁殖力在急剧衰败,像一个男人前列腺钙化。

天地大美让我充满疯狂的对死亡的渴望,又剧烈地激活我对生的无赖般的留恋。这个世界上的美以超越幸福极限的能量对我进行酷刑一样的折磨和煎熬。这一切不是针对肉体的,而是一种灵魂内部的汹涌,但最终由肉体作为它末端的承受。真正的美包容了一切丑。但无论崇尚死亡还是崇尚生,都拒绝现实,与现实无关。总觉得世界正是用美拒绝并驱逐人类。

从生命个体来说,死亡与活着是次递的。一个生命的结束是完全的和完整的。但对于人类来说,也就是对于生命的整体来说,所有死去的,都依然在活。一切死去的,一切都活着。

在山野我的感受力是最鲜活最有力量的,我会对自己的生命中曾经形成的一切理念进行怀疑,甚至颠覆。在大地上,在这些世界的原物面前,我希望我用理性支撑的不是理念,甚至不是真理的环节,而更愿意以理性来支撑感觉、直觉。由最原本的生命体验形成的经验主义才真正伟大,它几乎是天赋之外最接近智慧的东西。只有那些以强大的经验积累为前提的瞬间和灵感生成的意义,才是最美也最真实的存在。所以理性不应该直接通向真理,亦不该通向所谓的学术论断,而应该直奔万物而去,或者直奔诗歌而去。理性可以让我们获得最深刻的感性,以及最沉实独到的意象。而这不正是伟大的诗歌所需要的吗？

> 诗人同时既是诗歌电流的绝缘体，又是诗歌电流的导体。诗人对自然的理解能力远胜过科学家和社会学家。
>
> ——诺瓦利斯

在这个世界上，如果我存在，我在重复谁？又是谁在重复我？

一切分与合，时光不着痕。一切悲与恸，天地化解之。

我频繁造访大地，莅身山野，穿越乡村无数，爬山无数，闻乡间事无数。其实这里并不是我的故乡，没有我出生的脐带，没有我生命的胎记，没有我存放襁褓的地方。但是我记不清在这里自己的双脚行走过多少路，在有路和没有路的地方。

我常常追问，如果从这个世界出发，我该从哪里出发？如果要在这个世界上到达，我该在哪里到达？河流、莽林、山巅、沙漠、岛屿，还是遥远的戈壁？如果我出发，我要到达哪里？出发即是到达？随时出发，随时到达？而我又路过哪里？我为何要路过那里？——神说，从你自己出发！若我从自己出发，那么我是否早已经到达，何必出发？我是在无数的自己里穿行吗？

举目茫野，没有回答，亦没有回音。一切都归于寂静。

那么，走吧，到我仰视的地方去吧！

行走大地，常常觉得大地是我的论坛，我使用超越文字语言之上的所有语言与大地私语，与世界交流，私通。那时候，大地附体，世界加身，神性加持。那灵魂与精神的神圣力量是那么无限与无尽。世界的本质凸显，世界内部的质感和纹络清晰可见。如果大地神秘，你就在大地的神秘里；如果世界玄奥，你就在由世界的玄奥构筑的沉沉结构里。

独语，是我们对这个世界最切入本质的表达，是最宏伟的声音。那样的声音不需要身体器官，只需要生命内部的精神运动。在我们成为世界的一部分的时候，世界也是我们的一部分。我们和世界一起内藏大音，那是通灵的述说。我们的生命表层平静沉寂，但我们的生命内部岩浆滚涌。大地以一切存在废黜所有语言。

所以，我觉得一个沉思者一个写作者，只是一个表达者、交流者、呈现者，并最终应该是一个饱满的全人格，并能够通灵。而不是一个只掌握写作技艺的人。写作本身在写作者的品格里只占有很微小的一部分，写作不过是一件器物，它不是我们应该到达的地方，哪怕它给予了我们虚名和俗利，我们更不应止于此。这恰恰是我们的挣扎之地，泥淖之地。生命应该全面打开，以蚌一样的敏感面对世界。最终达到面对世界的全视角，让生命与世界通透。

就像一片山坡那样，袒露、开阔。

我在此时此世界

　　我最终熄灭了沉默的火焰。我必将是最终，但一定是最后熄灭的火焰。

　　　　　　　　　　　　　　　　　——题记

一

　　此时，窗外又是淅沥的冬雨。站在窗前往外看，一切幽亮，一切都在反射暗光。像黑暗中进行述说的一种努力。若在室内，需要静静地，很专注地去听，才能听到冬雨的滴答声。似乎听不出与秋雨的滴答声有什么异样。冬至这个节气中，这是一天中的第二场雨。冬雨的存在表明，天尚温暖，万物犹生。

　　这个世界，只有每个人都回到母亲的子宫旁边，并永不远离，才能获得最大的平衡和安定。——每个人的脐带应该永不剪断。更多的行走、行动和思想，都是在制造恶和掩盖恶。包括制造善，都是在编织恶的外衣和掩体。人类的行为总和，就是最终远离世界的意志和本原。

人应该回到自卑状态中，承认世界最初对我们的一切限制，包括人的肉体和人的形状的限制。因为这种最原初的限制对每个人都是平等的公平的。

这也正是生命最大的自由。

二

如一个精神莽夫，很久了，我冥冥中一直被一种神秘力量引领——似乎恰恰是造物主的挑衅，没有人知道我拥有着多么巨大的理性——我一直与上帝，与诸神，与造物主，与超意志，与时间，与一切存在和存在的法则进行对抗。而这对抗又是多么深刻远达的统一。——这就是这些年我假借文字所做的表达和灵魂深处的挣扎。那是一个撕裂的我，孤寂的我，是精神的遍体鳞伤，亦是灵肉的涅槃与重构。甚至极其悲壮。没有人比我在精神里行走得更远，更决绝。奋不顾身，盲目而坚定。

这个我，是一个没有人看到的我，我秘不示人。置身于荒原，一个人独享精神的无限与绝对，如孤狼巨兽。我一直直面终极，无限，绝对，虚无，绝望，分裂，以及生命肉体的无痛之巨痛。我在我背后藏着一个遥远的我。我深刻地感到了我与世界不合体。我是那个最不规则的形状。是那个永远无法获得证明的结果。这是灵与肉体的巨大矛盾和对抗。那内心压抑不住的莫名其妙的渴望是来自肉体的矛盾的部分。一切东西在我生命中都是矛盾和对抗的。不矛盾不对抗就不能让存在获得成立。

在身处的现实中，在这个虚拟的世界里，我以虚幻的方式在与它合体。只有此时我能得到和赎回肉身。只有在这样的肉体融合的瞬间，我才能获得欢愉。是的，只有在此时，我才能拥有欢愉，没有其他，对世界的一切追问与逼视都暂时消失。肉体是造物主给我们设下的第一个陷阱和迷宫。

我也常常会怀疑我这样做的意义。是的，没有意义。

在对一切终极和虚无的东西对抗、追问和逼视的时候，我就知道一切都是没有结果和答案的。就像生命本身一样徒劳和没有意义。但我仍然会以无畏的勇气站在那里，毫不动摇。为了一场虚无站在那里。我是否站在那里，决定了我是否能获得超验的，我个人独有的生命美学和大境。也许这美学仍然无意义。但是因此获得的一切，是退出这个姿势之后，永远不能获得的东西。

我们必须感到这个世界的异样！世界存在感的真实与根据必须进行追问。但获得这一切要经历一个极痛苦的漫长过程，一个否定蜕变的过程。一次精神和灵魂披肝沥胆的修行。为此，要重新调整面对世界的姿势和态度。重建与世界的关系。这样可以获得属于自己的唯一的世界。拥有了这样的世界，虽然与人同在一处，一个世界，却不与别人共有和重复。

我告诉自己，如果你能在共同的世界里获得你唯一的世界，你自己也就获得了唯一性。

三

我一直在与终极、虚无的世界对抗，在歌颂秩序与法则之美的同时，又对超意志进行抵抗和否定。我完全是一个精神上的唐吉诃德，一个在内心比他一万倍更不可救药的疯子。这是我内心的疯狂，我用疯狂埋葬我内心的虚无，我必将是最终，但一定是最后熄灭的火焰，我必须用灰烬照耀自己的虚无，照耀那个阳光普照时照不到的自己——我根本不存在。

我必须在预设的虚拟的世界永恒里关注和表达这个世界的存在，以及我自己的存在可能性。我的肉体成为精神的战场。灵肉的峡谷里，盔甲遍地，伤痕累累。而理性一直在生命内部宣告着这一切无效。——可是，谁又敢说就一定无效？谁能保证这个世界既定的确定性和唯一性？我从来不相信面前的这个世界是最后的、结论了的、已经完成了的世界。它一直没有完成创造。它的存在合理性是我一直质疑甚至否定的。在这样一个不确定和没有完成的世界，谁能宣告任何事物的不可能？谁是疯子还不一定呢。

当然，在一切事物都不存在确定性的前提下，我的一切抵抗、抵挡、怀疑和否定也可能无效。是的，这一切可以没有效，但即使无效，它注定会产生伟大的美学，一种不抵抗、抵挡、怀疑和否定，就不可能获得的伟大的美学。而且我坚信这是很多人达不到的，这是在僵死的现实中永远无法获取的。他们被平庸的逻辑所阻挡，自我囚困，或集体囚困。所以我是一个孤独的承担者，承担了很多人抛弃和否定了的东西。比如疼痛、困境、厄运、绝望和虚无等。

我必将在这无边的暗夜中只身独行。而巨大的夜，是我的夜行衣。

四

我对时间本质的怀疑和对生与死的惊恐是天性的一部分。这一切不是始于我经历了世事，沉积了沧桑之后，更不是在累积了多少知识之后，而是源于我天性忧郁而透明的童年。我从我幼儿时期睡的沙土布袋里，从童年生活的房顶上、池塘里就开始了，从我透过后吊窗向外遥望原野和世界时就开始了。我冥冥中发现了世界的陌生性。这个世界远离村子里的街巷，在我背后躲着我。我很早就发现了它。

但我的行动和主体的抗拒却是成年之后。我清晰地记得，从三十五岁开始，我强烈拒绝四十岁的到达。那几乎是一瞬间发生的东西，那次突然的发生，是比黑暗更漆黑的闪电。生命的核心发生了剧震：原来我与我怀疑和恐惧的一切事物之间都有关系，并且如此紧密啊！比如葬礼，原来我并不是只在这个世界上观看别人的葬礼，迟早会有一个冰冷的葬礼最终是属于我的。

拒绝到达某个年龄只是一个表象。从此，生命开始在最炫丽的黑暗和最深刻的茫然，以及无边的恐惧中进行。我成为我自己的隐喻，成为自己的潜行者，只留下肉体的壳在世界上表演。我成为这个世界上最大的暗物质。整个世界和所有的时间都成为了我的障碍。在我艰难地进入四十岁后，我和时间的紧张关系之强烈达到了不可调和的地步，我和世界和时光和超意志进行了疯狂的对抗，对抗的火星飞溅，在我的灵魂里，我与时间像两个巨大的生锈的金属体在摩擦，摩擦声尖锐刺耳。人们完全不知道我这十几年的内心里正在发生着什么，是怎么过来的。没有人像我这样殉道般活着，不惜成为殉难者。我开始疯狂地用文字进行表达，力图让一切隐藏的事物显形于文字。——这是多么愚蠢的生命行为，可我又能做什么？我的肉体还在，我不能以没有意义的死亡来废除它。我所有的精神的表达，都是肉体的一种表达和存在的形式。它们没有知音，也不期望遇到知音和同行者。它们会随我的肉体消失。我写的不是所谓的文学，亦不是哲学和美学。它似乎是神学，但也不是。它是我对一切生命和世界破碎声音的记录。这个世界上，只有神不老。但神因它的不显形和不确定性几乎成了人类唇边的笑柄。但其实，神最不神秘。神天然就是一种以不显形和不确定性的方式存在之物，不能因此而否定它的存在，它比我们看到的事物更有存在感和确定性。它存在于每一个人和事物之中。只是我们一直以供奉的方式在驱逐它，把它赶进僵死的庙堂。我必须在瞬间的肉体里装下一个永恒的神。——当一切都没有意义，这是我唯一虚拟的意义。我的内心离肉体很远。我曾经绝望到极限，绝望得很遥远很遥远。在灵与肉的巨大反向里，我用灵魂远足来证明自己，证明世界。而我用肉体的欢愉拯救自己，拯救这精神的巨大容器。这不是妥协。而是我最终亦认识到了肉体的伟大。——无论从哪个意义上肉体都不低于精神和灵魂。它怎么可能低于它们？低于它们，如何盛装它们？只是我们一直在更低处，污染着肉体最低处的部分。但我依然怀疑和否定一切。——其他的一切生命态度都是暂时的局部的有限的，唯有怀疑和否定是无限而终极的。因为我怀疑我和别人和世界之间相同的一切东西，亦怀疑我和别人和世界之间一切不相同的东西。

五

总是有人说我：你是一个内心很强大的人。我说，其实这一切恰恰来自巨大的自卑和自我否定。来自对懦弱的淬炼。在现实的视角中，这是一种貌似的强大。事实上它也确实是一种貌似的强大，它只是一种精神价值的认定，而非生命能量的体现。我最大的难题是我活着，却又对这活着不知所措，无能为力。死亡巨大的反压力，让我死亡的整个过程如此艰难，并让我的生命常态变形。我不能装出一种志得意满、志存高远、人生辉煌的丑陋之态，装出一种令人恶心的样子来骗自己，去与世界苟且。我来不了这种骗术，更不愿为此付出什么。我一直有逃离人群的渴望，一直渴望做绝对的少数，甚至个体。这就决定了我生命的尴尬和陷于困境的必然。但这是我要的生命状态，这是我在自己的肉体上构筑着另一种现实，以对应和承载我自建的灵魂之木和精神楼阁。一个人如果告诉你他的生命永远没有困境是可疑的，甚至是可耻的，他基本上已经不可救药。这就注定我要独自另立标准，并付出现实中的巨大代价，用生命的整体性，和生命的虚无感来观照生命。在这样的视角下，一切就都简单了。所以这些年我一直对自己说，一个人要具备否定的力量，逆向的力量，要敢于颠覆和废弃自己。没有这样的内心的剧震，就不会有崭新的迥异的另一个自己出现，就不会有废墟一样否定的悲怆，不会有废墟之上的再生和持久生长的力量。我曾经把这一切试图告诉世界。但至今没有几人听懂我片言只语，因为他们都在忙着自恋和嘲笑我。

六

你不觉得吗？任何事物，消失总是比出现看上去完美。但残忍的是，完美正是一座注满了悲剧的雕像，几乎任何事物都是在完美处生出大悲剧大残缺。完美的过程，就是悲剧的过程。正如生命。消失带来的美感几乎改变了时间的属性。所以我对任何事物都充满无谓的伤感。因为一切的消失，都是正在上演着的永恒。那是一种穿过所有生命的不可逆的、不可更改的、绝对的意志。我们总是无法回避挽留和告别的意义和价值。它的价值和意义——如世界上真有价值和意义的话——在于，它让我进入逆时光，获得反向的意义和价值，以及反向的力量。它让我在别人都疯狂地奔向远处后，在原处承担了那些被丢弃的东西。在这个失真的时代，我是不变的那部分真实。在他们奔向那种不被证明的真实后，我以唯美的姿态，坚守了已被证明了的真实。一种源于世界本质的真实。

七

对生命的敏感，对世界的敬畏，对未知事物的怀疑，对生死的歧义导致了我们灵魂的脆弱和战栗。这也是精神永无尽头的茫然，甚至是永远不可言说不可名状的看似无缘由的肉体的疼痛与茫然。亦即人类的焦虑最深刻的源头。但是，并没有多少人感知到它。并因为从无感知而嘲笑它的存在。

八

现在，国际学术界正在认定和使用一个叫"人类世"的概念，并对"人类世"做出这样的论述，如果我们还以为"人类世"仅仅张扬的是人类智慧和创造力之伟大，还在毫无顾忌地消耗着甚至浪费着我们唯一家园里的各种资源，那么，这就大错特错了。地球不仅仅属于人，也属于地球上的每一个有生命的物种。"人类世"的来临，意味着要树立一种新的文化，我们的物质财富要与地球的生物财富一同增加。"人类世"并非是人类成为大自然主宰的傲慢称号，而是强调人类作为地球看护者的重大责任。

其实哪里有所谓的"人类世"，人类只能是一个瞬间而已，并注定将速生速灭。瞬间，所代表的决不是永恒，它只证明世界的虚无。即便在太空中找到了与人类并存的生命现象，仍然不能否定人类是孤独的、瞬间的物种这一事实。人类多么卑鄙！连与地球上的生命万物都不能和谐相处，却去太空里寻找生命同类。多么荒唐。人类就应该在地球上灭亡，而不是在破坏了地球之后再去破坏宇宙。人类以处于生物链最高端自居，早就已经开始了毁灭一切，并最终毁灭自身的万劫不复之路。人类已注定无处可去。只有几万年人类史的人类，注定会成为很快灭亡，并且最短暂的地球生命物种。其他一切想法都是妄想。"人类世"的表述只是人类垂死挣扎的一种方式，是一种妄念。只是一种虚幻的表达。用存在表达无。从终极上来说，存在感即孤独感，即虚无感。存在，恰恰是对一切存在的否定。——人类，注定只有灭亡。完成一种终极的人类整体的"无"。所以，人类有什么好准备的？又有谁在未来挖掘所谓的"人类世"？

九

我常常不明白，为什么人们对自己的苍老和死亡都那么无动于衷？看着时光流逝中生命衰竭的人们若无其事的样子，看着人们在那里尔虞我诈，看着人们陶醉于荒唐的所谓人生辉煌，我总是百思不得其解。所以我常常，并且很久了，一直都在怀疑：我们的存在，甚至死亡都是真实的吗？果真确有其事？谁能证明？什么能证明死亡的真实存在？——而事实上，最终我们每个人都会是死亡的证明者，无一例外。从出生那一天开始就决定了我们每个人都是将死之人。我们迈出的每一步都在奔向死亡。什么权势、金钱、艺术、名誉、地位、知识、欢愉、快乐、痛苦、幸福、情色、爱情、信仰、理想……全是虚空，全是扯淡。正如叔本华所说，一切享乐皆是虚空。那一切不过是上苍用来嘲笑和捉弄人类的，甚至是上苍驯服人的枷锁。仅此而已。

十

只有绝望才真正令人向上，绝望从不让人倒塌。绝望是一种伟大的力量。作为生命形态，只要还没绝望，你就依然很肤浅。绝望是一种纯洁的、不可更改的高度。如果你认为绝望是一种天真和修炼不深，那是你已经绕道到达了混世魔王的境地，是一个貌似超然的投机者，根本没资格嘲笑绝望。绝望不仅不可更改，亦不可超越。人类的绝望并不具有绝对的深度与高度，但绝望与人类的终极问题同向。绝望，是一种伟大的好奇没有满足，而不是所有的目的没达到。绝望是对所有事物的不认同，是对事物背后的法则的否定。但绝望，又包含了对一切的期待，和重生再造的力量。绝望是一种彻底的不屈服。绝望离毁灭很近，但很难成为毁灭。真正的绝望从否定自己开始。

十一

在这个世界上，唯有沉默是高尚的。——而这个高尚并不高尚，因为它已经失去了高尚的意义。——因为沉默者意识到了自己的耻辱和卑劣。他对身处的人群产生了巨大的怀疑，甚至厌恶。他脱离了那些不自知的作恶者，脱离了那些永远不可拯救的人类，从此永远拒绝颂唱和赞美。他那么无奈，又必须忍受。在这个世界上，只有沉默者做了最深刻的表达，虽然他的表达不再需要受众。他在使用我们没有创造的语言，使用那些在上苍的意志中最善良的部分，因此他回到了最初的否定，回到了恶的起点，那也是善的起点，让善恶都不在自己的生命里发生，并由此开始，以个人的生命重塑人类史。那样的人类史，是在任何物类的历史面前都不羞愧的。他正以这样的方式在接近世界的本原，这是他自己授予自己的恩德。沉默者心中盛满恐惧和敬畏，不再与人类共谋，以不让自己更加罪孽深重。他甚至拒绝进入庙堂和经卷，以变相的方式与人类苟且。沉默是一种死亡的方式，是一种彻底与人类解除契约的方式，并且彻底拒绝了与万劫不复的人类走向共同的归宿。沉默者已经提前实现了在现实中的死亡，以一个个体的生命自塑荒原，跋涉，或永远停留在原点。沉默者以被驱逐的方式驱逐了罪恶的世界，来完成自己的自我救赎。他在躲开，躲开……一直在躲开，他有无数的暗道可以逃跑，只留下一个枯槁的影子。……沉默让他已经以一副他无法拒绝的人的形状，归于自然的万物中。而人的形状，是永远卸不下的罪愆与邪恶的外形。他离开所有物种，彻底成为一个物种。从此，他在自然的序列中与万物，与所有物类并存共生，永远只与人类之间有一条深刻而又无形的界限。

十二

我一直预设我不在此世界之中，我身处于世界的对面。——我承认，我是世界的对立者。——没有如此的对立，无法显示我与世界的深刻关系。以及那个因为永远词不达意，而难以启齿的爱的情感。在灵魂深处，即便面对上帝，面对诸神，我也没有任何怯懦和虚伪。那些世界的赞美者，都是对世界有所图谋者。虚伪而令人恶心。

此时，夜空，一万颗星星在寻找。或等待？星星小的如一个谎言。唯这个我所处的黑暗星球，这个狭小的泥丸，在宇宙更深处，借着太阳的光亮，喧嚣，作腾。如一个疯人院和邪恶者的地狱。它的总和，等于更加死寂的无聊、孤独和虚无。它在宇宙里，被省略得那么彻底。它的整体象征，是一个巨大的死亡。一个零。

我正在建造我的废墟。我曾经做过的一切都是建造废墟的过程。这座废墟不是我死亡之后的遗址，而是在我死亡之前早已竣工。我如废墟般活着，以灵魂的残砖瓦砾证明我所能够证明的世界。死亡般的沉默正像一座辉煌的废墟。再也没有什么力量能否定它。并且，它永远不可拆除。

十三

在冬天，在山野，我常常感动于红色的桃枝的颜色，以及它喻示和呈现的生命力。这是被我们忽视了的自然世界的高贵。因此我让它在我截取的画面中，衬托和格致了这个世界。而我俯身透过它的枝杈遥望着世界。那在冬天的寒冷和僵硬中呈现的暗红，是如此鲜艳，是一种寂寞的鲜艳和耀目，那是冬天的肌肤下律动的血液，是比海洋中无边的波浪，比喷发的火山的岩浆更汹涌的激情。

山野里这样的事情这样的细节很多。但说实话我不是一个只关注山野细节的人。我总觉得那是山野里的小资格调和小家子气。我当然会关注这样的细节，并常常一个人伫立于原野默默激动。但我更多的时候是沉入大地律令和世界秩序中。与山脉一起呼吸和起伏。

无论身处哪里，我们所能够面对的只能是一个表象的世界，这是我们的视野，但这注定是一个被阻挡了的视野。表象是世界秩序和法则的结尾。是结果的外衣。我永远相信世界万物存在是有根据的，我们不能失去寻找这个根据的功能和能力。万能者创造它们是赋予了它们意志的。这也是我们为什么说一切事物都是有神性的。

我在山野常常问自己：你相信有创造一切的万能者吗？而我又总是无言以对。面对我们视野中的世界和我们身处的世界，我们只有相信。对世界的态度只能依赖于相信还是不相信，但我们也永远有怀疑的权利，因为这将永远不能被证明。所以我面对世界的态度永远是：它已经存在，而我永远对这存在表示怀疑。因为相信并不能让我们与世界的关系更紧密，而怀疑却能。不如此，我们如何相信和面对已经摆在我们面前的万物？结果已经在我们面前了。而对于我们来说，是否相信，将会获得不同的生命美学和格局。

十四

我越来越觉得表述一个人是困难的，困难到几乎完全不可能。人，那么不具备个体的完整性和独立性。并且相距那么遥远。若有人让我概括我自己，我相信这当然是一个极其困难的事情。

没有人不对自己充满深刻的赞美和自恋，没有人不想对生命中的一部分进行掩盖并企图篡改，没有人不想用其个人否定所有人。一个人对他自己永远是最虚伪的。虚伪和虚假到已不自知，并将永难自知。任何人对这种观点的辩解都是无效的。并且这个世界也一直在代替我们掩盖着我们人性的丑陋，因为这个世界也需要掩盖它自身的丑态。

可我还是想对自己进行概括，并为这样的企图一次次行动过。

我能够对自己做出的概括会是怎样的呢，会撕裂自己吗？我似乎一直在努力，并增长着勇气。当我这样去努力的时候，我发现我是一个庞大的矛盾体，人性中拥有的一切属性，似乎我都有。但相较于这个虚伪的世界和人类，我会因为还能真实一些而构成一个生命标本。我几乎拥有人类所拥有的一切：真实，虚伪，赤裸，独立，愚蠢，可耻，自卑，自负，坚持，孤独，绝望。怀疑一切，又热爱一切，并往往因此轻信一切，貌似强大，实则恐惧懦弱。藐视一切，又心中充满敬畏。不轻易与任何人、任何事、任何观点苟同，也因此不适合这个世界。多余于这个世界。而我认为这样的人应该死去。

我一直是自己最大的对抗者，无论是肉体本身还是精神领域，从不放过自己，与自己壁立对峙。如果不如此，如果放过自己，放弃生命中的这一切，我还剩下什么？怎么证明我还是我？自己如何是自己？所以，生命永远是一种巨大的悖论的集群。它将永远难以调和，却又以一个现实中的"自己"存在着，并已经作为一个结果被得出且存在。

在这个混乱的现实中，一个人已经无法表述自己的真实。一个灵魂失真的人，永远没有真实。更可悲的是，我们从来不想到达真实。我们热衷于轰轰烈烈的假象的生活，其实是最干瘪的生活。生活已经成为我们剿灭灵魂和精神的武器，不，是凶器。我们以生活的名义扼杀了一切，却永远不能建立生活的品格和主义。没有精神和灵魂，生活永远构成不了生活。我们视"生活"之外的一切为无用之物。可设想一下，一个人身上卸掉这所有的"无用的东西"，还会有力量吗？还会有什么？个体的丧失最终将导致整体的丧失。

我说人类完了，与暂时和永远以及未来没有关系。这更是一种性质认定。人类群体的存在，注定永远是物质上拼抢，精神上绞杀，注定是权力的永远专制，我们终将用物质和权力埋葬一切。别无选择，别无他途。"人"变得永远模糊，精神重叠，变得永远难以表述。这就是人类的命运，是上苍赋予的不可更改的刑罚和苦役。我永远没有那个叫"生活"的东西。或者，我永远不能只拥有和留下这个共有的生活。我把"生活"的场地搬到生命内部，与精神和灵魂永远共生。我必须在现实里废除自己。在这个理念上，我几乎没有认同者和同路人。

十五

追求精神者，必须充分享受和承认肉体。包括身体的疾病，包括性爱的欲壑难填，包括对道德的冲撞，以及肉体的一切基本生理现象。肉体并不是我们认为的形而下，而是天然的形而上。肉体具有天然的神性。我们是围绕着肉体，而不是围绕着别的事物产生了精神，以及精神的困境。肉体本身并不邪恶，恰恰是在产生精神后产生了邪恶。

从来没有灵魂的交流比肉体的交融更深刻。灵魂的交流更体现人的交流，肉体的交流才真正是源自神灵的交流。灵魂的交流总是与肉体无关，而肉体的交流总是最终到达最高的灵魂。

我们是肉体的拥有者和使用者，却不是肉体的原创者。肉体本身具有神性，可以使得生命能够在人神之间完成涉渡。所以，肉体的接受才是对一个人最终最彻底的接受，反之，肉体的拒绝才是对一个人最终最彻底的拒绝。这是人与人之间的关系，也是个体与世界的关系。无论使用什么样的理智、思想、态度、语言，都不是最后的否定，肉体的否定才是真正的否定。这是最毁灭人的地方。肉体高于灵魂和精神。肉体至高无上。——人的肉体的不朽，才是真正的不朽。

十六

此时夤夜。巨大的静谧中，又一次悄悄完成了子午交割，又一个日子消失。时间以断裂的方式连接，像什么也没有发生。这是生命无痕无痛的剜割，没有人理会，甚至很多人沉入睡眠。这甚至是造物主有意的掩盖和隐藏。而我，在此时，听到了时间的巨响，和生命的龟裂与崩塌。而这巨痛已不能被人感知。只有我独自忍受着它。

这个时代，孤独在以过度喧嚣的方式呈现。一切个性化的东西，都转化为共性的混乱和集体的狂欢。所以，越是喧嚣，便越是孤独。最后呈现为一个时代的枯萎而不觉，就像每个人都真的获得了支撑和精神依托，却是浮萍一样相互拥挤在一起的漂动和互救。而表象之下，正是一种整体的溃烂，一种根的腐败和消失。

我们注定孤独。无论我们怎么表现它。

山 顶

我曾经无数次向着山顶奔跑，在奔跑中，世界在迅速降低。奔跑，奔跑，奔跑，从一个山顶到达另一个山顶，而精神的山顶永远不能到达。奔跑，奔跑，奔跑……

阳光，还有黑暗，你们照耀了这高处的坦途，这平铺、垂直、倾斜的一切通道，这神的流放地，以及人的精神流浪和寄托处。大地和山峦的起伏，以及它们的落差，被你省略。只在低处成为人类生存的难度，让他们深陷其中，在那里倾轧、碰撞、窒息，让他们永远纠缠挣扎。你只在遥遥旅途上听鸟传来的信息。在这里，没有上帝，只有高处，只有在虚空中永恒升高的神圣。

山顶站在山顶上，不能下山。这是山顶的命运。山顶望着村庄、池塘、农舍和菜园，望着降低的翅膀，望着忽高忽低的风，枝头舞动，那是它不能到达的低处，被固定在一个高度，那是无数石头的垒积。无数的低度，丰富并遍布四野，山顶在高处产生了自卑。山顶遥望低处，不能降落是它的痛苦，于是它继续昂首，像立于刑台。

在山顶，我坐在厚厚的枯草上，抬头的瞬间，突然看到那么多蚊虫一样悬浮在空中的飞翔物。它们微小、颜色暗淡、若有若无，只有坐下来，静下来，心绪平静才能看得到。行走着是完全看不到的。我突然悲伤，它们的意义何在？对于我们这些从互相倾轧的人类中走来的人，在山顶和大野深处，你不要问万物之意义。一粒尘在山顶飞扬，融汇整个世界的能量。沉浮，悬空，聚合，折射，呈现一种超然和大自在。以最大的谦卑，漠视人间的万千紧张和混乱。天空中的圣物。它告诉了你一种真实和一种虚幻。那其实是同一种存在。

山顶上收成最好的是风和阳光，一年四季不断地生长。每一天都是它的生长期，岁月是它们遥远的土壤。它们没有种子，自我营养。没有收获者，它们在原野里撂荒，不再需要仓廪。人在躲避它们，陪伴的是野生的大地和动物。是草枯草绿，花开花香。万物与它们合唱，天地为它们构筑着音箱。我在山巅凝望这宏大意象。

山顶，一直是我向人们推荐的一个巨大意象，并企望在我微弱的召唤力汇聚人类的目光。这不是一个新的意象，甚至是一个极普通的意象。但我还是觉得人们赋予它的内涵不够，神性意义、哲学意义、文化意义、文学意义、岁月意义，尤其是生命意义不够。它不是空间、地理概念，而是一个精神概念。甚至它不是一个物，而是生命移位后与生命本体的一种对应。漫漫旅途上我们应该开始并启动背着山顶行走的人生。

　　是谁在山顶周围竖起这么多梯子？让人变成爬行动物，让更多的人下山。梯子，是人在悬崖上刻下的节奏，让垂直倾斜，让悲观和绝望变得平庸。没有比山顶更广阔的，因为它连接了天空，让目光飞翔更远。在山顶，只有我和你就够了，我们拆掉所有梯子，阻挡来者，放弃一切退路。我们正好结束一切并再开始一切。

　　在山顶，我多么渴望变成神，在万物之中获得一副新的面孔。一片尿痕证明了我人的身份。我在天地的感动里，流淌泪水，我在泪水里囚渡和溶解，渴望向着神靠近，却再次泄露了人的本身。好吧，我放弃做神，安于做人。只把自己从人群里做一次逃离和区分。后来我发现两个人融合激越可以成神，圣洁的男神和女神。

　　此时，山顶再次被阳光铺满，那是我们的山顶。我们是活了的石头。激情的记忆，比野草和荆棘更旺盛。山顶的一切来自另外的纪元，古老的空气，来自远古的辐射和一种宇宙的垂泄。只有我们来自山下，被山顶的高度诱惑。我们抱紧欲望，向着高处攀爬，像进入庙堂。我们被淹没在山顶的时光里。肉体被光芒雕塑。

　　山顶。辽阔的，与岁月混淆界限的山顶。此时，世界低去。

　　在山顶，在浩瀚的阳光里，面对苍穹万物，终于可以以最高音量，朗诵古老、神圣、冰浩的欲望，那藏在我们身体里的暗物质。在无限时空里，欲望再也不会如在密密人群中，制造出遍地如深渊如地狱一样的欲壑。我们可以不在罪恶的泥淖里陷入，生欲望翅膀。此时，我们赞美欲望就是赞美宇宙，欲望正是宇宙的模样。

高于我们的并不是神。神只是离我们很远。远只是另一个方向。所以，我们无须仰视，无须在仰望里让脚下塌陷，更无须在对高度的绝望里自我扼杀我们一直拥有的神性。而遥远，是想象中的遥望，到达那里的是思想的目光。遥远，让我们身体里有一种否定肉体逃离自己的永恒不竭的力量。我们与神只是在不同的地方。

人类在狂欢，那些不能参与进狂欢的人，多么像沉默者！

我又看到了天空，在这茫然的山顶之上。我一直忽视了你，从今天开始重视这个巨大的平面。以遥望的方式，以植物生长的姿势，很慢很慢地向着天空爬行。宇宙的纯蓝，是神的秘处。神一直不让人类看到它的纯度，于是设置了乌云、阴霾和浑浊的光芒，来蒙蔽人类的眼睛，并为自己遮蔽。

创世者在山顶创造人类，我在山顶的隐蔽里偷欢。山民在山野劳作，是一场千万年的等，他期待神的来临。等待，如一场漫长修行，让时光改变和弯曲，呈现神谕之光，世界在每个人的等待里完成神的创造过程。这场剧，神赋予每一个人。神就在山顶，谁到达山顶，皆可成神。一条线分隔和连接天地，神在上面行走。

我常常觉得生命火焰已经熄灭，又总是发现依然在燃烧。火焰的舞动和旋转里，我看到火焰顶端的晕眩。颤抖的空气，似刚裂开的肌肉，鲜嫩的气息，介于呈现和未呈现之间。此时，火成为一种界线，在广阔的无限的外部之中，藏下一个岩浆滚涌的内部，像地球的内部，像太阳的内部，也像太阳的外部。在熄灭里燃烧。

我总是在山顶渴得嗓子生烟。没有水。我想咬松树的叶子。所以，在山顶，无论我多么感动，也不流泪，那是最珍贵的水。我甚至有意不带水上山，我乐于忍受这山顶的干渴。这也是我自带的刑罚。

那天在山上遇到它，看它的第一眼就让我想到了古代的烽火台。江河都随江河去，山峦犹在山峦中。

汗的洪水淹没正在苍老的脸。我坐在山顶，如贡品。汗水横流，发烫的石头焙烤着我，大山像一个为我备下的葬台。我几乎闻到石头和肌肤的煳味儿。汗的洪水也不可能将其浇灭。天空广阔，像出口，适合逃离，可我爬不上天空。太阳的巨大刑具就在那里。突然山风袭来，刑场作废。我在风的缝隙里看到了神灵和人间。

此时，阳光与雪，一起爬上了山顶。似有一种折射自天堂的明亮。

山顶，此时的空旷是因为谁的离开？石头的温度，为什么已经冰凉？鸟鸣是不是神唱？如果山顶是翅膀之上的庙宇，是谁把庙宇照耀得这般明亮！天空，你一直呈现着这样的、恒定而巨大的空旷，不可更改，像一种意志。我突然感到了天空的苦难。

　　山顶的存在，让我一直保持着平视的姿势。它可以让我看到云朵和翔鸟，删除人类。并拥有一个山谷的开阔。

　　我多么多么热爱，并永恒渴望烈日炎炎，光瀑宏大的山顶。在阳光的浩瀚无边里，有着纯粹的黑暗一样的深刻和宁静。在遥远的阳光里，它引领你进入另一种深邃和超然。最完整的，没有被破坏的阳光，亦是世界的原物，延伸着古老的金身，和灵魂同息。它内藏着一种静止，穿过宇宙，到达山顶，并永久停留在山顶。

　　我是一个精神上永恒地坐在山顶的人，在千峰万壑之上，归于无限，归于虚空，归于渺远，归于平静，而这平静，多么残忍。一切的一切都包含在其中。

　　这天地大庙，任我修行。

阅读与呼吸

读梭罗

梭罗的《瓦尔登湖》呈现着一个人文主义者的精神文本。他在我们生活的附近建造出一片静谧。是的，那片湖并不远，离谁都不遥远，他也不是精神上的远行者。只是今天的人们走在高速公路上，缺少了拐弯的情趣，缺少了停下的优雅。他的精神生活呈现出复古的姿态，所以他在以工业文明为特征的现实生活面前退避。以一个新古典主义者的形象出现。当人类在现代文明的恶果里进行以自我意志为中心的反省的时候，梭罗很容易成为一个当代人模仿的标本。他告诉了人们一种并不遥远的生活。这是梭罗的幸运也是梭罗的悲哀。——因为他被反证了他的精神文本离现世并不远，并且一直并行。他不过是以精神的姿态强调了一种高贵的生活而已。而缺少精神的真正独立与更果敢的勇气。即便这样，虽然我们不能称其为精神的强者，但他仍然是生活与现世的

强者。他在自己的生命里独立了一种坚定的甚至是健康的
生命态度。他调整了与现实的生活节奏，逃离现实序列与流
程。所以他能够说出：我最大的本领就是所需很少。他以主
动的贫穷的姿态独善其身。他的话简单而富有力量，在现实
的回音壁上轰鸣。

读罗素

英国人罗素，被誉为20世纪最伟大的思想家、智者。孙
中山认为他是最了解中国的外国人，我个人甚至认为包括中
国人在内，他仍是最了解中国的人。我一直觉得他就是一个
姓罗名素的中国人。他如炬的目光以及太阳般的智慧穿透了
一个辽阔的世纪，穿透了中国文化的核心，并在西方哲学的
参照下将东方神秘照亮。他很长寿，几乎活了一个世纪。上
帝真是太眷顾于他。如果我们不承认智慧的涵盖能力与综合
贯通能力，我们就不能解释他怎么可能只来中国做了一次游
历讲学后，就对中国文化做出如此深刻堂奥的阐述的缘由。
他的《东西方文明比较》对中国文化做出的宏观、条分缕析
的分析让中国人频频回首反视，并惊叹错愕。因此，《东西
方文明比较》被誉为西方人解读中国的范本。他驳斥了西方
民族优等、中华民族劣等的谎言；他认为中国文化蕴含着全
人类的价值；他坚信中国文明中有类似希腊文明的某些要
素，但没有引起狂热信仰的犹太教，整个民族没有宗教，只
有朴素有限的伦理规范，缺乏现代科学，崇尚知识的价值。

他认为，中国人具有平静的自我尊严感，在艺术中追求高雅，在生活中追求合理。在谈到中国传统的时候，罗素说中国的传统文明已经变得保守僵化，但这不是中华民族的任何衰弱造成的，仅仅是缺乏材料。西方知识的涌入会为中国文明的振兴提供刺激因素。并因此坚信中国会结出中西文明珠联璧合的灿烂成果。罗素还对中国人的性格、教育、对科学的态度、文化属性等方面做了极精辟准确的分析。而我们不要忘记这是罗素在20世纪20年代发出的声音。他其中带有预见性与方向性的预言都正在中国的发展现实中给予验证。我们也因此不得不对他超越时空、高迈睿智的声音给予由衷的惊叹，并愿意在一个世纪的星空里回望他。

读里尔克

里尔克的《杜伊诺哀歌》是我最近一直阅读的书，这个忧郁的男人内心里盛着如此丰富灿烂的人性的庄严。我不是一个有阅读记忆的人。我只在他的文字里神合。他从不激昂，躲避喧闹，但音质卓越，精神饱满。他的文字和诗句改变着我们肉体的颜色和灵魂的颜色。他在精神里先行并等待，或者驻足。远方的到达是必然的，神的欢聚也是必然的。

我是另一座山上的神，我带着自己的忧郁和低沉。我将我的庄严感赋予山顶的弧线，赋予树梢，赋予静翔的空中的黑影，赋予天涯。我不要庙宇，不要殿堂，我只需要蓬草，需要野地，需要自然呈现的乱石。我的沉默不惊扰风，但让巨树动容，让石头风化。我和夜莺一起发出声音。与其和鸣，也各自独奏。我最大的声音是沉默。

但我不想和人类的任何声音和鸣。我逃离它们，但我远望，但我倾听，并给予广阔的心野去承载它们。我不惧怕独自的微弱，我的微弱像自我陶醉，像我声音与精神的自我回流。我一直是我自己的神，但其实我不满足于做神，因为我可以矮于它们，也可以高于它们。我把自己做完美，神就会嫉妒，就会仰视。造物主是高于我的，他虚拟了我的存在，但他比我制造的恶多。

我渴望看到里尔克描写的没有房屋的人类，身浴天光、天地同色，在湖边、在河流两岸、在起伏的山坡散落、自然流淌。这不是我对人类的恶毒，也不是一个精神者的痴疑。这样的想象与渴望，可以让我们在今天人类如细菌的时代，看到我们天体赤裸的人类童年，那里有我们的原欲与原态，以及人类原始的集体快乐。人类需要往返。

关于哲学

哲学来自人类蒙昧时期的神话，它的根深植于神话之中。在人类的神话时代，人的原形有着最美的生命姿态，原始精神中有着天赐的高蹈、飞翔、灵武的元素，他们的灵魂一直脱离肉体而存在，接天接地。他们的灵魂飘逸发散，随天地大形。他们真正地以万物灵性而存在，他们拥有绝对的空间，并超越生命两端。真正的生命是生死一体，而不是生死背离，更不是生死分离。但当哲学产生，人类进入理性时代，灵肉就已经开始分离。神话时代虽然高蹈，但人类一直有不确定性，并因不确定性而滋生不安全性。人类需要一个关于自身的答案，哲学就是带领着我们追寻这个永远找不到的答案，但追寻的结果是人类的更大茫然。因为追寻带给了我们更多歧义，人类的心灵被覆盖上了荒茂的稗草，人类没有能够在更广阔深邃的空间突围，而是在自我的混乱里被缠足被禁锢。幸运的是，美学却因此斜生出来。哲学的干流却进入了实用性。我一直坚信哲学的本意不是针对现实，而是针对生死和虚无的。哲学实用化就已经不再是哲学。哲学变节。

读米勒《晚祷》

这幅米勒的油画曾经让我的精神那样温暖，迷离般的宗教般的温暖。

每当我伫立原野，望着在泥土中劳作的农人的身影时，我就会有一种难以言说的激动和陶醉。所以当我看到米勒的油画《晚祷》时，我一下子就和它融合为一体了。此时，我只能用"融为一体"来表达我的感受。除此之外我找不到让我更满意的语言。暮色的土地上，一对农民夫妇正在土地上劳作着，这时远处的教堂里晚祷的钟声响起，他们便放下正在劳作的活计，双手抱在胸前，头颅微低，正好面对了大地，做最虔诚的祈祷。天色有些暗淡，天空和大地在尚有些红晕的暮色里宗教般神秘地辽阔，大地一下子变得宽厚慈祥起来。农民的身边是默默的草筐和木轮车，似乎也在钟声里祈祷或者倾听。教堂的钟声中，那男人用刚刚劳作着的手在胸前抓着刚刚摘下来的帽子，进入宗教姿势，默立。画家细腻的笔触几乎画出了男子又长又蓬乱的头发上帽子留下的痕迹。而女人的双手在胸前抱得多么紧，仿佛里面抓住了什么，一不用力就会掉下来。我惊奇于他们的生活和信仰如此和谐默契的统一。那教堂的钟声已经沉进了他们的生命里血液里，以及生活的深处。并不是钟声唤醒了他们，而是他们生命里对晚钟的回响唤醒了他们。面对这幅画，我还看到了躲在一旁的那束睿智博爱的目光，那是米勒的目光，他已经站在一边看到了农人自己永远看不到的他们自己的命运。在他们的岁月里对土地的感恩已成为一种庄严的仪式。

……冥冥中我的目光渐渐和米勒的目光在重合，我仿佛走进了米勒的心灵。

读克拉姆斯科依的油画《月夜》

这幅画中沉静的气息令我们神往。凝脂般的月光，纯洁的黑色，夜色中的花香，大地的味道，苍老的树干，地下的绿草。画家的笔触细腻得令我们颤抖。画面的中间，任何一个女性坐在那里都会变成女神。这样的世界不和任何的庸俗的世界相连，与它连接的是读到它的任何一个心灵。它和我们一起构成了一个没有任何杂质的世界。读它，我们读到了画家的灵魂。我愿意和这幅画一起沉静一起空灵。让我们在这幅画前多待一会，再多待一会……

这幅画像一种幸福的睡眠。

哲学的诗化和浪漫化就是美学
——读《诗化哲学》

这部上世纪80年代中期出版的书籍，曾经启迪了中国一代人关于文化与哲学、社会与美学的心智思考。文学博士刘小枫对德国传统哲学进行了自己独特的整合和梳理。在康健的上世纪80年代，海德格尔、荷尔德林、里尔克、狄尔泰这些兼具哲人和诗人多种身份和品格的大师在很大程度上是因为这部书走进了中国文人的书斋。"人应该诗意地栖息在大地上。""没有房屋，你就不要修盖房屋。"读这部书，使我们知道哲学不是板着面孔的说教，不是为了放之四海而皆准。它让我们感到哲学是鲜活的激情的，它让我们看到了精神质地的多元。德国浪漫哲学直接走进了美学与诗歌。他们让哲学在心灵中舞蹈，在精神里激越。把哲学浪漫化而生发的色彩炫耀了整个人类的心灵，稳固了人类精神的基座。他们对哲学和精神所做的理性而智慧的倡导，为我们塑造一个与物质世界相并立的精神世界提供了可能。综观今天的中国文化界，我们可以看到德国浪漫哲学丝丝缕缕的脉气。

读这部书也许不需要你把什么都读懂，重要的是你要把自己的精神和心灵融进去。在其中泡一泡把自己滋润一下，比读懂几个道理重要得多。

书现在可能不大好买了。对于今天的节奏，二十多年，已经显得很古老了。

读希施金油画《在公园里》

读读俄罗斯画家的画《在公园里》吧！想想那是没有照相机的年代，你就没有什么话可说了。想想那是没有市场的年代，你就知道他们是为什么而画了。在他们的画里你读到的只有精神和灵魂。你闻不到铜臭气的，绝对没有。画家和他们的作品很和谐，中间没有金钱、私利、欲望隔着，没有俗世与市场的巨大隔板。画留下了，画家走远了。但我们知道他们永远在他们的画的后面。他们在凝视着我们。他们是真正的画家。我们今天的画家只是一个称号，是给自己美容养颜的东西。画笔沦为他们换取铜板的工具。有时候可悲，有时候可耻。

关于自然主义

旅行中携带的书一定不是信手拈来的，那是要经过缜密的选择之后做出的决定。当代人的车上，相当于古人读书"三上"中的马上。

不久前的那次出行我带的书是李奥帕德的《沙郡岁

月》、法布尔的《昆虫记》和我常常携带的里尔克的《杜伊诺哀歌》。有时间我就交叉阅读。李奥帕德的《沙郡岁月》、法布尔的《昆虫记》都是自然主义杰作。是一种平静的浪漫，是一种生命态度稳定并确定之后的浪漫文字，他们在自然的景象里折射心灵的镜像。现在能够真正让你构成阅读现场和气氛的文字和书籍并不多。所以，你不得不经常形成一种过去少有的与书籍的关系：俯视。俯视不是鄙视，它至少也是一种视角。这样倒获得了一种阅读的平静，虽然这样的平静常常有些平淡。我当然喜欢那种让我在文字里有登越感的文字，你可以享受文字的阶梯对你的承载与托举。但现在更多的却是让你俯视的文字，这种文字让你自由飘落，无须调动自身力量。这其实是当代阅读者的一种悲哀。文字被你俯视有两种情况：文字自身高度不够；文字站立的基座很低。后一种文字像一株大树，即使它自身很高，但站在山下，却低于山顶的一株草。与此相对应，阅读者的高度也是同样的结构。我不知为什么我们不大力建构这个基座。就生命气质来说，我不是一个完整的自然主义者，因此我并不与自然主义者的文字完全吻合。但我生命结构里有着很大的自然主义的品格和为其预留的空间。我是一个喜欢在文字里走险的人，因此我最喜欢并追求在激越里表达和完成最完整的智慧。因此李奥帕德的《沙郡岁月》、法布尔的《昆虫记》只是我在某些阶段喜欢读的书，却是我在很多时候想念的书。它们类似朋友一样的品格一直吸引着我。

读卢梭

卢梭很值得我们谈谈。

有很多人可以在面对世界时是一个强者，充满了战斗者的勇气，但当背对世界或者面对自己时则成了一个懦夫。而卢梭是一个敢于面对自己、正视自己、勇于向自己的人性挑战的人。他敢于撕裂自己给别人、给宗教、给政治、给政敌、给世俗看。

自我忏悔是一柄利剑上的锋。

但即便是卢梭，也总是不可避免地在《忏悔录》中美化自己，辩解自己。可能他自己并不知觉。

有一个新问题：当卢梭解剖自己后，当他将自己人性中居住在阴面的东西剥离出来之后，我们应该如何面对这些已被卢梭忏悔过的东西？

你想过无数遍之后再想想。

《天·藏》的超越意义

宁肯的长篇小说《天·藏》在中国小说格局中没有邻居。难以分类。它自居高格。

我个人认为，《天·藏》是我读到的中国文学最优秀最有整体精神高度的一部书。它超越小说的文本，融诗性、宗教、哲学、美学、自然和灵魂于一体，构造的是一个具有无限丰富性的精神故事，宏阔处极其宏阔，悠远处极其悠远，洞幽处极其洞幽，从而使文学走向更多的可能性。《天·藏》超越小说的文本，打破了传统文学形式的分类。从而带动生命走入更丰富的境地。面对这样的书，只有阅读小说的能力是不够的，甚至只有阅读文学的能力也是不够的。他调动的不仅仅是我们生命里单纯的文学元素。它满足着更丰富的阅读渴望。我阅读它，视如己出。所以我不嫉妒宁肯，因为我不嫉妒自己。

读《天·藏》，我总觉得维格不是一种宗教式的救赎式的信仰，而是内心一种力量的醒来，所以一切最终的信仰都是自己内心力量的一种伸展，一切都在心里，天地存在就是上师。

就精神的丰富性，《天·藏》具有极大的内在的张力和无限开放性。它心灵化、诗歌化、精神史诗化。它甚至与单纯的小说无关。它与无限丰富的心灵原野有关。与一个人的世界建构有关。与更广阔的时间有关。它当然也有不足，有缺憾，但那是它自身的不足与缺憾，也不与任何其他有关。

它的优秀，是因为它的独立性，它甚至不具备可比性。它自立法度与坐标。它还是小说，但又远不是小说。对文本有极大的超越性。现在很多人追求个性、标新立异。虽然努力的精神可嘉，但力气不够。《天·藏》与他们不是一回事。

读惠特曼

很多年前，当我刚刚爱上诗歌的时候，我就遇到了你，惠特曼，你这个大胡子的男人，你这个美国木匠的儿子，你这个森林中的大提琴，你这个在太平洋东海岸涌动着的潮汐，你这个胸如山谷、肺如海洋的诗人歌手。那时候我可不像现在这样虚胖饱满，那时候我在读高中，面黄肌瘦，毕业时只有117斤，背也是驼的。但我一下子从你的诗歌里感受到了一种粗犷饱满厚重的气魄。我被你吸引、影响、搅动、固定。我身体里原本固有的东西在崩塌在毁灭在消亡在重新结构，从此我感到我的身体里充满了浩荡巍然之气，生命的内宇宙变得广袤而辽远。惠特曼，你胸怀山岳，吞吐风云。你发达的肌肉和思想和灵魂撞击着轰鸣着，震荡天宇。我从此以后的生命里，你昂扬的诗音一直在回荡，那么高亢、嘹亮、悠长、豪放。特别是《哦船长，我们的船长》，令我经常在精神灰暗、生命孤寂时大声咏诵。在咏诵中，一次次地为我构筑起浩荡的生命底气。当今天我也成为一个成熟而饱满的男人的时候，我更加体会出它在我生命底部所起到的无以替代的作用。记得刚刚遇到你的时候，受你的影响，我就写了很多长诗，如《黄河》《父亲是一轮古铜色的太阳》等，试图用我的灵魂和肺叶与你唱和。其实我渐渐地发现我是在用我的生命和你唱和，一直这样。很幸运，惠特曼在我文学生命的最初给了我一口很大的气，让我一直不怕溺水，不缺氧。

　　当今天，当我站在这生命的中渡口，站在这离襁褓和坟墓差不多远的地方，站在这一生中最大的伤口的边缘，咏诵你的诗歌，让我再次获得了无穷的力量：

……险恶的航程已经告终，我们的船安渡惊涛骇浪，我们追寻的奖赏已赢得手中。……港口已经不远，钟声也已听见，万千人众在欢呼呐喊，目迎着我们的船安然返航，我们的船更加庄严而又勇敢……惠特曼，让我们紧紧地抱在一起！——让我们来一次身体的拥抱、精神的拥抱、灵魂的拥抱、足脈和头颅的拥抱。

关于语言

我们并没有创造足够的文字和语言让我们来描述这个世界，更没有足够丰富的文字描述我们千沟万壑、巨细浩杂的灵魂的瞬间和精神的闪电般的痕迹。我们在很多时候会一下子陷落到语言的漏洞和洼地里而被语言突然抛离，或者擒获。一瞬间的茫然和无从表达是我们站在语言之外、跌入语言的峡谷之后的一种无助、挣扎和吃力。语言的缝隙过大，我们承受了太多的语言的无力而导致的痛苦。在我们看似浩瀚的语言里，我们总有太多衣不遮体之处，甚至会残忍地露出我们最隐秘部分，让我们永远拉不紧那个地方的语言遮羞布。语言的尺寸有时候是那么的小，让那暴露着的部分永远如伤口的新茬。我们常常被迫地疯狂地使用着最公众的脸部的语言。

是的，我们疯狂地使用着最公众的脸部的语言。这是我们没有难度没有神秘没有羞耻感的同质化的语言，是在人类伊始，在道德的帷幕渐渐落下时就放弃私存，献给了公众的部分。我们在承认语言的局限之后，真正的写作者所应该做的就是在语言的边界处，做悬崖般的冒险。这样的语言会给我们另外的世界支点。

但我们去做了吗？几乎没有。我们回避了这样的冒险与难度，我们把那些脸部语言翻来覆去地搅动，反复使用。我们从这样的语言，还是到达这样的语言，我们滑动在语言的地表层，语言上留不下痕迹。甚至我们根本就不知道语言在局限我们，更遑论去触及语言的极限。我们一直浅薄地认为"语言已经足够用"。或者控制、终止语言的继续繁衍。

对大地的情感是人类最古老的智慧

一

《大地啊，我的胎盘和墓地》是我的第五部散文集，在此之前我的四部散文集中，有三部的书名中出现了"大地"这个词汇和意象，在我个人心中，这是我的大地四重奏。它们是《大地的语言》《大地上的河流》《在大地上走丢》。其实我的第一部散文集《祖父是一粒粮食》也已经把大地的意象隐含其中。这些年，我们所看到的现实中的大地已经开始失去大地的本质，但在我的文字中，大地保持了它恒定的高贵。这是我的一种生命仪式，一种灵魂中永恒的守望，我在自己的文字里呈现了我心灵中的大地。

回头自己的写作之路，竟然已经三十多年了，每每意识到这一点我就有些恍惚，并不胜唏嘘。这几乎是我人生的最好时光。相对于大地的永恒，生命是一个瞬间。这些年，对大地的写作通贯我的整个生命。对此，我迷茫过，忧伤过，痛苦过，焦灼过，最终都是大地的辽阔平复了它们。也是在对大地的写作中，我的生命像一株庄稼渐渐成长。我是大地意象的寻找者，是大地魂魄的收集者，我几乎想走遍天下所有的大地，以跋涉者的形象塑造自己的生命。但这是多么徒劳。生命走多远，相对于大地的辽阔都是一种静止。我只能在文字里，在自己的灵魂里来做这样的永恒跋涉。但正像空间上的跋涉一样，我越是行走，前面的路越远，我行走得越远，大地越是辽阔。它几乎向我们呈现了一种接近无限的存在。

二

我出生在上个世纪60年代，那个时候，这个古老国度的大地上刚刚经历了一场浩大的饥饿。所以我一出生就看到了一个个虚弱的乡村和贫瘠的大地。但那时候，我还没有这样的视野和判断。我只是一个懵懂的经历者。因为单纯和透明，我对世界的认识不是知识化和总括式的。童年的我几乎是一个具有无限接受能力的人。所以，我与身边的世界进行了最纯粹最圣洁的交流。鲁西大平原那个叫刘寨子的小小村庄，村庄最西头那个长长的院落，就是我生命开始的地方。现在，年深岁远，我经常远望在那个院落走进走出的幼小身影，重新找寻自己与那个院落的关系。其实真正明晰了自己与那个院落的关系，也就参透了自己与世界和时间的关系。

三

十三岁，我的生命离开了那片土地，完成了一次无法进行生命价值评判的迁徙。从土地到城市，从农业到工业。生命的背景和内景都发生了一次深刻的变化。一次我个人无法阻挡的命运的转换。当多年后，我读到荷尔德林的《迁徙》的时候，我才更深刻地感触到迁徙的时空感，精神意义，以及对生命的更高诉说和标志。

我很庆幸我生于乡村，出生于土地之中。中国作为一个漫长的农业文明国度，大地是几千年文明和智慧的直接孕育者和承受者。人类的一切都与大地有着最紧密的关系。我看到的每一个人每一个物都是乡村风俗的雕像。虽然我十三岁就过早地离开了乡村大地，但这颗种子在我的生命里埋得很深。且它的生命力是那样强大。在我离开乡村不久，我很快就开始了对乡村的心灵化记录和描写。几十年中，我的写作脉络一直没有离开这条基线。从乡情开始，从故乡的意义开始，到对泥土的体悟，到把这一切提升为大地的宏大意象，我完成了文字中故乡—土地—泥土—大地的逐级递进。我在文字中力图重塑大地的本真，其实是在重塑我自己的生命。在远离故乡的地方，我不仅是一个客居的遥望者，我一直没有放弃我在泥土中，在大地上的主体。我不能以一个介入者的身份述说大地，那是对大地的不敬，我必须在其中。但我也不想成为一个表象的描摹者，生命的意义必须到场，灵魂是大地上最深刻的意象，它比我们的身体更重要。我一直力图在文字中完成灵魂和大地结构出的更超越意象的塑造。但我也深知，散文的语言在很多时候力有不逮，所以，我也一直以最结实的生命理念，以最质感的体悟，以美学哲学语言学的合力进入文字，进入在我们的灵魂中再生的大地。

四

我以最固执最强悍的态度认为：对大地的情感是人类最古老的智慧。

大地用它最简单的平面支撑了我们，人类古老的梦想在它的广阔里滚动。我们的出生，在这片土地上；我们的死亡，亦是在这片土地上。生命的流浪，在这片土地上；生命的迁徙，仍然在这片土地上。以及生命的轮回和季节的轮回都在这片土地上。以及时光的延展和血脉的延续亦是在这片土地上。这是铺展着我们的血性和神灵的舞台，天空和万物做了人类宏大的幕布。

大地以它看似单调的千年轮回滋养着一代代的人类，一岁一枯的更迭里是我们享受的恩典。但大地并不仅以生长着的万物馈赠我们，我们所有的一切都与它有关。悲悯慈祥的大地，承受一切，容纳一切，宽恕一切。但人类在遗忘。是的，在遗忘，一直在遗忘。在人类的遗忘里，大地似乎与人类变得越来越无关，我们与大地在精神的莽原上越来越远。也许我们注定不能逃离它，但我们一直做着逃离它的姿势。

这种逃离的渴望在今天的所谓现代文明里逐渐变成一直对大地的破坏和伤害，甚至是一种对大地的冷漠。而这样的远离是一种真正的远，是一种疼痛的远。但我们永远无法割断这条根脉，这条人类永恒的脐带。

大地，不是一个位置，而是一个生命永恒的背景，是一个精神坐标。它与灵魂结合的时候不是平面，不是我们可以看到的一切，而是无限的有形无形之物，甚至是无限的全部，它几乎是一切灵魂的形态和生命的状态。它不仅仅是给我们呈现空间，给予我们生命的存放处，它也不仅仅是奉献食物予我们，而是喂养我们的肌体，滋润我们的骨血，丰富饱满我们的灵魂，飞扬我们的精神。它是我们的流浪，也是永恒的回归，它是生命的飞升，也是注定的不可逆的降落。它是我们情感、品格和智慧的总和。

在大地中央，那株独立的树，就是被确定的我自己。

大地的平静是容纳。我的平静是感恩。天地空旷渺远，这一切像什么也没有发生。但大地的无边宁静，像一切都在发生，一切正在发生。

五

我曾经在上世纪90年代末期停止过自己的写作。当然是作为写作形式的写作。我给自己的要求是：放弃一切发表，将写作降低到最低限度。我做出这样一个决定并不是我要离开写作，去做其他事情，而是将写作内化于心。因为我深深地感到了来自写作的困惑和恐惧。在写作了十几年之后我开始思考一些写作的最根本的问题，我为什么写作？什么是作家？写作的本义是什么？我的写作和我写下的文字有意义吗？我就一直这样写下去吗？我是否还有另外的东西要表达？……以及一切我曾经接受和认可的东西。我必须来一次生命内部的整理运动，一次一个人的文艺复兴。我必须寻找另一种节奏，另一种生命形式，另一种生命密度和速度。我必须重新使用否定的力量，逆向的力量。我决绝地承担了这种搁笔的勇气。我不知道十年的沉默会在我的生命里最终结构出什么——沉默是我无法总结的一种东西。但我越来越觉得沉默的力量在我的生命里形成的神秘和新的萌动，那是一种生命内部的风暴，一种沉默的暴力。我将在生命内部实现转身，在生命中途的驿站重新体验生命再生和涅槃的蜕变。我必须让自己在沉默里重新降生一次，我自己孕育一次自己，自己做一次自己的母亲。这个新的自己，将是一个我自己设计、创造、认定的自己。这一次，我将把自己降生在一个无边的地方，一个古老的地方，甚至一个没有时空坐标的地方，尽力地给予生命无限的可能性。沉寂之后的我将开始寻找新的生命表达和呈现，寻找新的与这个世界的关系。是的，我已经开始了新的表达与呈现。这几年，我让所有的文本都在我生命里破碎，以最大的生命勇气做了对世界最直接最逼近最强悍的表达。所以，从这个意义上说，我不想再坚守一个我一直习惯的写作姿态和身份。也因此，这部散文集将是我作为一个自觉的散文作家的最后一部散文集。这样想来，我内心里有些疼痛和割裂感。但我决意承担这种疼痛和割裂。

六

这篇自序，我写得很艰难，超出预想一百倍的难产。从十五岁写作，在写作三十年后我竟然发现我完全不会写作。我与语言还是那么陌生，这让我看到的一切事物也都变得陌生。我甚至觉得我的写作刚刚开始，那么好吧，我就从对这一切的陌生写起，重新踏上写作之旅吧！

此时，年关已经近了，不时地有爆竹声从大地深处的乡野传来。我抬起头来，透过窗子看着不远处静默的南山，我与它对视了几十年了。我在对时光飞逝的感叹里，竟然感到了短暂的生命里有一种我以前没有发现，或者一直不承认的永恒感。这是南山给我的启示，是辽阔的大地给我的永恒警示。

蛇年岁尾，我将这些文字呈出，我有一种莫名的轻松感和神圣感。愿它们遇到许许多多的欣赏和善待它们的目光，愿它们与一个个美好的心灵相融相安。

然后，我将尽可能平静地享受这个年，更多地行走在那些幸福的人之间。以最本真的姿态表达我对生命和世界的信任和感恩。

大地苍茫，一庐孑立。

夜空浩瀚，一星独漏。

万丈心野，一念孤悬。

遥遥去路，一人不歇。

思想的尘土（上）

1

现实总是证明现实主义者的失败。那些现实主义以及批判主义者无论多么充满狂妄的激情无论多么有力地介入现实，最终都成为现实的另一种赞美者和殉葬品。因为现实本身已整体失败。而理想主义和空想主义者是真正伟大而有价值的。也许它们现在被迫匍匐着，但它注定会在远方倔强而骄傲地站着。因为现实的失败并没证明他们的失败，却证明了拒绝他们是一种错误，而非他们无用。倒是现实证明了现实本身无用和无效。

每个人都在虚拟的存在里以各种方式等待死亡，这也是每个人都要承担的天劫。死亡，是对生命现象的永恒的、统一的，而且是绝对统一的判决与否定。就像永恒对瞬间的否定一样。并最终实现对永恒自身的自我否定。所以，本来就没有瞬间，亦没有永恒。

3

今天我在那片桃园里转悠乘凉，看到一农人在修葺他的石堰。石堰有一人多高，因为大雨，冲塌了三米多。看看那石堰的样子，应该是很有些年头了，甚至应该是上辈人垒砌的。他一直一个人在那里劳作。累了就抽烟。我估摸了一下，要修好它至少需要两天。但他不急不躁中表现出的耐性，让我敬佩。我没有帮把手。在山野里，若不是农人遇到特别困难，比如推车上坡等，你不一定非要帮助他。如果你看看在你帮他之后他的慌张和不知所措，你就明白我说的话。农人有他自己的节奏，你的节奏他们不适应。他们对待事物的沉静耐心从容有着一种很独立的美好。他们的行为准则里没有不满与抱怨。他们有另一种节奏的安闲和幸福。一个人做他分内的事情，是他尊严的一部分。

4

我所目及的一切，以及我的意识所能触及的一切，都不过是世界为我布下的一个格局，所有的一切都是以我的存在为基础而制造的道具。不仅仅是指物的存在，所有的一切法则和规则，以及一切逻辑和关系总和，都不过是让我来掌控这个格局，并以所有的法则让我享受一切的道具。所以，我高于我看到并感觉到的一切。

5

有一个我至今走在途中，有一个我至今等在路上，却始终没有相遇；而没有出发的我和已经到达的我坐在这里，却各自独处沉默，一言不发。因为在世界的两端不需要语言和声音。

6

独守时我从不固守我的坚强，处于人群中我从不表达我的脆弱。这一直是我的生命恪守。哪怕生硬奇崛。但现在我越来越做不到了。我在这样的表达中越来越极端，亦越来越追寻平衡。是的，我正在苍老，正在在苍老中获得世界的气质。除了激情和男人的能力，我老得那么快。一瞬，一眨眼。我正在别人的视野里如夕阳西垂。但是，如果宽阔和厚重是一种惰性和消极。我接受这样的惰性和消极。

7

我们不能按照一个人的存在和标准，来表达一个人。人与人之间的不同，只是外部呈现的不同。人隐形的部分远大于显形部分。每个人隐形的那部分，都可以表述为神性。所以，每个人身上都藏着无限的黑暗和内部的明亮。把每个人都放大到最完整的状态，人与人的界限就会消失，人和人就完全相同。在那样的意义上人是全知，未知只是对自身的未知。人与宇宙同体。

人类必须相信神性，相信我们不可知的神秘力量，相信一种超意志力存在。因为人类本身就是这样一种存在。至今为止，我还没有看到任何科学与人本身有关系。

8

为了保持人类艺术的美好形态，我觉得一切艺术创造都可以停止了。现存的艺术资源已经足够我们人类循环享受，因为人类也是在生死里循环的。已有的艺术可以在一代代人那里一次次复活。继续创造，只是可以让艺术的体量增大，但艺术的质地会一直滑落，非艺术的成分会占据生命的空间。就像我们现在这样。

9

物质时代导致的结果是，你享受到了各种意想不到的能力和特殊权力，却享受不到人的基本权力。人类一直在自造权力体系，而天赐的权力被剥夺，但你必须承受新生物质的无数可能性。亦即人现在最大的权力就是你必须使用"物"，你被剥夺了不使用"物"的权力。你必须在新的物质法则中重新确定自己。其实是承认自己被物质完全制约，并在上面画押。是的，我们的一切行为只是在画押。

10

每个人都是自己的雕塑大师，每一条皱纹的雕刻都可谓神功。并在作品完成定型的瞬间死亡。这是多么伟大的艺术家。

11

赞美别人是掩饰自己无知的最好方式，因为天下人都不会对赞美进行反驳和争辩，哪怕赞美词与被赞美者之间南辕北辙毫无关系；除此之外还有一种可能，就是为了目的主动出卖自己。

12

圆，是无限的具象。

13

我对很慢的事物充满迷恋，而停止的事物几乎能让我震撼，因为它几乎具有和已往历史同质化的美感。所以我近来总是想起那个春天里我曾经去过的村庄：南慢村。我极其喜爱它塌陷的村庄的中间地带，在那里停留的阳光就如一个时光的金色湖泊。

14

人接近了世界的本质，知晓了神的秘密，一直被上苍的意志认为是一种不道德的事情。神会以神的隐秘法则阻止和惩戒。在人类的群体生活中，人是主动放弃了自己生命中的神性部分的。人以放弃神性的方式认识并确定人本身，并继而认识和确定自己。人在人之外一直有一个统领者和控制者。我对人类所做的一切表示鄙视和冷漠。离开人类之后回视人类，我实在看不到所谓的人类文明。那是人类自我陶醉、自我封闭、继而自我矮化的视角和结果。

15

是人生了神。因为人对自身不怀疑，但人对人的前提和存在的合理性感到怀疑。——每个人相加，大于人类的那一部分，就是神。

16

光明已经太多，而火焰太少。很久很久了，我们已经丧失了捧着一粒火焰点灯的古老姿势，我们的身躯里已经失去了火焰和温暖。疲倦的星球，在宇宙里摩擦得太亮，再也没有指引了……无尽的寒冷……古老的灵魂里承载着整个苍穹的迷茫与黑暗。

17

每个人的正常表情里都包含着巨大的冷酷；无论我们如何热烈、刻意友善，但这一切都是很轻微的。

18

遥远的西部，既是一个空间概念和坐标，也一直天然地以哲学的美学的抽象的概念存在着，甚至带有神性的元素。它多么像一种永恒的旅途后半程！不知道起点和初始地在哪里，但这里永远接近终点。是的，永远接近，却永远不是终点。就像不知道起点和初始地在哪里，也永远不知道终点和到达之地是哪里。在这一点上它极像这个世界的属性。——永恒的旅途的过程中。——这几乎决定了世界的绝对的迷茫。

独自一个人在这西域的深夜，万籁俱寂，孤馆寒窗，以及并非我想象的清晰深阔的天空陪伴着我。我愈加把自己看得更清楚，我愈加感到了我和世界的最直接最难调和的关系。突然的悲悯浩瀚，突然的如遗腹子一样被世界弃掷之后的凄凉，突然的以个人的蚀骨锥心的冰冷覆盖了世界。我几乎再也无力承受一个独立的、最轻微的生命。

明天就要到敦煌了。但奇怪的是，我突然对旅途充满了拒绝。我不知道这种突然而至的力量来自何处。我特别想回去，想回到我的居住地。我越来越拒绝外出，我更愿意将对世界的好奇珍存在心里，从而实现我一个人对世界的构筑。空间的急剧变幻会让我有精神分裂之感。我无法凝聚起我的魂魄。我愿意在自己熟悉的山谷和树林里。我愿意把自己居住过的房子直接变成未来的墓地。因为我已经安息很久了！

19

在这个世界上，只有艺术、情人和死亡让我如此痛苦和煎熬，甚至破裂和消失。每当面对这样的命题，我就能够强烈地感受到我是世界的总和和终端，是世界最大的施虐者和受难者。而我又一直拒绝承认世界的存在，甚至拒绝承认我自己的存在。虽然诺瓦利斯把那个神奇的"你自己"称为奇迹中的奇迹。

20

风和水，这些没有骨头的事物最有力量，它们没有形状和固定的方向，充满阴谋感和无限可能性，且无处不在。而山川和大地，因为它们过于定型过于被规定，总是呈现出被征服和承受一切的姿态，它的力量也往往积贮在自身内部，成为孕育一切和滋生一切的力量。正如人身上没有骨头的器官最有力量一样，如舌头和心脏。

21

是什么神力一日日把我送入深夜，这黑暗的最深处！并且无涯无岸，难以泅渡。

常觉得，在这个世界上任何一个人都比我来得早，我永远是那个占不到位子的人。甚至依然会惶惑地望着这个世界怀疑自己是否真的已经来了。这样的感觉已折磨我半生了，并注定要折磨我一生。在这样的感觉里我只有一点可怜的幸运，我一直享受一种陌生感和被拒绝感。我甚至私自地将这种感受认定为一种我私享的神权。

苍茫的大地，会有塌陷破漏的地方，而那正是冥界的开启，灵的出口。那么，好吧，我就在那里下葬。

22

古代文学史是一部诗史，是人类原初的精神史，是人与神共塑的历史，充满自然意志、天地法则和酒神精神。而今天的文学史则是一部小说史叙述史说谎史，是生活和生存理念的记事本，语言成为表述欲望和心计的工具。从这个角度看今日之文学较之于古代文学，不过是大理石地板砖较之于古老的大理石神柱。还有什么好说的呢！今日文学已丢失了古老的语言和精神，今日之作家过于迷恋文学场地。真正的作家应该尽快离开他的文学现场。今天的作家一直以为自己可以站在先人的肩上，可以享受前人的文明积累，这是极其错误的。因为我们连爬到他们肩膀上的能力也没有，因为古人早已离开，只留下高峰压迫和阻挡着我们。所以今天的作家有着先天的永恒的缺陷和永不可弥补的不足。

23

相对于永恒的背后，我们一生都转不动身体。因为背后永远在背后，背后就是转动的一部分。是人类的宿命。

24

我的生命空间，现在越来越清晰起来。在这个生命空间的舞台上的人物越来越少：造物主，儿子，神灵，我。以及坟墓中的姥姥，以及那些成为远景的情人们。

25

做一个内漏者，一个生命内部的滴血者。让生命在内部永恒破碎，并在疼痛和鲜血里永远不枯萎，不僵死。还有什么能比这样的鲜艳的，而又从不呈现的颜色更生动？

26

黑夜让世界成为一个整体，只有欲望的城市的灯火是它最边缘处的溃腐与破碎。而此时，原野中的万物将黑暗沉入饱满有力的根脉中，与根脉同息，就像在白昼里它们吸吮阳光一样。而黑暗中的我，无论白昼与黑夜，都不能缓解内心的一丝绝望。所以无论疼痛和欢愉，我生命的一部分只永恒地沉默，绝不醒来与诵唱。

27

父亲去世的那一年我做了父亲。因了和父亲感情一般的缘故，父亲去世时我虽然心情很沉重，却没那么伤悲。但岁月是个无常的东西，我不知它在我贫瘠的生命里注入了什么，也许是一种情感的反刍。应该说儿子的角色在其中起了决定作用，是他授予我父亲的资格和称号。从此我对最最普通的父母与孩子的事情轻轻一触碰就会泪雨滂沱。年龄越来越大，骨皮越来越老，但生命内部有个地方越来越嫩。那个很嫩的地方存着一汪春末的湖水，青草丛生，永远不败。

28

三十多岁后对四十岁充满拒绝，甚至是抗拒，那场人自身的战争开始在生命内部无声地白炽化。四十岁是一个死亡的驿站，它让我死了一次，而如今却不是再生，而是残喘。随后对五十岁的肉搏战直接上演，年龄所蕴含的巨大消极性几乎彻底荡涤了一切意义的建构。生命一直无岸。如今终于有触岸的感觉，却是一条冰冷的岸。衰老和死亡多么近！

我的生命一直活在我生命的两端：永远的童年与永远的苍老各占半壁。而中年是一个枯树的巨大洞窟。当我伸出那双苍老的手，能感到秋水更比冬水寒；当我伸出那双童年稚嫩的手，千年的树根似乎也沾香发光。

每日消失的日光，都是从我们面容上掠走到颜色。

我们总是找到存在，我们去哪里找到不存在？其实，不存在就在一切存在里。

我已经用完了我今生的所有力气。后半生，我只想睡眠，就像提前得到了永恒。那没有任何声响和痕迹的生命，才是真正的永恒。

我经历的一切，包括灵魂里的一切，前人都已经经历过了。这让我温暖和麻木，也让我极端空虚、绝望和颓废。

昼的光芒和夜的黑暗享用的是一个空间，这注定了它们之间会有一场永远的战争。而我一个人就是这战争的双方。

29

越来越沉重的迷茫，让我必须使用旧物，甚至前人的旧物，才不至于让我像断线的风筝一样在时光和岁月里飘走。

30

我活得多么真实具体，我存在得多么毋庸置疑。但越是真实我便越是怀疑。万能者妄想用真实欺骗我蒙蔽我。我不承受。我的灵魂早已在生命内部逃走。你们正在看到的我与我无关。精神内部有另一种广阔。我留下痛苦的肉体遗址，来承受无尽之痛苦。痛苦一直都在滋生。我虚拟的存在一直寻找生命在宇宙中的对应。

死亡之后的空间也是生命的一部分，并且也是宇宙的一部分。

我常常觉得我生命里沉积着亿万年腐朽的淤泥。

31

现在的世界总是昏黄一片，坐在落寞的世界一隅，看到的是一个布满尘土的下午。我现在正身处其中的这个下午似乎比那无以穷尽的已经消失了的每一个下午都陈旧。带着它降生时胎里的脏物。可它是刚刚破壳而生的啊，是刚降临于我们的最新的一个下午啊！难道万物滋生之地也已经污浊不堪？哪里还能找寻澄明洁净？

32

在我口腔深处，藏着一颗假牙，一块坚硬的材料，嵌入里面，堵住我内部的巨大缺陷。自从它到来，让我时刻都感到自己的破损，它像我的某种耻辱，被我深藏和掩盖。像我的另一个私处，不敢示人。从此，每天我要清洗两个阴部。每当我取下那块坚硬的材料，它触及凉水我会寒，触热我会暖。它竟然有了我的神经。但我就是拒绝它，不承认它。

33

世界上有谁能一生都居住在宫殿里？谁从来不沾染灰尘？谁一直鲜艳而不枯萎？这也许是一个很痴的问题。但儿时，我觉得除了我都应该这样生活。在我幼年对世界的美妙想象中，越远的人住得越高，渐渐地接近云端，那里有殿堂威严的大门。大门除了不对我敞开会对任何人敞开。而当我渐渐长大，殿堂在我心中已经崩塌。人是在和世界的交换中完成悲剧的一生。

我把生命内部的景象置于这残忍的阳光下。这灵魂的皮肤啊！

34

滴滴答答的雨声，敲出悠远而古朴的韵味。这应该是一个多么美妙的秋夜。可我充满死灰的生命麻木的已经失去了对世界的感知。这么近的雨夜却是那么遥远。我要绕到很远的某一个雨夜，甚至到古诗词中打捞一番，才能寻觅到一丝它的意境和真切，才能在记忆深远的隧道里穿行跋涉后到达这个正在静响着的夜晚。

35

如果我们都错了，我们便会把所有谬误确定为真理。然后唱颂歌，跪拜。伟大的错误从来不让我们痛苦，它的存在像真理一样合理，正因为此它才能被变成真理。所以这个世

界只有存在方式的不同，并无真理与谬误之分。人类到最终
需要依靠荒谬存在下去，因为世界已经太陈旧，肌能退化，
我们正享受饮鸩止渴的满足。

36

突然想，若世界不是今天存在的世界，而是一个极端完
善极端健康极端理想的世界，每个人的人性都是最美好的，
世界的整体肌体是完美的，那样的世界结构是否是一种更大
灾难？那种极端单色单元的世界是否存在初元的合理？是否
绝对地抽离了人的挣扎和依赖？这样的想法让我震惊。莫非
现在的存在是一种最大的合理？

37

难道我应该从现在开始，一生去伪装快乐？如若这样，
难道真的永远不会有人揭穿我的伪装？我就一直躲在我自己
后面，故作坦然？

不能通过证明别人的错误，才证明我的错误。我无法接
受。因为我是另一种错误。

38

雨水啊，窗外的雨水，离开城市吧，离开这坚硬的地
方，它从不吸收你，以冷漠拒绝你。到原野里去吧！到泥土
里去，到庄稼的根部，或者悬挂在每一个叶片。你会给大地
挂上晶莹的鳞片，让大地折射美丽的碎光。你是圣灵之物，

参与一切万物的生长。古老的雨水，让万物一次次复活，让远古一直鲜艳到如今。

辽阔的大地会在很远很远的地方回来，与一直站立的我们相遇。

39

思考远远大于并高于阅读。思，源于自己，在自己内部生长。读，是趋于别人，是一种攀附式生长。但在知识和观念混杂的今天，人过于喜欢往自己身上贴知识标签，并在知识的汇流里寻求知识化的共生，保持自己的不死。并在知识的贩卖或共同贩卖里获得俗利和俗誉。而思一直保持着源头的精神和清冽。孤独而不枯涸。

40

我内心总是充满迷茫和难耐的痛苦，我知道这与天性和童年经历有关。我当然知道这不是值得炫耀的东西，甚至还会被认为是另一种浅薄。但我总是无时无刻不被这样的内心所控制。我岂止不想做任何炫耀，我一直对这样状态中的自己感到羞愧和自卑。但我越来越反问：它难道不是一种意义所在？不是一种生命的真实？所以我知道我的一切表述都是一种痛苦的呻吟，甚至是一种痛苦的惨叫。其实说出这一切也是没有意义的。相对于灵魂的结构（灵魂真的存在吗？）人的肉体结构真的是不合理的。是上苍制造的一个废品。

却原来，每一个人的困境，往往就是整个人类的困境。

其实一直有这样一种绝对的意义和绝对的存在：世界几乎不能脱离任何一个人的存在而存在。世界在每个人的死亡那里，都消失一次，或者说诞生一次。世界不能以整体的意义替代个体的意义，但整体意义无时无刻不在粉碎着个体的意义。因为任何个体都在消失，整体继续并永恒，却没有个体的意义和价值。

41

天地微开，新的一天又已开始。突然想，今天世界上又会有多少只猪、羊、狗、牛、兔、鸭、鸡将被杀戮，进入人类的胃，变成新的欲望和毒性，循环往复！维护人类的每一天，世界要付出多少灾难和我们已感知不到的巨大疼痛？人类为了抛弃羞耻感，先无情地拒绝承担罪恶感。冥冥之中，人类已经成为万物的敌人。人类是最早也是唯一从生物链的残酷中超越出来、占领生物链最高端的。因此人类成为生物链的最大破坏者，并因此成为最残忍的无所顾忌的杀戮者。但也必将成为生物链抛弃的一环。人类注定是存在期最短的一个物种。

42

透过万物之象，我看到了神的靠近，和神在内心的滋生。看到了神的赋予以及神在万物之中的退避。并清晰地看到了这一切的过程。——这世间万物颜色的转换，是最真实的对神谕和神示的传递与昭示。我在万物中穿行，一切目的明确，并真切地看到了地球万物遵循的垂直向下的万有引力，和逆向的向上的生长力量。我常常把一个人的内心疯狂，假设为超越神之主宰和自然的力量。

43

生命的过程就是一个去除意义的过程。这实在残酷。只是我们不去这样理解和接受。甚至在无知里去麻木，并陶醉于这种麻木。这是对自己一生的欺骗。我现在已找不到一个有意义的事情和一个有意义的事物。在这点上，国王与庶民、贵族与乞丐、神与人都是绝对一样的。这样想来，世界上是存在着绝对的本原的公平的东西的。

44

夜幕降临，暮野四合，我自己是我看到的最醒目的所在。世界挤压至我幽暗的窗口，仿佛世界是可以省略的，我成为一切的远方，成为这株宇宙大树的末梢。独坐陋室，独守一块光斑，这个最具体的世界微缩景观，多么适合体验世界的全部与整体，多么适合夜郎自大！多么适合整理打扫世界和灵魂！——自大，就是你本来的大啊！

45

每每走在喧嚣的大街上，看到那些风尘仆仆、志得意满状的人们，我真的不理解他们为什么会这样，他们完全是一副前程似锦、未来辉煌的模样。他们为什么会有这样的状态？这个世界上真的有什么事情、目的、目标，或者生命所得可以让人这样表现自己的满足？活着的本真真的是快乐？他们真的知道他们要去往哪里并感到美好吗？

46

每次乘电梯，我进去后都是按下我要到的楼层键即可。但我发现更多的人进去按下楼层键立刻就去按关门键，且经常是以极快的节奏连续按键，键钮会发出极其不和谐甚至刺耳的声音。我常常在一旁疑惑，人怎么都那么着急呢！我能感觉到每个人心里都在慌张地奔跑，就像被什么追赶。其实很多人根本没有急事。甚至没有任何事情。

乘电梯时，人的表情极滑稽，几乎每个人的表情都不自然。若是很熟悉的人还好，若不熟悉的人，或者半生不熟的人在一起，那份不自在几乎体现在每个人的脸上。人和人之间是应该有一个合理的距离的，但那一时刻一下子靠得那么近，人人都有受侵的感觉。人都在那个被剥夺的"距离"里挣扎，一切都在一种极度的紧张里混乱。那种人与人间无形的压迫感，在那一瞬间，其实是很难完全地找准自己的呼吸的。

47

安静的下午，万物在潜行。时间的永续和重复里，世界被一个螺丝拧得更紧。而我一直在寻找，寻找一个能离开时间的地方。在时间里，我无法承受窒息。我想看到这个世界没有时间的模样。但世界没有时间之外。亿万年的岩层里，生命的化石更拥挤。时间的密度里，一切都已不能再次分解剥离。活着的我，就已成为时间的标本。我风驰电掣的慌张，如同安详。

48

冷漠的天空，只好配以枝条、云影、山巅、鸟形、光的末梢，让人类站在低处，读它的生动。人类如同被宠幸，天天念着颂辞。

49

在黑暗中下沉，下沉是唯一的方向。当我彻底融入黑暗，才幡然醒悟，是光一直让我迷失了方向。

50

什么是世界？世界就是所有人的外部。

思想的尘土（下）

1

在这个世界上，我总是听到电锯的声音搅拌机的声音升降机的声音轰鸣着。在这样的声音里我感觉世界的每个部位在随时变动换位。整个世界好像在一遍遍地格式化，一遍遍地重装。你能感觉到这个世界有很多零件在随意存放，没有定位，没有确定性，没有一个固定的版本。在这样的世界上，精神也被拆析得零零碎碎。何来精神的安定？

又闻一片电锯声，好像这个世界正在被腰斩。

2

我常常想，在这个世界遥远的地方，此时正在发生着什么？这样想着让我感到我的呼吸深远，感觉到我在这个世界上也是遥远的。每个人都在距离自己最近的地方活着，每个人又都活在别人的遥远里。这就是世界——这就是这个世界上的我们，这就是我们存在着的世界。这样想着，我们就找到了一种我们在这个世界上的关系。而这种关系对于人类几乎是最重要的。

3

我那么喜欢路人，在美学意义上甚至远超过亲人。我读他们，隔着必要的距离，并让这种阅读充满想象力和生命力。没有定格，遥远的走近，遥远的走远。我在他们的动感里，给自己定格。我似乎感到每个人行走的样子，都像是入场或退场。都有自己角色的认定。在这样的路人身上，我绝不只是在他们的面庞上才能读到他们的表情，而是在他们所有的地方，比如背上、腿上、脚上。面对芸芸众生，在我的内宇宙里，对他们充满无限的想象和可能。

4

有一株树，我已经和它对视很久了，它躲在一个墙角，一边是房子，一边是高墙，在这样的空间里，它被逼仄的有些倾斜。我始终叫不出它的名字，在很久的时间里我只在这个世界上见过一株这样的树。我已经觉得我和它心脉融合了。是至交。当我在某一天，在某一座城市里遇到它的同类的时候，我完全像遇到了故交。惊讶而激动。就像那株树跟我来到这里，遇到了自己的同类。——虽然我仍然叫不出它的名字。

5

早上醒来，我感到整个世界在翻身，声音在聚集，颜色在清晰，大地在明亮，并用这明亮照耀这个世界的混乱。昨晚散步时遇到的那个穿越马路的蟋蟀此时不知道在哪里？夜晚里的罪恶和阴谋策划者现在应该都已经上路了吧！夜行者在失去他们的光华和神秘。白天让我们看清了人类互相的脸和表情，我们在人类的秩序里归位。——我们是从夜晚里被驱逐出来的族类。

6

秋蝉的叫声是凝重的，对于秋蝉来说，它们一个夏天的时光就像一个人大半生获得的重量。听着秋蝉的叫声，感觉到生命老去的力量。我们只需听到声音，无须看到它趴在树杈上的样子，就知道它的苍老，知道它苍老的必然和无奈。这时候，我会替这个世界感叹和疼痛。此时，我希望我就是那株树，让秋蝉趴在我的身上，用我的体温给它力量。

7

我想起那古代的烽火是否在我们的大地上曾经燃烧过？如果真的燃烧过，我们今天的世界怎么会这样黯淡！那是多么健康的火焰，多么庄严的天空。我在这里遥望，以对今天这个世界的背叛的姿态。我愿我的心脏和精神成为它的燃柴，和它一起燃烧，把天空照耀得更明亮，把所有远去的驿道照耀成我们灵魂的壁画，把一个个远去的烽火台推举得更高远。啊！我看到了曾经飞扬的高傲的瘦马。

8

在这个世界上最让人心痛的是女性的青春与美色，那是一种站不稳守不住的东西，当它处在形成的过程中，还不等结束就开始了败落的过程。所以我对倚仗着美色而傲慢的女性充满了可怜之意。——很多清晨的美丽是等不来黄昏的。而我突然发现这多像我们面对历史的感觉。以及我们正在经历着的现实。

9

当世界纷乱不止、挣扎不休的时候，当这个世界丧失了灵魂，再也不能聚集成一个整体的时候，我曾经虔诚地认为，上帝、造物主、神灵是能从精神上综合这个世界的一种至上存在，哪怕是一种虚拟的存在，他们能用高度对低度的绝对距离来统领一切。但我现在对此越来越怀疑。因为我意识到了时间的可疑。——上帝、造物主、神灵和我们一样在这可疑的时间的经纬里。时间的意志，似乎在这一切之上。

10

那是一个上午，阳光从窗帘上透进来，我写完《某一城市》完成一次上午和夜晚对话。那时的我，男人形态已成，身体健壮精血旺盛，身体里奔腾着无止尽的白色的火焰。那时候我刚从疲惫的床上爬起来，衣冠不整地就奔到写字台前抓起了笔。写完之后，很满意，为了祝贺，我不是走出去，而是重新返回激越而疲惫的床上。那是我最能够可以考据的青春。

11

我想起了那眼幽泉，躲在山里一个山谷最幽密的地方，我是在农人的指点下找到那眼泉的，它出生的地方一点也不高贵，要走过一段碎石断枝，连一截最瘦的小路也没有。刚刚走近它的时候，它几乎是不干净的，淤积的一泓水上落着枯叶和草种子。但我把那泓清水刮出后，就看到了它的真身，它来自一个小小的幽门。那一瞬间我感觉到了大山的母性。那泉是孱弱的，丝丝缕缕，没有一点喷薄的气势，连涌动也算不上，就是一点点的朝着外面阴湿，然后在汇集后滴落。但我知道那看似微弱的力量来自大山深处，那看似的微弱里带着大山的力量，带着大山深处的底蕴和不屈服。我也因此感到了地母的倔强与坚韧：她就是这样的沉默，她就是这样的表达自己。

12

一天下午，我朝西走，一抬头看到了极其瑰丽的云，我在心里打了个趔趄，那样的美让人想到阴谋的外壳。我惊叹，远望，但一点不信任它的美丽。那不是好的天象，我知道那里面一定有一个隐身的魔鬼。魔鬼的外衣都是那么炫目诡秘耀眼。我觉得天空狰狞恐怖。我在天光下呆立了很久，我仿佛在听上天的宣判。

13

我被禁锢着——我一直觉得我已经冲破了禁锢，但在最极限最遥远最虚无的地方，我仍然被禁锢着。我的悲剧在于我被禁锢，却不知道我是谁的囚徒。——我饥饿，我被食物禁锢着；我饥渴，我被水禁锢着；我要呼吸，我被空气禁锢着；我不能飞翔，我被路禁锢着；我会遥望，我被视野禁锢着；我要倾听，我被声音禁锢着；我要思索，我被思想禁锢着；我抑制不住欲望，我被身体禁锢着。一切的存在都是我的禁锢，一切的无限都是我的禁锢，一切的虚无都是我的牢笼。

14

时间是真正唯一的不需要你携带，却时时拥有的东西。它和你的生命有着最绝对的关系。你在哪里，它就在哪里。你可以逃离一切，却逃离不了时间。时间是一切事物的属性，时间却看似没有属性。它是生命的一种需要，更是生命的一种规定和禁锢。你的真实，就是时间的真实；时间的虚幻，正是你生命自身的虚幻。

15

我的皱纹在皮肤下面的血液里。我的生命从生命内部开始了枯萎，并一点点报废。我总是吞吐这个世界上最难消化的东西，所以心里垃圾特别多。我甚至认为这是我苍老的最大原因。任何东西都有副产品，边角余料，包括精神上的。但我不会倾倒出来，我渴望接受事物的对立面。这些废料在我心里面已经成为渣滓、灰烬了，板结了。我想我会自我回收，然后再利用。世界上没有废品的，因为世界就是个废品。

16

我一直喜欢用质疑和拷问表示我对一个人一个事物的尊重。我一直用最客气的、接近赞美的话表示我的轻视。但我现在越来越不使用肤浅的令人羞耻的赞美了，因为接受者看不出我赞美中的轻视，而是无耻地顺势享受赞美去了。

17

今晚我一出门就感到世界被赋予了另一种光。一直有雨，灯光都乱了，在夜色和雨色里，世界散发着油亮的光泽。那种美感无法言喻。我一直不打伞，在雨中踽踽独行，身上的潮湿让我和这样的世界融合得更深。在这样的境遇里感受着人在岁月里深行走远的感觉，虽然有些苍凉，竟然感觉到了力量。

18

站在雨中的一株树下，我在想，它是构成我的世界的一部分，而我也是构成它世界的一部分。世界的存在需要每一个具体存在着的事物来确定。否则没有这个世界。

19

雨一直在咆哮肆虐。我一直觉得这些来自高处的水，也许是来自冥界，来自神居住的地方。它浇灌这个世界，也淹没这个世界，也荡涤这个世界。圣灵的苦难的灾难的水啊，你肆虐吧，冲刷洗涤一下这个污浊的世界。即便暴风雨过去，也能够在每个人的心野里积贮并留下你神性的海子。

20

在冬天，享受寒冷吧！这是生命的另一种温度。在这样的温度里石头坚硬、野草枯黄、原野袒露；在这样的温度里，泥土板结、湖水冰蓝、百虫冬藏；在这样的温度里，鸟巢抱紧温暖，阳光如金箔镀在万物上。寒冷是生命的另一种颜色，是生命的另一种营养。在这样的温度里，物质在内部守恒，腐烂终止。寒冷的世界比温暖时更美丽安详。并值得我们信任。

21

我一直很怀念越来越少见的绿皮火车，坐那样的慢车出行我极其踏实。我不怕慢，不怕它简朴或者说简陋。这样的火车，不仅它显得很厚道很勤恳的样子，连坐在上面的我也显得很厚道很勤恳。它不慌张不着急不浮躁，很多小站它都停，而且停留的时间也久一些，亲和极了。它每次停车我都会下去沾一下地气，抽支烟，虽然匆匆，也证明我来过。速度像一种人类的心理疾病，我喜欢慢的感觉，我已经被速度弄伤了。

22

那年，我疯狂地要学古筝，我觉得心中有一种声音必须从那种木质的器具里发出来。我买了一架很好的古筝，但只学了两次，我便觉得我在那上面发不出声音，我也因此感到，我在另一种意义上是一个哑巴聋人。那架古筝便一直躺在那里，像一架嶙峋的瘦骨。有时候我望着它会心疼，会心生怜意，就像望着我自己……

23

故乡在我的生命里走远，走得很远，直到到达我在远方的心岸。

24

我喜欢黄昏。并不是别人说的那样，喜欢黄昏，就证明我的心老了。我从很小的童年就喜欢黄昏远超过清晨。——当然也许我一生下来就老了。但我现在越来越讨厌和拒绝生命中一遍遍、永无休止地到来的东西，这里面也包括黄昏。它每天都会贴附在我的窗玻璃上，像是检查或者审视我。我赶不走它，它在规定我。它会每天都把我埋葬在一个地方，并且只管埋葬，从不管释放。

25

我身体里影子很多很重，所以阳光在我身上特别明亮。

26

什么时候我能进化成一个傻子？

27

一个人静静地倾听，是能够听到很远的声音的。不是声音近了，而是你的心远了。

28

这么多年来，我一直背对着这个世界。我想获得独立的立世姿态。背对者注定要放弃很多的现实利益。从更宽的视角俯视生命，生命的意义永远在远处，它与现实远，与精神近，这不是乌托邦，这是生命的本义。我愿意在精神里远行，并忍受孤寂和痛苦。在这个世界上我们是不能绕过孤寂和痛苦的。

29

现在，我走在大街上，看人影面容起伏幻动，我迷途般走在其中，却再也看不到一个真正的陌生人。这让我痛苦不堪。其实我谁也不认识，谁也不曾见过，但我还是觉得和每一个人都似曾相识，如有渊源。难道这是人类几千年积淀在生命里的因子？抑或人类情感和个性的趋同，让我们失去了个性差异，成为一个整体？

相对于群体，我更信任个体。虽然个体也并非完美，且是个体组合了群体。但个体一旦进入群体，就容易成为错误的一部分。否则，还有接近完美的可能。——我发现，在由个体向群体汇聚、组合时，不是良善和正义以及美的聚合，虽然群体的组合可能是一个统一的价值观在统领；而这个聚合往往是完成了私欲和恶的聚合。当我在此说到"相对于群体，我更信任个体"的时候，其实我最想表达的是，一个人对自己的信任更可靠。坚持自己的个性的宽阔便能够洞悉人类的全部。个体是每个人的个体，也是每个人的别人。

每个人都在虚拟的存在里以各种方式存在，并等待死亡，这也是每个人都要承担的天劫。死亡，是对生命现象的永恒的、统一的，而且是绝对统一的判决与否定。就像永恒对瞬间的否定一样。并最终实现对永恒自身的自我否定。所以，本来就没有瞬间，亦没有永恒。

30

路延伸的时候，是世界对我的退让吗？还是我的茫然无助在一直延伸？此时风景在窗外逆行并消失，时间在倒挂。而我走形。

31

精神的坚守者就是重新组合那个一直破碎着的世界。还要去寻找那个消失的世界。就是要昭示给这个残破的世界，完美的世界是什么样子的。这种西西弗斯式的努力，也许是一种徒劳，也许多少会推动这个世界向着那个精神世界去靠拢。精神坚守者没有现实的世界蓝本。或者说，狭窄的现实，是广阔的精神莽原的一个组成部分。是一个必须过渡的地带。

32

我们今天的表情是先人们表情的遗址。但腐烂气息越来越浓郁。

33

归乡的路，永远是我给自己的人生留的一条后路。

34

我看见无数的火焰一样的马跑出了草原！我听见了草根的哭泣与悲鸣。

35

我一直对书法很陶醉，我喜欢那种线条的勾连与起落，喜欢它的伸展与飘逸，喜欢它的游走与沉思。我强烈地感觉到，在那黑白之间已经积贮了多少古人美好的情感。现在我自己也常常站在空白的宣纸前，去感触，去和古人沟通。并在那黑白之间伸展自己。

36

我在粮食里看到了土质、露水、月光、星光、阳光、目光、蚯蚓、蝼蛄、草根、地气以及快乐、痛苦，以及在大地下埋藏的一切，以及宇宙里的一切。

37

读神。我把神读得害羞、紧张、慌乱。众神乱舞的时候，我却从容。

38

在这个茫茫的世界上，谁认识谁都是一种幸运。

39

黑夜告诉我们，伟大的黑色可以让世界看上去很安静。

40

我的身份就是"我"，你的身份就是"你"，他的身份就是"他"。除此之外应该没有别的。世界就是应该由这样的"你""我""他"来组成，并且再也不该附着其他什么东西。

41

喜欢以及爱一个人与不喜欢以及不爱一个人最大的区别

在于：喜欢以及爱一个人，都几乎是非理智的；而不喜欢一个人不爱一个人的时候是理智的。但在爱的尽头，那是一种真正的理智。

42

其实我从来难以确定单一的生命和精神标准，我觉得我已经很纯粹了，但我内心知道，我还有一种自己没有解决的乱。我总是觉得我坚持的东西，稍微一延展就和很多丑陋的世俗的令人厌倦的东西连在一起。这是我难以忍受的东西。是的，在精神上我渴望归隐，归隐山林，归隐莽野，渴望一条清晰的精神界线。但现在是一个和尚回家的时代，哪里还有深山，哪里还有山林？

43

人心不静，自然狂舞。神不安形，心无所归。

这是个多么苍白的世界？连一滴伪善的泪水都没有。人心如枯井。

44

火焰一直在海里汹涌燃烧。——是谁点燃了水，点燃了这无边的蓝色的火焰？

45

我赤诚地面对这个世界，让阳光穿透我不留下影子。自己的肌肉也不能阻挡我。我不是展开翅膀，而是展开心脏在苍穹下、在大地上飞翔。

46

在我眼里，我把人类分为"我"和"别人"。"别人"有死有生，生死连绵，直至永远。而我生已经发生，死成为必然。所以我常常觉得这个世界上只有我自己是将死的。我承受了整个世界的死亡。

47

星空是人类的心灵模板。

48

内心里那种巨大的荒凉感常常令我难以忍受。我感觉那种终极的荒凉感已经在葬送我的写作意愿和热情。我只有在表达那种最接近终极的文字的时候，才会有一些莫名的满足感兴奋感，我越来越喜欢用片段和碎片的方式，其实也是最峭拔的方式写一点东西。我对完整的文本已经丧失信心和兴趣。所以我常常觉得很多写作者的写作没有意义。其实谁的写作又有意义呢！——意义本身最终都不是意义。

49

老歌德最撼动我的一句话就是："古塔的最高点，有勇者气魄之心。"第一次读到这句话时完全把我震惊了。我觉得他表达得那么惊险，又是那么宏伟。那时候人的心灵原野远比我们更宏阔辽远。

50

时间的有限性，常常会让我在感觉到自己的生命短暂的同时，也感觉到自己的任何坚守不具备意义。我被迫要在这样的矛盾里挣扎。

51

一枚古老的月亮，沉淀在每一颗古朴的心里，沉淀在几千年的文化里，沉淀在汉唐的飘逸与风流里，沉淀在诗词格律的风韵里，沉淀在江河湖泊的镜像里，沉淀在稻谷稼穑的光泽与禾香里，沉淀在疏朗的枝杈与林莽里。幸福的人们像神一样走在古风犹存的月光里。在任何一个地方掬起一捧水，都会有一个月亮，上面沾着沙子。

52

在远行者瞩目远处的时候，我一直瞩目那些远行者。把背影留给世界的人，是这个世界走远了的人，他们以自己精神的背景与这个世界的大境融合。俗音流彩令追求者厌倦，远方的声音响在远处却在内心回响。高迈的脚步声把世界走出崭新的意象，把人生的视野与驿站走远。

53

人生的况味在秋季的下午显得特别浓重，特别是有云的日子，你几乎感觉得到时间的质感和季节的气味。无论你静坐旷野，还是遥望山巅，还是与一株树在旷野里凝视对话，你都感觉到你是这个世界时间序列里的一部分，风吹过你，并穿透你，时光的浓重里你几乎无法转身，你感觉到岁月的刻刀正在你生命里雕刻着什么。

54

秋天是给青春和生命降温的季节，生命的激情变得浓重。你只要是一个对生命敏感的人，你一定不老而老。其实人的生命就是在这样的四季里死去又活来，直到你成为和时间不断搏击的惨败者。面对生命的迟暮与岁月的无情，青春有什么可值得骄傲的！任何的生命老去都是必然并自然。人的任何形态都是时间无情的遗迹。

55

秋天，山脉在屏息。

秋天是一个很有品质和气质的季节。稳重沉实丰厚，头颅低垂但不屈服，秋天成为思想的壳，思想者莅临。在秋天的大地上站立的人是高贵的，他拥有旷野的巨大背景与力量。人在秋天总是被赋予，而不是被吸取剥离。人的姿势在秋天总是稳重的，人的背后站着莽林，并铺展着广袤的原野。

56

一个人就是一座寺庙，真正虔诚地朝拜的人就是自己。之所以在人的不虔诚一直存在的情况下，寺庙还在那里存在，那是因为寺庙有着统治与禁锢的力量。

57

在这个世界上，没有比黑暗更大的事物，当世界坠入黑暗，整个宇宙都成为背影。——但它是谁的背影呢？！此时太阳只不过是一粒微弱的火。而在我们的现实里，黑暗虽然如此之大，却只不过是我们没有睁开的眼，而永恒的长眠则是对黑暗之大的超越。黑暗之黑是我们的心和眼睛跌入深渊以及死亡的时间。因此在这个角度上，看似简单的死亡具有伟大的特质。

58

在夜晚，那些白天的梦游者与呓语者回归生命常态与本位。他们卸掉面具退回到精神的裸者与心灵的婴儿期。夜晚因为一切都沉默着，而充满了和世界交融与内心表达的渴望，因此在夜晚的这个世界，到处都是渴望表达者与宣言者。黑色让人的心灵与精神裸着，黑色成为人类共同的表达语言。

黑色是美好的，但它掩盖了肮脏与罪恶，塑造了一种虚假的美好。而这一切，天亮即毁灭。

59

一个人看别人身上的事情，和看自己身上的事情，不是一样的态度。比如：一个本来很悲观的人，竟然可以开导另一个人不要悲观。会有很多人劝解我的悲观态度，其实我的悲观是不需要劝解的，因为我一直觉得悲观有价值。对于很多人我还是觉得他们有自己悲观的方式，但更应该有不让自己悲观的能力。哪怕是来自世俗的力量使然。但是，不悲观，绝不是消灭和否定悲观。悲观很多时候是一个人内心的高尚。

60

在这个世界上，一个事物总是很容易变成另一个事物，而不是这个事物消失。但我们总是只关注一个事物，而不去关注它变化了的事物。所以，我们总是在局部里，并总是把局部当作全部。

61

无数的我自己相互在无数的我自己里穿过。制造着生命内部属于自己的生命时间。我是自己的边界，我是自己的内部。在我生命内部，我的死亡与出生一直在发生。我的生命过程就是承受这不尽的死亡与出生。我是我亦不是我。我以痛苦和欢愉给予这出生与死亡以庆典。而我呈现出的我永远是一个不正确的结果。

62

出生前的黑暗，是不是我曾经的死亡？

63

现在确实存在着这样一种人，内心很端庄，外形很歪斜。之所以会这样，是因为现在很多人对自己的端庄不自信。很多人怕别人把自己理解准确了，很多人对准确的理解比对误解更戒备，那样有被看透的危险。那样会失去自己虚拟的一种保护。

64

在这个世界上，我总觉得躲开是最大的力量。

65

人要舍得废掉自己。

66

人类自诞生以来，基本以作恶为主。善良基本都是在恶多的时候出来无力地呼喊几声，并以此证明善良确实存在，但也的确是微弱的。

人类的表情是我们已经习惯了的一种恐怖和恶毒。

67

我在这个世界上至今没有读到一本"正确"的书，甚至没有读到一个"正确"的观点，甚至没有读到一句"正确"的话。我知道这是一种合理与真实，因为"正确"还没有在这个世界上诞生。生命的出生是错误的根本，而毁灭才是一种"正确"，或归于"正确"。但我们一直不相信，或拒绝相信。

68

人类的发展过程就是把战争的外延不断扩大的过程：从一片土地，到河流的两岸，到大陆之间，到所谓的国家之间，直到宇宙……

69

"正义"？什么是"正义"？正义就可以让人变得无情，并残杀生命？正义与非正义就是把人性做了最简单最粗暴的归类，让一个人的意志替代所有人的意志。正义与非正义在高处媾合，人间遍地杀戮。

70

人已经感觉不到自己的凶狠，感觉不到身上的毒性。

71

在我们这个精神与发言被压制的社会，当我们不能表达正义和真理，我们常常用发泄善良来表达我们内心的愤怒与潜在的暴力。善良成为我们唯一的精神出口。但常常是恶的借口。这是人类的另一种灾难。

72

我一直在想，用仁爱去对待情爱问题，是境界？还是不爱？

73

我对遥远的地方永远无法拒绝，空间的辽远可以产生无法言喻的精神力量。当我们远望并在心里远行，我们就踏上了美妙的精神之旅。我们在原地享受肉体，我们在遥望里放牧精神。

74

人的相悖的两极总是会汇集到一起。

75

俯视就是仰望天空。

76

男人的悲哀在很多时候，是因为被女人拒绝在道德里，而不是被拒绝在爱的神性里。

77

古堡站在城市里，时间是虚拟的，古堡却更真实。在遥远的岁月里，古堡曾经在辉煌里坠落为灾难。它被结束，被定型，被凝固。它因此丧失了消失与消亡的权力。它像时间的受刑者一样必须活着站着，成为时间的遗体与证明。

78

这秋日清冷的阳光照着我中年的怂醒，它也曾经照耀过我健康而斑斓的少年？

79

我喜爱大地之物：庄稼，蔬菜，树木，草药，蓬草……

80

世界越喧嚣混杂，越需要我们的独立精神，世界在躁动的时候更需要一些不动的、固定的、坚守的东西。波涛翻滚，大浪翻腾，岸绵长静默。岸是对水的约束与判断。

81

这个世界是没有真正的爱情的，人都是在有杂质的爱情里去爱。人只需要情欲的热烈就够了。在这个意义上生命又被残破了一次。生命啊！在造物主赠予我们之前就先天已经是无奈和枯萎的。

82

内心的坚持，是最好的辩论。

83

我喜欢在夜色里行走的感觉，天空在不可知的神秘里高远，星子下垂，远山的影子伴着夜行者逶迤。一个人的行走充满莫名的力量，相遇者在夜色里如同互相戴着面具，没有人类庸俗表情的相互刺激。擦身而过的车辆像偷窃者突然近又突然远，憧憧的人影搅动着夜晚的阒静，湖边的垂钓者以独特的方式热爱着夜晚。

84

我一直认为，作家的人格是由人格的丰富性决定的。但这是一个开放的具有无限可能性的人格体系。

85

我个人一直认为：八国联军进入中国是真正的第一次世界大战，虽然它的规模不足够大，就毁灭性来说也不够残酷，但其内涵的主要特征是文化冲突最显著，文化撞击后对世界格局的变化却影响无限。

86

黑暗，让我心里亮堂。

87

每天醒来我们面对的是一个什么样的世界呢？空气里无休止地响着躁乱的声音，没有希望，没有情感，没有友善，没有祝福，没有激越，只有不可逆转的人类的庸俗与欲望。你能感觉到人心的浑浊把空气也变得浑浊。每个人都在现实的流程里看似合理地施展着自己的庸俗之力而全然不知。世界在昏晓的更迭里永恒地枯萎。

88

当我去写我的《毒素：鲜花崩溃》，我进入了我精神的最纵深处，我做了最陡峭最尖锐最凶狠的对世界的表达。我之所以这样表达是因为我承受不住我们带血的历史和无所依存的时间，承受不住最基本的人性的泛滥，我在巨大的虚构里感受到了人类不存在的美妙。但巨大的悖论是，我是在不存在里抒写一切的不存在。

89

闪电是天空对大地的偷窥还是诅咒？那凌厉而狰狞的闪光啊！

90

我们在不自觉里做着这个平庸世界的媾合者，我们在世界的错误里已经找不到正确。我们无法真正地端庄自己，无论我们坐得多么端正，而世界在将我们倒挂和斜挂。我们应该无尽地排泄自己的毒素与浑浊的杂质，因为我们只要吸收，我们就会更充满毒性。所有的人类都是带毒的因子。我们就是这样在构成一个有毒的世界。

91

我已经不屑于和这个世界纠缠，我不愿意踏在它的流程与格式里，片段式的表达，已经是我对世界表现出的最大的耐心。我枯坐，独对自己。

92

当前大量的中立性写作充斥我们的视野，我们因此在获得所谓的客观表达的同时，也丧失了写作者的立场，并最终使得我们的文字里全是场景，而看不到思想的影子。我们抽空了文字，便丧失了自己。

93

三十年前的秋天，姥姥被埋进了玉米地里。从此她在地下承受土地的温暖和旷野的寂静。姥姥的离去把我和世界最有温度的联系强行隔断，我失去了这个世界的温度，我永远地踽踽行走在这个荒凉的世界上，我一直自我维持着最微弱的身体与情感的温度和能量，我的生命一直延续，是那么的艰难和危险。我把姥姥埋在心里。

94

我只在我故乡的土地上看到了天边。

95

我常常感觉：一切动作都是挣扎，一切声音都是哀歌。我在被时间凌迟。

96

男女之间最大的差异是物理身体，它附带饥饿、喜乐、冷暖感知、性欲等。这是种族繁衍生命延续所需的角色。上苍在制造性别的时候所赋予其中的含义也应该仅此而已。所以苍茫的天穹下，每一个头脑和灵魂的差异并没有性别之分。

97

每次看到被炸开被劈开露着鲜嫩的石质的山我都会诅咒那些开山者。大地如生命被屠宰，我感到那放置在案子上面，承受着屠戮者的刀俎的就是我自己。——大地有殇，我痛否？

98

那些亿万斯年的山峦鲜血淋漓，他们是不可修改，不可复原的啊！他们沉默了那么久，他们最后连一个完整的肉身都保不住，他们沉默，但他们在流血。我们是刽子手，是我们在屠宰他们，剥夺他们沉默与沉睡的权利。他们曾经以那么坚定的沉默的形象给了我们暗示给了我们力量给了我们陪伴，我们宰杀了我们的伙伴。

99

今天的大地、山川、河流、森林、草原、沙漠、海洋、天空以及动物们都在以最强大的无言在控诉。人类是被控诉的对象。

100

站在夜色里听轰鸣的水声，感觉到大地是动的，天地是空的。内心的原野也变成它的河床。在我们沉寂枯萎的生命里，没有谁是不钟爱水声的。

生命的沉思

后半夜的月亮升起来了。

在紧张的阅读之后，我合上书卷，就像合上一扇翅膀。走下楼来，在月光的迷蒙中走向大街。路灯像正在醉酒的人那红晕模糊的眼睛，散发着酒气一样的辉光。街上到处走动的人像是梦游在过去遥远的岁月里。这是冬天一样的春天，有潮湿和寒冷。这种夜晚的空气令我精神抖擞，并心情轻松。这样的夜晚和好心情久违了。

恍如隔世。午夜车送走了小站上那些赶夜班的男女。车站一下子空荡了，街上的人迹和偶尔的话语也消失了。我听到了季节和时令裸足从这个世界上走过的声音。夜真的深了，后半夜的月亮在那遥远的东方的天际，艰难地上升，陪伴我这孤独的月下人的清醒。

踽踽独行。我在空荡荡的大街上看到了这夜晚无数的门，门里门外都是荒草，像被这个世界抛弃了一般。路旁的树正努力摆脱冬天的桎梏，似已感到了春天的暗示。世界静得几乎听得见来自另一个世界的声音。我点燃一支烟，贪婪地享受着天空和夜晚的巨大宁静。居家的窗口早已没了灯光。院里面是拥抱着的生命的胴体和孩子们纯洁天真的梦。那些在夜晚坚挺得像骨头一样的楼群有一种欲倾的姿势。在这样的世界我感到灵魂像被挤扁了，但灵魂的孤独是如此的幸福，因为喧闹和人群使我沉重和疲累。

在这沉沉的夜色下我总是想起那些远隔一方的朋友，那些和我一样在崎岖和坎坷的人生之路上奋力跋涉的人，那些和我一样有自己的孤单小屋、台灯和林林总总的书籍的人，那些和我一样灵魂长满皱纹的人。现在你们在哪里，你们正在怎样走自己的路，正在怎样选择你们的生活方式！你们是否也在某一角落享受着和我身边一样的朦胧、含含糊糊的月色。我相信只要我在心中默默地和你们交流，我就不会孤单。你们那深刻的目光肯定正像天上的星星一样在遥远的地方凝视着我，并给予我鼓励，使我充满力量和信心。夜色为证，我将送给你们月光般宁静的祝福。

人在黑暗中，如同根在泥土中。黑暗是产生一切的基础，精神只有在黑暗中睁开眼睛才能看清这个世界。而我正是这样看着这个世界。我爱夜晚，爱夜晚的朦胧、宁静和纯粹。但一个人的生命中不可能永远是这美好的夜晚，更多的时候我们的生命将搁置在宦海人流和杂乱无章的诱惑中，这夜色中的轻松美好正是生命之旅中沉重与疲倦的反证。并非所有的追求都有完美的结局，并非所有的付出都会换来收获，并非所有的真诚都能邂逅真诚，并非所有的希望都有机会，并非所有的呼唤都有回应。不是，一定不是的。但是想想我们童年的梦吧！想想那灿烂的希望。那时我们认为什么都是可能的，我们怀着单纯美好的热情和冲动走向大人的生活。我们遇到了什么？冷漠，心计，不信任。完全不是那么回事，好像一切都出了毛病。我们无可奈何地看着童年的梦在逆流中像泡沫一样破碎。也许不应该悲观，但真诚的灵魂不允许我们同流合污。勇气和乐观不解决任何问题。到处都是墙。沉重是如此的必然。

在这种思绪中，夜显得更美。月亮越升越高。已经照到了遥远的山林。世界在这金色的月光中如此安详。没有喧闹，没有尘土，没有嘈杂，只有钻石般的宁静洒满世界。但这夜晚越是美好，我就越是感到它不真实，像是只在我们的梦中和渴望中出现过。在我眼中更真实的仍然是那人生的世界，那所有的人生的冲击令我在这夜晚依然感到心悸。

我常想，这生命的沉重到底来自何处？心灵的疲惫为什么像影子一样永远无法摆脱？也许我们都有这样一种经历：当我们倍感无聊独坐的时候，常常喜欢在一张纸上乱写乱画，画下一些紊乱的线条和图案，画下一些连自己也捉摸不透的在任何文字和艺术都不曾出现过的东西。这一切意识来自我们生命中的哪一部分？

在这无尽的长夜，我的思维天马行空，但我什么答案也找不到。月亮越升越高，把后半夜照成金子般的世界。我毫无倦意地在这长长的石阶的中央坐着，月光流水般从身边的台阶上一级级地流淌。这夜晚真美，并因为短暂而珍贵！我不知道还有谁凝视我这美好的情感，还有谁在遥远的地方将我陪伴。我将永远热爱这后半夜的月亮。

　　明天已经很近了，明天在等待着我，明天的一切在等着我。明天的一切。

祖父是一粒粮食

　　我和母亲匆匆地踏上归乡的路途。祖父在经历了八十一年漫长的风霜之后结束了辛勤劳作的一生，命归黄泉。我和母亲是为参加祖父的葬礼返回故乡的。

　　我们在黄昏的时候走进村庄，村庄如同死了一般，没有声音没有炊烟没有灯光。甚至看不到站立在村庄旁模糊的人影。我的心越来越冷，那种对故乡遥远的亲切感几乎荡然无存。

　　在暮色中我们已看到了老家的门楼。母亲在黑暗中对我说："进家后要哭，不然人家会笑话。"我对母亲说："这是不可能的。您不用管我。"我从来没有伪装的泪水和哭声。因为我和祖父仅是血缘关系。

　　母亲是用一个专门准备好的手巾捂住嘴哭着从街上走进屋中的。我平静地走进屋子，把行李放在柜子上，平静地望着一切。祖父的棺材对着门口放着，门外高挑着一个帘子，院子里铺着来吊孝者磕头的麻袋片等。棺材还没上漆，木头的纹理清晰可见。我知道我那辛劳一生身躯佝偻的祖父就躺在里面。而在我心中他好像还活着一般，就如同每次我回来时看到他那样。

晚上我是在离祖父的棺材最近的土炕上睡下的。灯光彻夜亮着，照着祖父的棺材。而我只是觉得祖父躺在另一张床上歇息。而在这之前我是多么恐惧棺材啊。那是一条生命载到另一个遥远世界的船呀。而此时这恐惧跑到哪里去了，原来面对死亡的时候竟是如此的平静。如果此时我也闭上眼睛，除了我会在另一个早晨醒来，我和祖父有什么两样。我和死亡相距如此地亲近！

我躺在祖父母几乎住了一辈子的老宅上，翻来覆去睡不着。我望着挂满蜘蛛网积满尘土的屋顶和各个幽深的角落。虽然已离开故乡十几年，可这里还是那么熟悉，就像熟悉祖父母。他们就是在这里完成了他们善良、执着、辛勤劳作的一生。

我祖父绝对是那种吃苦耐劳的农民中更加出众的一个，但可悲的是他们从来没有考虑过这种劳作的意义。他以超越生命限度的赤诚面对泥土，他是真正的土地的魂。因此祖父能干活能吃苦能受累的名声在故乡的土地上名闻遐迩。"咳！干了一辈子活，受了一辈子累。这也是一辈子。"几乎所有的人都这样评价我祖父。而好认死理的祖父在这种评价中更加拼命地干活。我常想在祖父头顶上肯定悬着一条无形的鞭子，这条鞭子不时地抽打着祖父的命运。

祖父很瘦，但有一副好身板，全身都是些粗糙的皮、结实的筋和坚硬的骨头。一辈子没生过头疼脑热的病，祖父的去世纯粹是枯黄了的叶子向泥土的飘落。祖父很小的时候父母相继去世，便只好跟了人家。一成年就开始给别人家当长工扛活，攒钱娶了我祖母之后又开始置办房子置办地。我老家有好多地是盐碱地，祖父专买这种地，因为这样的地便宜。到了解放时已置办了不少，偏偏划成分按地亩数。扛了一辈子活落了个富裕中农。祖父活着时我曾问他，你置下那么多的地到底是为啥？祖父回答，指望着能和人家地主一样。我想如果祖父当时一直置办下去，也许真的会成为一个小地主。所以给祖父划一个富裕中农，他倒也不在乎，仍旧拼命地干活。地里的、场上的、队里的、自留地的，从来没有闲着的时候。冬天夜里给队上打更看仓库，夏天夜里给队里看庄稼，早上吃饭的时候准背回一筐柴禾，而筐底下是拾来的粪便。大年初一也不耽误。而且为了干活，祖父冬天更多的时候好穿一条裤衩，两条很长的棉裤腿，里面是一条夹裤。祖父把他的整个生命和泥土融合在一起，我不知道祖父的这种力量来自何处。他是那样自然地完整地把生命献给永不停息的劳作，从来没有过一个累字。永无休止地干活成了他唯一生存的方式。他所期望的一切似乎都在劳作中得到了。祖父多像一粒在泥土中生长着的粮食啊！

　　祖父去世前，他瘦长的身躯已经佝偻了，整个身躯在腰部几乎弯曲了九十度。我常想那也许是祖父往泥土中沉入的前奏。可祖父仍然是不停地干活。积肥、拾粪，每天都要把整个大院子扫得干干净净。可有些活他使出全部的力量也干不动了，为此他常常骂人。他死的时候父亲在他跟前，他躺在炕上总是不停地问这活干了吗？那活干了吗？他似乎感到不行了，父亲劝他睡下，然后把灯给他拉灭，他便吃力地自己再拉开。待一会儿父亲再劝他睡下，把灯拉灭，他便再拉开。反复几次，他对父亲说："别再拉了，我怕黑，我要点亮。"便睁着两只眼，看那被熏得漆黑的屋顶和檩条。临死那天把父亲叫到炕边，说："临走我有两个事要说，头一个，咱那头牛我是买不了啦！可干活没牛咋行，真该买一头。"停了一下又说："后一个事是……"话便停下了，便瞪着眼想，"我咋想不起来了！"就有些急，甚至急得想哭。随后祖父一夜没合眼，直到第二天永远地闭上眼睛，终于也没想起第二件事来。后来父亲给我讲起这件事，我老是想哭。祖父就这样带着遗憾走了，也许土地知道他的遗憾。而他最后的愿望是想买一头牛。

临出殡前的两天，父亲问我，就要砸棺钉了，你看你祖父一眼吧！当时对死亡的恐惧以及来自我人生观的一种不可名状的东西促使我拒绝了，但当砸棺钉的撞击声猛烈地冲撞我时，我骤然间后悔了。在这种后悔难过的心情中我一直蹲在棺材边，默默地看着老木匠把最后一个棺钉挤进木头，默默地看着老木匠把棺材刷成一个沉重的黑块。透过那黑色，我仿佛听到了祖父在另一个世界上走路的脚步声。

一直到出殡前，我一滴泪水和哭声都没有，心中平静得像祖父活着一样。在我生命的历程中，我和祖父并无深刻的感情。我参加他的葬礼，是因为我身上流淌着他传递给我的血液。我是把祖父当作无数淳朴善良、吃苦耐劳、克勤克俭的农民中更优秀的一个尊敬他的。即使他不是我的祖父我也会这样。但是出殡那天当八个壮实的庄稼汉子在司仪的喊声中抬着祖父的庞大的棺材从祖父住了一辈子的屋中往外走时，我再也忍受不住了，来自灵魂深处的泪水夺眶而出。这是最后的送别，此程一去将永无归途。祖父将永远地离开这座屋子和这个大院子，再也不会背着一筐柴禾回来了。一个人的生命结束得如此简单如此无可奈何。我随在一大片穿孝衣的人群中，一路上我紧紧地盯住祖父的棺材，像是要用目光抓回点什么。到达坟地的时候，当我看到已挖好的坟坑像土地张开的巨口，而祖父的棺材在大片的人群当中一点点地向着那巨口下沉时，我又一次泪如泉涌。我的泪水绝无一点虚伪的杂质。那一瞬间我想起了祖父的一生，想起了人的生命是如此的短暂，想起了这以外的更多的东西，以及自己的艰难的人生之路。我的泪水已经完全超越了对祖父过世的哀悼，上升为一种自觉的更深刻的生命行为和人生的态度。这是我第一次如此真切地看到生命结束时的形式和形象。在所有穿孝衣的人当中，我是最后一个拭干泪水的人。

黄土飞扬，土地的巨口在吞噬祖父之后，正在重新闭合。透过泪光望去，土地在向着四方无尽地漫去的同时，似乎在缓缓上升，而我们在随着脚下的泥土下沉——我有一种正在被埋葬的感觉。人从黄土来，又回黄土中，这是任何一个人都逃不脱的命运。我的心在激荡澎湃。我想，我生命中的某些东西肯定在此时改变了。我望着村庄、人，望着土地，我想：祖父真的是土地上长出的无数粮食中的一粒，在成熟之后，弯腰向土，并向着泥土的最深处沉入。这是一种多么永恒而又宁静的回归啊！

荒火？原野

　　鲁西北，冬天的原野是坦荡的，若不是隔不远便有一个方形或圆形的村庄静卧，大平原定会像大草原一样广阔壮观。这时，地平线远了，天高了，鸟的翅膀变得更锋利了。树变瘦了，池塘更干涸了，原野里的小屋更低矮冷清了。土地上不再有翠绿的庄稼，路上不再有奔跑的马车。太阳如一个冷血美人走在天边。阳光更清晰了，如一根根发亮的铁丝。

　　然而，大平原是一个多风的地方。风像一群拱破栅栏的羊，肆无忌惮地在原野里漫跑。树抖动着干瘪的枝干发出深沉而又尖利的呜咽，田野如同一只皲裂的手在忍受着默默的痛疼。风到之处，寒冷便增加一层，整个大平原缩着身子打颤。

　　原野仍在坚定而又倔强地铺展袒露着它的胸怀。天飘得更高了，地平线被刮得更远了，只有鸟儿不知飞到哪儿去了，大概是温暖它们孩子那稚嫩孱弱的生命去了！这时一点也闻不到原野那特有的气息了。空气流动的速度加快，呼吸到嘴里如烟一样呛人。

这时，人们大都躲到各自的炕头上去了，有的早已把脚丫伸进了被窝。人们抄着手拉呱，讲许多与风没有关系的故事。整个冷峻的原野仿佛一个大坟墓被遗忘在很遥远的地方。

原野里甚至找不到一个狩猎的汉子或者一个抬粪的老头，原野里没有故事。

但是，我们来了，我们这些小精灵来了。

最初是一个小脑袋从村子里从风里探出头来，如同春天桃树上弹出的第一个花骨朵，接下来便是一群，一群。

我们在风声中，在树枝的哨声中，在原野的牙骨撞击声中走出村庄走向地平线。

于是，田野里便出现了一片吵嚣声，我们和风一起在田野里呼啸，我们将自己无数稚嫩温暖的脚印种子般撒向原野。

天地间仍然大写着一个冷字。天空像一张阴沉的老人的脸令人感到敬畏，而那一条条暗淡的云就像这老人脸上一条条深深的皱纹，刻下艰难、辛酸、弯弯曲曲的阅历。

太阳在天上如一面锈了的铜镜，躲在云的后面，阳光的热量被过滤到大气层外面去了，只将晶亮的寒冷照耀到大地上，像久封初开的宝刀散发出来的寒气，而这晶亮的寒光被大平原上放荡的风吹得很紊乱，令畏惧者颤栗。

我们在这风的原野上迅跑着，无数只小脚丫在那冬天已被犁过又被冻僵了的土地上摩擦着。我们跑啊笑啊喊啊！天真和活泼变成了一种能看得见摸得着的流动物在田野里飘散开、沸扬开，空气因此而渐渐增加着温度，阳光似也热烈了许多。

但是，我们不会跑到更远的地方去，我们不知道自己是在一个笼子里，而我们又实实在在是在一个笼子里。我们从父辈身上继承了厮守土地的传统。我们时时记念着身后的村庄，那村庄像有一种磁力吸引着我们幼小的生命。鲁西的孩子生来就是为养育自己的村子而转动的，就像一头围着碾盘转动的驴，我们永远无法跑出这碾道。

原野里一棵极普通的树都是一种诱惑，冬天的树是没有叶子的，这诱惑也显得格外爽直，天空很沉重，而原野更空旷。风在原野用它刀子般的锋利，仿佛要雕刻些什么，但什么也雕刻不出来。我们这些孩子的眼睛什么也看不到，依旧是熟稔的一切充满着我们的视野。

"烧野火喽！"几个跑在前面的孩子喊起来。

"烧野火喽！"我们一起喊，这声音就像一团火焰。

我们找到一条已经荒废了的小河，这小河已很浅，像一条长长的洼地。但从它尚未完全被岁月吞没的形状看，它以前也一定流淌过晶莹欢畅的河水，有过一段抒情幸福的回忆。如今这小河到夏天还积存一些雨水，只不过那雨水很文静安分，整整一个夏天在这里积存着，直到被太阳的力量蒸发掉，所以夏天它的周围便长满了杂草。现在那杂草已枯成了大地的颜色，但仍然保持着它们活着时的姿势。无情的风在它们身上吹着，不时有草节被吹折了的声音，像在告诉世界，与其在寒冷的冬天里瑟缩着身子打战，不如被火烧掉来获得一丝温暖，也给土地一点温暖。

我们摸索着从身上取出火柴，像取出了一把打开这原野寒冷之门的钥匙。

"嚓。"在童心和欢乐的敦促下，在我们无数只目光的期冀下，在冷酷的寒风吹动下，在整个原野和冬天的呼唤下，一根火柴，像一个顽强的小生命，像一个在死寂的夜晚降生的婴儿突然爆发的第一声哭声，把原野给震颤了。此时仿佛能听到在冰冻的土地下面，有一颗心在静静地搏动着，有一条血的河流在律动着，这一切是只有希望到来之前才会有的奇迹啊！

远处是地平线，土地在上升，天空在下沉，天和地已没有了界限。有一片树林在自行创造着涛声又自行消失着涛声。而那条越远越弯曲的小路仿佛是从地平线上走下来的，给天真的眼睛赠送一种错觉和一片神秘。

远远地就是循着这种宏大的背景望去，在那灰茫茫的天穹下，你会发现那个点燃火柴的孩子双手虔诚而又谨慎地捧着一粒火苗，捧着一小片温暖和一小片希望，渐渐地将他稚嫩的身子弓下去弓下去再弓下去，一直弓到其中有一条腿跪在了养育他的大地上。这时他的眼睛中仿佛也闪动着一粒火苗，因此他的眼睛专注而又明亮，他小心翼翼地伸出那一粒火苗来，渐渐地向枯草靠近，靠近，终于，土地被点燃了。

冬天的杂草干酥，当火苗点燃它们时，"嗡"地一下就着了起来，那没有生命的杂草在冬天的寒冷里忍受了很久的寂寞了，火焰给了它们最后一次表达自己的机会。

火燃烧着，燃烧着……

我们在荒草燃起来的一刹那间欢呼雀跃起来，我们的热情比野火燃得更旺。我们把一些草朝已燃着了的火焰上扔着，火就势更加旺盛地燃烧起来。火越烧越大，渐渐地有了一种气势，一种力量，我们围上来，伸出小手在上面烤着。火焰的光芒在我们身上淡淡地照耀着，我们仿佛觉得身上有种东西渐渐地融化了。

火在风的吹动下继续蔓延着，像水一样向外辐射，火烧过的地方留下一片漆黑的记忆，我们伸下手去抚摸一下，还能感受到这种记忆的温度，我们仿佛摸到了土地下面埋藏着的春天，那春天跳动着不太安分的心。

我们继续引燃更大的地方，最后几乎整个荒废了的小河都燃烧起来。小河此时流淌着的不是水，而是火，是火的涟漪火的波浪。这条小河在它荒废时也许没敢想象过它还会有今天这样的燃烧，还会有热烈的青春在这冰冷的冬天回还到它身上，但我们这些孩子给予了它这一切，而它当然也会毫无保留地回赠给我们这些孩子更多欢乐和财富。我们和大自然默默交换着一种最宝贵的东西。

火在继续燃烧着，黑色的土地在渐渐扩展，土地改变着自己的颜色。此时我们童年的一切都随这火焰蔓延着燃烧着，并温暖和感化着这脚下的土地。我们从每一粒火焰里都得到最新鲜的生命内容。

整个原野都被这烧荒的野火，燃烧得酥软了，冬天正像溃散的逃兵到处躲藏着，但它们已找不到藏身的角落。

　　世界上只有燃烧的希望是最有力量最能征服一切的。

　　我们又开始拔起草来，将大抱大抱的干草放到一棵站立在枯河边已经枯死了的像胳膊一样粗的树上，当我们每人一抱干草放到枯树上时，那枯树的枝枝杈杈上都驮满了干草。我们围在它四周，庄重地望着它。然后一个孩子便引一把火把这棵枯树点燃了，立时熊熊大火冲天而起，像要烧掉天上的乌云。枯树仿佛要向天空飞翔，扇动着火焰锋利的翅膀，但它所有的根死死地抱住了大地，使它纵有多么强烈的向往，终也没能飞翔起来。就像我们这群被诱惑又被禁锢的孩子。

　　就在这大火熊熊燃烧的时候，我们呼喊着向远处跑去，一口气跑出二里多地才停下来，当我们回过身来再看那堆大火时，那荒火显得更庄严更神圣了，如落日般辉煌。

　　荒火燃烧着，燃烧着……

一个少年的幻想与远方

　　是从什么时候开始的呢，我们渐渐地感到了世界的狭小，我们对村庄及其周围这片被我们的脚丫摩擦遍了的土地太熟悉了，如同熟悉自己母亲的怀抱，而对远处的一切又太陌生。

　　我们知道这片土地上哪个地方有树林子，哪个地方有刚打好的土坯，知道哪个地方有坟冢，哪个地方的地里草多草少，甚至知道哪个地方曾挖出过一把锈了的盒子枪，知道哪个地方老头儿被绊了一跤就再也没爬起来。这土地上的一切我们都知道，而对这之外的地方发生的事情一无所知。

　　我们渐渐地大了，我们童年的肺叶在一天天地膨胀，于是我们感到了呼吸的困难。我们有了被封闭压抑的感觉，我们希望有新的内容丰富我们那由于疯长而渐渐饥饿了的童年的欲望。我们对世界的一切好奇都在一天天增长扩大着，而脚下的土地是静止的，我们开始不满足于脚下这小小的一隅了。虽然它曾养育了我们，并给了我们那样多的欢乐。

　　难道就要背叛这土地了吗？但又是从什么时候开始要背

叛这土地的呢？

在这片土地上，年年都下着一样的雨，刮着一样的风，总是黄昏的雾霭里传来晚归的牛儿疲惫的叫声。总是放羊，总是割草，总是父亲打孩子母亲骂孩子，总是炊烟，总是草垛，总是窝窝头，总是破饭桌，总是老奶奶老爷爷潮湿的故事，总是欢天喜地迎亲，总是鬼哭狼嚎送丧，总有吵架的，总有站到房顶上骂街的，总是一个娘儿们疯了，总是另一个娘儿们又疯了。整个村庄就是这样单调乏味地，固死不变地重复着一切，难道世界上还有玩不够的玩具吗？

但到底是什么时候开始感到世界太狭小了的呢？就因为我们从课本上学到了十三陵水库，就因为老师给我们讲到了大山、铁塔、海洋和火车吗？像是，又不是。不是，又像是。

那一定是我们望到了那高高的烟囱的缘故吧！

在我们村西十多里地远的地方，有一个高耸入云的烟囱，它真的有天那么高呢！笔直笔直的，和地面成90°角，比所有的树都垂直，垂直得斩钉截铁。在太阳的光芒里看它是红色的，其实它就是红色的，只不过从阳光里看，它便有了阳光的红润和鲜艳。听大人讲那是西面一个公社砖厂的烟囱。

我们常常在下午割草时看到那烟囱开始冒烟，烟像一个毛茸茸的家伙从烟囱顶上探出头来，渐渐增长，然后沿着宏大的天幕向上爬去。如果云彩正好经过，那云彩便立刻膨大起来，而此时，太阳正在它背后站着，那烟囱和云便是红色的，西边整个天空也变得通红。站在我们村的土地上远远望去，那宏大的天幕竟真的如同火烧云呢，壮观美丽极了。

我们经常趴在一条小小的河堤上，向着远处的烟囱望去。我们是被神秘和幻想宠坏了的孩子，便常常幻想：那烟囱下的村庄、土地一定都是红色的，流水、池塘也一定是红色的。我们还想到了那土地上生活着的孩子们，他们也一定是红颜色的，他们都是世界上最快乐最活泼最幸福的孩子。想到这些，我们幼小的心中无形中便增加了一种孩子独有的妒意。我们每每望着那高大的烟囱时，总有一种不可企及的感受。我们默默地把那神秘的地方当作非常遥远的地方和最让我们崇拜的地方锁进自己心里。但那只是离我们十几里地远的地方啊！

我们一天天长大，好奇心神秘感和对烟囱的强烈向往伴随我们一起生长。而我们总有一天要从一块土地走向另一块土地，从狭小走向广阔，这是孩子们的心灵一条无形的轨迹。

后来那个砖厂安上了电，于是每到夜晚那烟囱下便多了几颗明亮的星星，我们知道那是电灯，这是烟囱向我们发出的第一次强烈的诱惑，那电灯像无数只眼睛躲在夜的深处窥视着我们，逗引着我们，呼唤着我们，我们竟真的聚在一起数起电灯的个数来，但是数着数着总是一直数到了天上的星星，我们便重新再数，又数着了星星，再重新数。后来我们选阴天天上没星星时数，终于数清了。我们笑了，我们跳了起来。但当我们等到下一次阴天时再数，那电灯又增加了许多，而且每次数，电灯总是不停地增加，我们的好奇便也一起跟着增长。

那烟囱在那夜的星光里透露着它那高大的轮廓，这轮廓比它暴露在阳光下时更庄严更有一种气势，像一个傲视一切的巨人站在深沉的天幕上，仔细辨认，还能隐约看见烟囱仍在冒着烟，像那巨人和夜的天空交流着无声的语言，又像那巨人疲累后沉重的喘息。在坦荡平展的大平原上，单凭这烟囱的高大气势就够我们惊叹仰慕的了，更不要说我们心中还积贮着那么多的神秘感。

再后来那地方安上了电磨，这是烟囱给我们的第二个诱惑。一安上电磨，我们村和那个地方的联系便多了起来，不时地有人用自行车驮半布袋粮食去磨面，去磨面回来的人就讲一些去那地方的新鲜感受，我们这些孩子只能眼巴巴地听着，生怕漏下一个字。有时几家还联合起来，去队里借个地排车和一头牲口，套上，拉满满一车粮食去磨面。

孩子们是没有份的，只能很可怜地望着自行车或牛车一辆辆地向着烟囱底下驶去，恶狠狠地把我们扔在村子里。听着车铃的叮当声渐渐远去渐渐消失，我们有一种丢了东西而又无可奈何的情绪。到了不能忍耐的时候，我们真想哭，甚至在心里悄悄恨自己的长辈们。我们便以不去割草等方式向父辈们表示抗议。我们真想自己去，但那时我们对很远的地方还有一种恐惧感。我们害怕狡猾的路把我们带到一个陌生而又可怕的地方。

当我们看到那高高耸立的烟囱神圣地在西边的天幕上傲

视一切时，我们便开始窃窃地恨它。我们童年的欲望是固执而又不容人戏谑的，我们所希望得到的都必须得到，我们是一支箭，不允许弓对我们有丝毫的挑逗和欺骗。否则我们将用世界上最强烈的程度来恨它们，红色的烟囱散发着它的诱惑，我们恨它恨极了，恨它以它的高大、神圣、庄严和神秘来威慑住我们的心灵。我们的一切都仿佛被它点燃了激怒了。

但这恨并不能改变烟囱在我们心目中的形象，相反烟囱在我们心目中的形象更伟岸更高大起来。我们的恨是因为不能企及引起的，我们是选择了另一种方式在表示我们对它的仰慕和向往。烟囱啊！你在折磨我们童年的心，而这折磨又好幸福哟！

我们是一群乡村放荡不羁的野孩子，我们的秉性就是撒野，而且在这无所畏惧的野性中孪生着一种旺盛的好胜心理。我们有时会在这种好胜心的促使下，做出许多令人吃惊的举动来。因此当我们再看到那高大的烟囱时，我们渐渐产生出一种要征服它的决心。我们心中正在悄悄酝酿着一种东西。

再到后来，我们听说那烟囱下的砖厂里有了电视。这是烟囱向我们炫耀的第三个诱惑。当"电视"这个词走进我们村子时，整个村子都感到吃惊而又新鲜。我们这窒息了的村庄感到了外面世界的变化。村上的人开始去看电视，去看外面的新鲜。

孩子们仍然是没有份的。在我们鲁西，大人们从来都不把孩子们的要求当成一回事，他们怕孩子学野了，学得不安分了，学得不好管了，孩子们一出生，就传授那些让孩子们多干活多吃苦的讨厌把戏，他们想把孩子的心牢牢地拴在这片祖宗几代死守着的土地上。他们是从父辈们那里这么学来的，又是这么教给自己的孩子们，他们对祖宗们传下来的东西奉若神明，不允许有一丝的更改。而我们这些孩子呢？我们活泼好动的性格，我们天生撒野的秉性，我们对外部世界的好奇和外部世界对我们的刺激，使我们无法接受父辈们对我们的谆谆教诲，我们渐渐地感到父辈们真不讲道理真愚蠢，我们从心里悄悄地恨着他们，而这种恨更促使我们去征服那在远处矗立着的烟囱。

我们想象，那烟囱下的孩子们是多么幸福！他们过着多么有意义无拘无束的生活啊！他们比我们富裕百倍千倍，他们的脸上都挂着幸福的笑容。他们懂很多很多的东西，有许多令人神往的故事，他们知道从烟囱再往西二十里地远的地方所存在并发生着的一切，他们能够做他们想做的一切。但我们为什么没有这些幸福和权利呢！我们为什么这么寒碜这么可怜呢！回头望一望自己脚下这么熟悉的土地，父亲们都在辛勤刻苦地劳作着，他们和土地是一样的颜色，他们很有力气很能吃苦，他们的确从自己父辈那里承袭了很多东西，但他们也都有一双固执甚至迟钝的目光，此时我们仿佛感觉到那一束束目光简直是一根根绞缚着我们的绳索。

脚下的土地渐渐失去了原来它在我们心中的颜色，我们已不满足于在这片土地上所产生出来的欢乐。烟囱的诱惑充满了我们占有了我们豪夺了我们，我们被一种更广阔更神奇更伟大的东西所陶醉所勾引所倾倒，脚下这小小的一隅对我们的诱惑如同腐朽了的墙皮从我们童年薄薄的心灵墙壁上驳落。一个诱惑消失了，另一个新的诱惑在生长。

那烟囱还是在那里矗立着，它还是那样冒着烟，还是那样和天空交流着无声的语言，在太阳的光辉里它还是那么抒情那么浪漫，它的气势、它的庄严、它的高大、它的神圣、它的魅力、它的诱惑是任何光辉任何浪漫任何欺骗都淹没不了的，但它的过于沉稳，过于矜持，过于傲慢惹怒了我们心中的某种东西。那是一种很神圣的东西。

我们终于忍耐不住了。烟囱的诱惑联合着电灯的诱惑、电磨的诱惑以及电视的诱惑像潮一般涌动而来，撞击着我们好奇心的大门，我们要征服这烟囱，我们要走到那烟囱底下去，而这仅是为了一种好奇，一种冲动，一种孩子透明的欲望。

每个孩子都愿意去。

但这是我们的秘密，我们是不愿意也不能告诉家里人的。

于是，在一个美丽生动的傍晚，我们由几十个孩子组成的队伍，悄悄地离开了村庄，朝远处高高的烟囱走去，朝着希望走去。

而那希望如同烟囱底下的无数只电灯，在我们眼前明亮起来，明亮起来……

……

海边遐思

　　海滩，被海风吹走高度。它匍匐着，始终保持着低矮的姿势和对海的谦逊，好让自己与海离得最近。海滩是一种海与陆地的过渡，是海与陆地之间最柔软的部分。它由散沙堆积，看似绵软、无力，却比礁石更有另一种意义上的硬度与韧度。它在海与陆地之间承受碰撞，保持着独自的纯洁与野性。它吸收海的一部分，却向陆地致敬。

　　在海边，我用一千年的时光倒退，我用一万年的时光黯淡，我用每一天的时光消失。生命自然的呈现才是最美最有力量的。但人往往找不到自己自然的状态。人矫揉造作容易，自然而淳朴却难。人在自己先辈的精子那里就早已丢失了自己。

　　我最喜欢的还是这样的海：简单、真实、高阔、自尊，在不可知的力量摧折里，它还不残破，还能属于它自己。在海边，有一座鲜血淋漓的礁石当然好，没有也没有什么，还有我在，我可以做它的礁石。海与天之间不需要分界线，天海浑然，人站立，如神，傲然屹立，海风无尽穿越。只有在这样的海面前，灵魂才会出现，赤裸、幽亮，与天空和海同色。

海辽阔、深邃、复杂，但海的结构简单，岸、礁石、海面、海鸥。人类的修饰是拙劣的，对海的征服是徒劳的。辽阔深邃的大海，很像人类的思想，必须有大的形体，简单、无限、宽广就是它的格局。容得下无边的激荡、无尽的汹涌、无止的循环和坚持，甚至重复。可以负载、可以容纳、可以呈现、可以藏匿、可以无限向内与向外。

一层层朝向我的波浪，仿佛告诉我大海在向我靠近，但海依然亘古不变地在它的原地。这就是永恒。即便我离开或者走远，抑或是我向它靠得更近，也从未改变我和大海的距离。这就是永恒的属性和性格。对于这样的伟大真理，只有礁石做出了最完美的回答。所以，它曾经站在哪里，就一直站在那里。不动。

大海，无来无去，无始无终，你一直在原地广阔。似乎也没有边际，没有节奏，没有个性，你无休止地重复，自己延伸自己。你是单调的无限组合，你是无法开始的开始，是无法终止的终止。你在尽处之后，你在尽头那头。你是消失之后的开阔，你是永不消失的和永不开始的零。

站在海边，我常常想，帆和桅杆何时从大海上消失的，竟然悄无声息地完成了一次海上变革？当我们从一片海走向另一片海，再也见不到一挂帆影，只看到安装了柴油机的船和怪物一样的货轮或舰艇，不免感到海失去了气质和韵味。没有帆的海是另一种辽阔，就如天空中再也看不到翅膀。而没有帆的船行驶在海上哪里还有一点风采和荣耀？

在海边，在这魔幻的时光勾勒的海边，在这潜伏着阴险岁月的海边，我领着儿子到来。我已经无数次领他来到海的面前。儿子啊，穿越时光，那个曾经的我，渐渐地走成了今天的你。穿越时空，两个走在海边的男人，会在哪里相遇？多年前，当我在这里的海写下《一个人走在海边》，我并不敢冥冥之中在时光隧道预留了一个入口，你的身影就这样跟来，但我分明看到了更远的岸。

此次去海边最触动我的是这只狗，我看到它的时候，它正这样一直朝海里望着。我想它不是在欣赏海，而是在等待它的主人。它那么专注，让我几乎不仅仅看到了狗的表情，还看到了它的心情。我相信在今天渔民出海，他的女人也不会这样望夫石一样地期盼等待了。后来它在海边来回走了无数个来回，最后还是以无望难过的神情趴到另一个地方去了，它似乎感到了身边人类的不友好。我至今能清晰地想起那只狗在海边来回移动的样子，它的脸上带着难过忧郁无助和担心。它的表情又是那么单纯。我在旁边花坛上坐了很久，我看到它在人流中穿过而毫无理会。除了来回走时，它一停下头就朝着大海里的人群遥望。我在一瞬间开始抱怨它的主人怎么会这样扔下它，我甚至怀疑它是不是已经被丢失。它像个孩子让我心疼。

我像并不喜欢被人们踏烂了的名山大川，而喜欢野山野地一样，我很喜欢野海。野海就是那些没有名气，没有被大理石和各种丑陋的人造景观修饰过的海边，海岸是最自然的曲线，没有人工气，尤其没有人满为患的躁乱。那样的海边，你还能找到你与海对视的地方。那样的地方的海也许会有荒芜感，但那样的波浪却可以把你漂得最远。在我的精神词典里，一直觉得海和夜是那么的接近。是同义词。

礁石，是大海的骨头。第一次遇到它，就认同了它的一切品格、意义和美学。在大平原泥土的故乡，我在枣树上读到过与它相近的品格。

鱼一生都不能相互拥抱。至少在这一点上，鱼比我们可怜。但相对于拥抱的欲望永无满足，我们倒比从无欲求的鱼更可怜了。

亿万年了，大海一直没被注满。这是伟大的谦逊。也一直没有干涸，这是一种大而无形的坚韧。它一直不塑造高度，并掩藏自己的深度。它的边界从没有被认为是大海受到束缚，这恰恰是一种自然性，海洋和大陆并存，从不对抗，它构造了这星球上最长最美的一条线，构造了一种格局之美。这是大海的品格基础。世界上最美的界线和格局都是自然的。人画下的线都该抹去。

当我爱上大海，当我认识到了海的无穷哲美，心灵深处竟会有一种颠覆和背叛自己童年的感觉。虽然我知道这并不矛盾。海，在我的童年里只是一个遥远坐标。甚至对处于那个小小村庄的我来说，那可能是一个我一生都难以到达的地方。但我到达了它，并深深地沉入。而我逐渐感到这样的到达正是一种生命遥远处的回返。

　　置身天地，感知万物，遁入秩序，把自己彻底归入自然，就会厌倦和抗拒人类的一切行为。

　　湛蓝的天空，是海的映象。从山顶向上延伸铺开。像神性与人性连接。巨大的蓝色色块，像最纯洁时间的过滤物。这是一种什么样的宫殿的穹顶？澄明，幽密，照在我们头颅上。要赦免人类了吗？我们将从此改变命运？此时，我仿若看到这个世界最巨大的善良，呈现于一切人，一切物。我几乎怀疑一切都将重新开始，但我知道不是。

　　若不是远来者，人和海之间并没有专意的姿势。背对，也许把海看得更深刻。大海，就像一座密乘的坛城，每个远来者都是修习者，都要以一位各自的本尊神作为观修的对象，面尊而观，进入自由之境。面对这样的风景即可心潮激荡，亦可静心，以一个最独立的人，想象自己如何坐在这里，无论是背对还是面朝，意义不同，但都自在。

站立海边

是风吹我来到海边。

是岁月的力量驱使我来到海边。

在岁月之中。

现在我的生命就像是倒悬在茫茫海边的一块礁石上。这块礁石的颜色、形状以及饱受侵蚀的样子似乎和我的命运类似。我赤裸的双脚站在这礁石的上面，感受着几千年几万年永恒不变的潮湿，感受着亿万年前的海留在上面的温度。海潮一次又一次扑上来，在脚下的礁石上撞碎、跃起，开出一大盏一大盏灿烂而又凄艳的海菊花。在茫茫的人海之途中倍感沉重的我被那大盏的海菊花托举得轻盈而又虚飘，像一粒高扬的尘，这一瞬间我消失了，我代表人类、代表灵魂、代表精神、代表一个轻盈的微不足道的生命的壳消失了。

我怎么能不消失呢！看那浩渺无边、烟波荡漾、永远运动不息的海吧！它是那样的浩大。浓重的深蓝色一直向着远处延伸，到最后一直伸展并升高到天空中，成为天空的一部分，如果让我说出此时的感受，我想我那是一种濒临深渊的感觉。那残酷的无边无际和那虽不透明的却令人恐怖的深度令我那所有的人生观在一瞬间全部崩溃，成为灰烬一样的残片随海流漂走，从陆地上建立起来的稳固坚实的意识无法忍受一眼望不到边甚至精神都感觉不到彼岸的永远的流动，浩渺的海上站不住人类的任何一只脚，如此大的海，如此大的深渊，站在你边缘的一块礁石上我怎么能不恐惧，怎么能不心悸呢？这恐惧蚕食着我的身躯，风干着我的灵魂。

海啊！你有多么无边我的恐惧就有多么无限。极目远处，甚至让灵魂随目光一起跋涉，在那遥远的海天相接的地方，那一条很细很细的线是什么？是海的岸吗？是灵魂的岸吗？是捆绑住这个世界的绳索吗？冥冥的我知道，什么都不是。由此我知道深渊无岸，精神无岸，恐惧无岸。海鸥点点，在海的坚硬的反光里飞翔，是海的精灵。它们是多么伟大啊！但我总感到它们不是独立的生命，是大海的一部分，是海抛起来的一滴水，那是海的灵魂；就像庄稼是土地的一部分是土地的灵魂是另外一粒泥土。

在海边的这个礁石上，我的生命瑟缩着，我如果也是一块礁石，我能永恒地经受住海的撞击和侵蚀吗？就像脚下这一块礁石一样。我的躯体和精神完全地被海震慑住了，身上所有的生命的质似乎已被从海里爬上来的魔鬼吸走了，我甚至感受不到海风的凛冽。在我的意识中，海整个是黑色的，所有的海水都是魔鬼。无边的恐惧使我站立在海边时丢失了太阳，海啊！在你的上面没有天空，那只是你的巨大的投影。魔鬼一样的海水在没有边际地横流，在永恒的岁月里一刻也不停息。

海啊！我倾听到了你的声音，你的摧毁一切的声音，我从这声音中听出了令人战栗的力量，而这力量是我多么渴望的啊，是我面对人生的一切的时候所需要的啊！有了它我将强大无比。但是太渺小的我根本无法承受来自你的这样伟大的力量，我一下子就像被这力量压扁了。

海啊！是谁，是什么在这茫茫的天地之间造就了你，让弱小的无奈的人类朝着你爬，然后你包围他们，让高山成为丘陵，让平川成为你的岸，让一块石头成为你的礁石成为海陆的界碑，让陆地上的植被成为海藻，我在想，海啊！你要占有什么？你要吞噬什么？而你又恐惧什么？争夺什么？你的存在要昭示这个世界一种什么样的意志呢？

我转过身来，背对着你回视陆地上人类的房屋、人类耕种的土地以及人类自身，这是我第一次背负着海凝望人类家园。陆地是多么的狭小，人类的空间是多么拥挤啊！那海浪声，那海与陆地撞击的回声萦绕在我的耳畔。但是，人类不正是另一个海吗？人类的欲望不也正是魔鬼一样的海水吗？在泛滥在横流，于是酿出奸诈、阴谋、冷漠，使那些纯洁的灵魂经历着毁灭。面对海，这一切显得多么可笑啊！但是这是人类的家园，毕竟还有一种人类的温暖培育着我们的生命。当我重新面对海的时候，我忽然感觉并不是我一个人在面对，而是我背倚着陆地，背倚着在坚硬的陆地上塑造起来的观念和海对立，正如同背负着海面对陆地。再一次向远处望去，我望见了那些向着深海驶去的帆的身影。浩渺的海水从天空而来，浩浩荡荡，奔腾不息一直流到我的脚下，然后撞击到背后的岸上，我似乎感觉到了陆地被撞击得在向后移动，感受到了从陆地上回来的推动大海的力量。现在我就是站在这样一块海与陆地间的礁石上。站立是一种坚定也是一种茫然。

这是我第一次面对海，是我的生命第一次和海发生碰撞，我在惊心动魄中目睹了海的神力和伟大，我对海所有的感受就是触及生命本质的恐惧。但令我无法理解的是，正是这种令人战栗的恐惧，使我从此以后面对人生的一切时却总是勇气十足，充满神奇的力量。

恐惧使我们力量强大。

我碎于海。在无情的岁月中我将永远思念海，思念对海的恐惧带给我的踏实与幸福。

一个人走在海边

你是我心灵的愿望之所在呀

我时常沿着你的岸边

一个人静悄悄地朦胧地徘徊

——普希金

　　我终于知道夜晚就要到来了，因为大地上正生长出越来越多的影子。各种风格的海边建筑物上夕阳的颜色虽然依旧艳丽，但仔细望去，那色彩中正在失去一种亮度。此时黄昏正在不远处的路途上匆匆地赶路。我站在一棵葱茏的塔松下凝望变化着的天空，如同看着一种生命的景象。我仿佛感到，一片透明的蝉翼般的影子正从天空上飘来，覆盖住我心灵的广袤原野，并在上面一点一点地生长着黑暗。

　　此时，面对着即将到来的黄昏，我忽然一下子失去了激情，生命的门正在一一关闭，不再想和任何人交谈，生命中充满了对封闭的渴望。而且在这种对封闭的渴望中充满了对某种伤害的担心，仿佛只有无言和躲避才能避免被谁伤害。

如同海边的蛤蜊，只有深避在坚硬的外壳里才能有一种安全感。

想起了在我驻地外面就是波涛涌动的大海，就是那片蔚蓝色的悬浮着的土地。是的，海浪的巨掌拍击岸边的声音正隐隐传来，传进我的耳膜。海的力量已漫过堤岸注入我脚下的土地。

去看看海吧！我在心中启发着自己。

去吧！你不是对海曾经那样朝思暮想吗？我这样在心中和自己对话。

去吧！等夜幕完全降临的时候，海会更加充满魅力。

我就这样想着来到了海边。

法桐下的人行道上，有一个花发的老人正在夕阳的余晖中出售海鲜一样新鲜的城市晚报，但我今天不想看晚报，我只想看看海。

此时海边正有无数的人在涌动着，滨海的公路上各种车辆来往穿梭，我知道这群人正在像看街边的热闹一样看着海。最初我就站在无数的人后面，从他们的肩膀上或者从他们的缝隙中望着海。说实话，这时候的海有些丑。

我便悄悄地移动脚步，跟着天空中的一朵云走去，那云一半是晚霞的光芒，另一半是海的暗蓝，我知道跟着它走去，一定能走到一个人的海边。

所有的声音终于都消失在我的身后了，只有海的声音独立地充满了天地之间，充满了我身躯的每一个细胞。这里的海也许有些荒，像命运般凄凉。没有人欣赏它，没有人惊叹它，没有人为它喝彩，但这里的海最自然最真实。被海水撞湿了的千奇百怪的礁石星罗棋布，如果说海水是蓝色的血液，那么这片礁石可谓鲜血淋漓。

太阳已走得很远了，只留下满天的霞光。有一座小山在不远处卧着，遮住了西边天空一半的黄昏，但另一半却仍是一片鲜艳。即便是在小山上，也仍能看出爬得很高的霞光。此时我就沐浴在那小山远远压来的影子里，而我的目光却畅游在霞光中。但我知道，整个世界正不可避免地向着黄昏的尽头走去。

海因了晚霞最后的光芒，颜色多少有些失真。但霞光正从海上、从天空中一点点地褪去，美丽的黑暗正不可阻挡地降临一切。小山正在黑暗中塑造着另一种景致，有昏鸦数点正傍林而飞，就像天地的一个梦，也许是海的梦。但我想，海肯定有自己的梦，因为我看见海鸥正在梦境般的海上飞进又飞出。

最后的霞光如火炬点燃了海上的灯光。那摇曳的孱弱的灯光照着大海之上苍茫的夜晚，就像来自大海深处的呼唤的语言。海鸥飞得更隐蔽了，就像空气和黑暗自己抖动了一下。

我沿着海岸线走着，在无数的礁石中，我如同一块活着的礁石。心灵在海的腥咸里变得纯净极了。海啊，你这无穷无尽无边无际的蓝色的忧郁，此时都已躲进了黑暗中。但你浩瀚的永恒不息的喘息声给大地增添着力量，你是大地，是这个世界巨大的肺叶。

　　我已不知走了多远，此时我看不清身边的景致，只能借着零星的灯光和夜光模糊地看见海边的一切，我知道此时的海边只有我一个人孤独地走着，只有我和海守着，守出一片生命的风景，守成我渴望中的一种存在。我把自己走成一块黑色的礁石，把自己的灵魂走成一片深夜的海。只有当我这样走着，我才能忘掉一切，我才能够敢于拒绝一切，我才能对一切都不在乎。只有对自己的生命像对海一样真诚。

　　我就这样一个人在海边走着，坚韧地、不知疲倦地走着，像这个夜晚的幽灵。有时也在潮湿的礁石上站一会儿或者坐一会儿。海风从海上吹来，不时地打开我的衣角，这海边的寒意也正是我需要的。

　　一个人孤独在海边时就忘掉了远方，就像退出了一种固有的生活空间，而进入了另一种生命空间，但这样的情景在漫长的人生岁月中总是一个稍纵即逝的瞬间。

　　大海仍然在夜色中永不疲倦地拍打着陆地，陆地在海浪的拍抚下正在安详地睡去。

　　海，肺活量很大。

　　有位诗人这样描绘海：海真矮。多么深刻而又冷静的描写。海永远谦逊地匍匐着，却又永远高傲地宽阔着。

　　海永远不睡，我的心便陪着它醒着。在这个夜晚，我把曲曲弯弯坎坷不平的海岸走成了一条直线。

　　夜已经很深了，大海深处的灯光也倦了。

　　我无奈地离开了海。我不可能永远和海这样守着，我总要离开，因为面对海的永恒，我们缺少一种品格。

　　我一个人默默地走回自己居住的房间，没有开灯，因为站在窗前我仍能看到海面上孤独的灯光，以及朦胧地涌动着的海。只是此时听不到海浪撞击岸边的声音。

　　我便想起马尔克斯在他的《霍乱时期的爱情》中对海的一句描写：海是让人们躲在窗子后面观望的。马尔克斯强调了一种距离的作用。

　　夜深如海，海深如夜。我知道，实际上我一生都走在海边。从一片海到另一片海。永不疲倦。

某一城市

　　我独坐在这个城市的一座房子里。黄昏无形的手正从那个德国式的窗台上慢慢地缩回去。天地在改变着颜色，有一片黑色的叶子飘落。我和墙壁之间充满雾一样的黑色。这黑色应该属于无数个深沉的额头。我想。

　　我就在这样的世界里孤独了自己。街衢上的喧嚣声和尘土不知是否已经沉静下来。我只体验到自己的存在。

　　我想起在这个城市里有很多的思想者和作家。他们都长着布满黑色网络的深沉额头，他们是这个城市的血液。他们思维的海真深，充满幻觉、诱惑和血一样的真实。他们会讲很多太阳一样令人着魔的观点和麦田一样条理的理论。他们的嘴唇又大又厚，即善于雄辩又善于沉默。他们大都住在一个孤单单的小屋中，那小屋里似乎只能盛下一个朋友，太多的声音和耳朵会令主人和小屋感到难堪、拥挤和警惕。他们身边总是站着一个向日葵一样向他弯曲的台灯，一个拐杖一样让他依附着的写字台，一张田野一样的小床。读书、思索、写作、在小床上躺倒休息，这是他们生活的最合理节奏。然而这屋子里最多的是书，那书简直如杂草一样，密密麻麻。但这些书养分充足，蓬蓬勃勃。在这样的地方生存的人大都固执无比，他们的眼睛像太阳一样，透露着智慧的深奥和岁月的永恒。目光如同弹簧，充满韧性，它总是注目灵魂的深处。

我这样想着，渐渐地感到我身边的空气充满了神秘的寓意。孤独真美。我站起来，从门走向窗子，从窗子走向门。就愿意这样来回地走，永远不会累。

我对这个城市充满了浓厚的兴趣。像对待香蕉，剥去皮，我们会嗅到它迷人的气息。我走在它的街道上，时常会走出一种情绪。我曾看到过这里的法国梧桐萌芽生长和飘落的所有风景。那是这个世界所共有的全部生命过程。特别在冬天，光裸的枝桠在风中永远响着骨节一样的声音。你会为之激动。你会感到收获恰恰发生在这样的季节里。我来到这个城市里多少次了，记不清楚，但似乎就像一次，或者从来没有离开过。我在这个城市里有很多朋友，他们都会给我开门，让我走出这个很大的世界。然后沏茶，然后我们开放语言。他们喜欢我的抬头纹和不抬头也会有的皱纹，那是在大街上被许许多多的双眼皮眼睛所不屑的。两个人的夜晚就这样开始了。茶真酽，烟真呛，交谈真舒服，灵魂更是安静无比。我发现我是太喜欢一种自己渴望的日子。这一切都是为了什么？一个很瘦的朋友曾经说：我们怎样会是这样成长起来的？是啊！我们怎么会是这样成长起来的？我之所以这样做，也许是为了到了他那个年龄不会有他那样的疑问，不像他那样瘦。

我记起我在其他很多地方灵魂总是饥饿无比。我的心灵像被乌云淹没了的太阳一样需要风拯救。谁能拯救我，我常常能听到灵魂深处那个带有渴盼和乞求的声音。只有在这个城市中我的灵魂才会安静下来。这个城市总是在夜晚的时候从岁月深处挤一种乳汁给我，以喂养我的虚胖。这个城市中只有阳光是吝啬的，照在树上或电车线上，竟凉凉的，很节制。每个地方都不会分配太多，太零碎。我还特别喜欢这个城市里的墙壁，它们站在路边，给路许多延伸的机会，并且望着那许许多多的在这机会中行走的人。灵魂饥饿的人会从这墙上听到一种声音。遥远的或者并不遥远的。在这墙上有时会看到一层层斑驳的痕迹，颇令人深思。善良的人或者漫不经心的人会认为那是行路人不慎跌到墙上，溅出的，回去包扎一下总会好。这愿望真美好。而另外有些人却会从一刻残痕开始讲出一个个故事。使我对这个城市的墙壁的笃爱是不容置疑的。秦砖汉瓦，它们分属于不同的时代。红色灰色土色，然而最后却归于一种颜色。有很多事情总会被那些忙碌的人们忘记。而墙记着，永远地记着。

夜完全黑下来，我独处的这座屋子一片黑色。灯泡像没等开放就夭折了的花蕊吊着，思维在默默地喘息着。我望着窗外寓意深长的灯光，似乎感到了夜晚的辉煌。但这是另外一种意义的辉煌。——那些不死的精神是不是都诞生在深夜里，就像一个新生命多是在夜的某一瞬间由男女完成一样？——这是谁的声音，这样的询问决不再是迷茫，而是一种执着的认定。说过这样的话的人肯定是夜晚不死的灵魂。他应该打起铺盖卷去做夜晚的上帝。因为他真正地解释了夜。

我记得曾有过一个芙蓉花熏染了的夜晚。我走了很远的路去敲一扇寂寞的门，我听出食指在门上发出了一种带有哲学意味的回声。我和这个房子里那个从未见过面的主人在开门的那一瞬间就完成了一个漫长的认识过程。他用冷静表示一种热情。我们坐下来，各自喘着气。我们互相读对方的眼睛和嘴唇。心脏在各自的胸腔里接受着血液，并且搏动。不管我们各自曾经走过多少路，但现在我们坐在一起，想想各自的经历那么漫长而千差万别，便觉得现在坐在一起有多么珍贵和幸运。他述说他对生活的态度和对艺术的理解。是的，那真正是他自己的。他将自己的心灵张扬给我，我却从他的语言里听出一种忍耐和痛苦。他好像谈起一本叫《热爱生命》的书和一幅叫《向日葵》的油画。他说杰克·伦敦在告诉人们生命的顽强和宝贵。梵高则用画面语言告诉人们生命的热烈与无限。他说世间的一切都是从生命开始。我说过什么？我好像说起海明威，那个用枪结束自己生命的人，那是真正的勇敢。我说当他在扣动扳机的一刹那间，他的心肯定是平静的，他的手一定是不颤抖的，他完成了永恒的接近。夜在听我们倾吐自己。我们听到了自己那如同呓语一样的声音。我们渐渐地仿佛走进了梦里，我们块状的语言在那个小屋里来回碰撞。周围的墙壁上长满岁月的眼睛，那眼睛上积了一层很厚的影子。而他的眼睛在夜晚则更加明亮。最后我们都感到这样的夜晚真好。我们各自为自己的思想找到了恋人。我们互相溶解着，又共同溶解在夜里。我们不再担心背后有人，不再担心会有人变卖我们的语言。在那样的夜晚任何人都会感到自已在晚上和在白天不是一种动物——我永远会记得那天夜晚在我的身体里翻腾着的浓咖啡。

现在我独坐在这个城市的一座房子里，黑色笼罩了它。黑色的海真大。这城市如一只大船流在岁月的河里，漂在黑夜的海上。谁是舵手？谁醒着？

这座城市因为我而不再寂寞。我是梦，我醒着。

我醒着，我是梦。

瓯海行：止于纸山

　　一夜有雨。这已经是北方的春雨了，我翻身起床，站在窗口前，看着濛濛中冷冷的雨线，和被一夜的雨水染过和洗过的街道、房屋，以及少有的冷凝而洁净的空气，我感到了岁月滋润的力量，也感到了它肃杀的力量。想起了不久前去过的江南，不知江南也在落雨否？而不久前的几天，就是立春前的那几天，江南竟然也是下了雪的。在南方，雪是不多见的。雪中的江南，是江南的另一种容颜。

　　我今年更多地关注了南方的雨雪，是因了不久前的日子，也就是两个月前，我去了浙南的瓯海。那时的瓯海还是绿的，温暖的。在那里的那段日子，是我从北方的寒冷中切割出去的一段日子。就像被冬天的框装裱起来的一段日子——用大片的寒冷装裱着一小片温暖，精致，醒目，令我不能忘怀。或者说，我将那几日的南方的温暖和翠绿，绣在了这个漫长的冬天的灰色的布上。即便是经历了前不久的那场雪，我想，现在的瓯海肯定依然是绿的。南方的雪是空灵的无骨的。飘舞和融化在同时发生。不像北方，坚硬的雪往往会在山阴处积一个冬天。

在去瓯海之前，瓯海在我脑海里只是一个地名，甚至在此之前我都不知道是一个地名，更甚至我都不敢随便地读出那个"瓯"字，它似乎更增加了此地的陌生感。我很高兴在还没有进入冬天之前就接到了那里的邀请，那么盛情，又有一群我想认识的朋友，我喜欢冬天的聚会。便早早地期盼着去南方的日子。庆幸能在寒冷的冬季，可以去往一个温暖的地方。——其实随着年事渐长，我已经不大愿意出行了。

可这次的瓯海之旅并不是一次顺利的出行。就在我要出门的前一天的夜里，一场在北方也是少见的大雪突然而至。前一天的夜里还只是飘着零散的雪花，完全不相信它会影响我第二天的旅程。虽然天气预报预告是一场大雪，我还是没有真正担心第二天一早的出行。——谁会真的完全相信天气预报呢。但这一次它真的预告准了。我第二天一早起床一看，雪，竟然下得那么大，厚厚地压满了我目及的整个世界。而且气温骤降，雪一落地很快便冻住了。这场意外的雪，像是专门来考验我这次出行的决心似的。

我在那个刚刚到来的早晨一下子惊呆了，是的，我一直在盼望着这个冬天的一场大雪，甚至有些急迫。但我没有想到它就下在我将要出行的早晨，像预约和设计；预约和设计都难以达到这么巧合。我看着头天夜里就打好的行李箱，想想外面的大雪封门，大脑里一片空白。上网搜索，整个山东省的高速公路都已经封路。打电话问几个汽车站，开往济南的所有长途汽车都已经停运。家人都劝我放弃这次出行吧！
若在平时我也一定会放弃这次出行的。但这次我似乎一下子
被激怒了——一件与我有关的事情，却一点也不和我商量。
看着外面依然铺天盖地地下着的大雪，我感到仿佛有一种冥
冥的世界的意志和命运在与我作对。我的尊严受到了挑衅，
在我愈来愈坚定的中年的生命里，我将其视为一种上苍对我
的刻意刁难。我决定抗争，果敢地提起行李箱，走出了家
门。我近乎鲁莽地开起车，可以想象那是一次怎样的启程。
从家里到济南机场一百多公里，过去只需一个多小时。我竟
然在大雪中，在积了厚厚的雪的路上开了六个多小时，而其
中有一段是山路啊。而危险是我之后才慢慢体会出来的。后
怕。原来订好的机票已经来不及了。只好改签。在经历了冒
险一样的旅行的开端之后，接下来的事情显得非常顺利。天
空，那条唯一的通道给我打开，将我放行。那天我的行程路
过了天空。

　　吉敏女士兑现了她的诺言。当我在傍晚降落温州，入住
酒店后，负责接待的当地作家周吉敏女士给了我一个大大的
拥抱。其实她能给我多大的拥抱呢，她那么瘦弱的身体，那
么纤细的胳膊！但那又的确是一个大大的拥抱，那是异地的
拥抱，代表着旅途和异地。陌生感从我身体上瞬间剥落，快
速遁失。我在一个礼节性的拥抱里快速地融入了异地。

　　对于我这个纯粹的北方人来说，整个南方就是一个地

方，它甚至不是一个地方，而是一种颜色，一种温度，甚至是一种温差。在北方已经冰河封冻的时候，那里仍然满山葱翠，碧水徜徉。我甚至感到，那一方土地上的人的表情也远比北方平缓松弛。甚至他们的眼神都比北方人灵动。在那样一方土地上，他们种茶种水稻，做着和北方不一样的农事，说着我听不懂的语言。是的，语言，很多时候我们是通过语言来辨认故乡或者远方的。在瓯海的一个酒店大厅里，我曾经让诗人马叙用方言喊我的名字，当马叙喊我时，我曾一直那么熟悉的自己的名字，听来却那么陌生，与我毫不相干，我甚至听到马叙能将我两个字的名字喊出三个音节。那一瞬间，坐在我面前的、熟悉的马叙也一下子远了很多。我坚信，童年的时候我姥姥若是用那样的语言站在大门楼下喊我回家吃饭，那是永远喊不回去的，我注定会迷失。所以，从语言上讲，温州瓯海，又是一个我永远走不进的，永远陌生的地方。

但我还是来了，这是一种空间上的到达。语言中的远行才是真正的远行。甚至我觉得，北方到南方的距离，远不及语言中的距离更遥远。站在一旁的几位浙江作家柯平、但及等甚至说他们也听不懂温州话。家住洞头岛的施立松甚至说起洞头岛上都说两种方言，一半人说温州方言，一半人说闽南话。在这个幅员辽阔的国度，语言的风景一点不比大地上的风景简单。某种意义上说，语言的居住才是最深刻的居住。而我们常常身处语言的异乡。

瓯海的日子是欢愉的、轻松的、惬意的，我们每个人都尽力地做着快乐的游子。我们泛舟瓯江，登古塔，游江心屿，参观当地博物馆，以及郑振铎、朱自清故居，逛陌巷，尝地方小吃和各种美食。甚至还去了乐清马叙的一撮毛酒吧饮各种酒。间或会试探着聊几句文学话题。但对我来说城市永远是路过的地方。在那里我们都是尽量说着半生不熟的普通话，以示语言上的靠近。而作为一个乐于行走于山野的人来说，我更喜欢那个叫纸山的地方。

而在纸山下的那个村庄，我再次感到了语言的拒绝，当然，那又是语言的诱惑和吸引。

那天我们一行一早就去了纸山。纸山，我喜欢这个名字，口感和语感都合我的胃口。走出城市，车在山间盘旋，当时我根本不知道那是去哪里。我在车的剧烈晃动中饱览着窗外的风景。我喜欢这样的感觉。此时风景如时光，随时发生，随时消失。当车停下来时，已经是一个深山里的村落。陌生感，异乡感，以及这里的自然和文化风貌，让我一下子就想起了小说《灵山》里的某个场景。这是很多年我一直渴望遇到的一个场景，却在没有期盼的情况下突然来到了。路边是一些古旧的沿街门面房，门离路那么近，生活离路那么近，生活的姿态那么主动。我走近它们，在一个个人家面前停留，并试图朝他们打开的屋门向里窥探，想看清他们屋内的生活景象和格局。当我想和一个很老的女人交流时，她听不懂我的话，我也听不懂她的话。其实我们说的都是最简单的最生活化的语言，可我和她仍然互相听不懂。甚至有一段时间她说她的我说我的。虽然我们听不懂对方在说什么，却是最本源的交流的样子。最后，还是当地文化促进会的南会长从一边走过来作了翻译，才让我们完成了一次最简单的交流。我也因此放弃了接下来的语言的交流。

在这个国度，我们正在迅速地失去村庄，失去我们降生和生长的基础和根据。失去我们的记忆。甚至彻底地割裂了连绵不绝的美学根脉。过去的乡村是魔幻的，是神秘的。古老的村庄似乎有往生，亦有鬼界。那其实是真正的生生不息的乡野生命力。土也厚人也厚。在这个叫纸山的地方，我似乎又依稀看到了这一切。而现在的很多乡村，尤其那些靠近城市的乡村，则单一、无情、枯萎、塌陷、凋落。如失血后的僵尸。

在远离城市尘嚣的远地，纸山是偏僻和幽静的，是绿色的。它刻画着自己的门楣的线条。我能深刻地感觉到它固有的一直承续着的东西。一种原生态的繁衍的图景。我总是把这样的地方当作生命统一的故乡。但此季节，从满山已经不再鲜嫩的绿色看，即便是南方，即便是纸山，毕竟是冬天，生长的速度也已经放慢。而在这个季节的北方，山野已经枯黄裸露，呈现出大地真身，已完全停止了生长。虽然我们刚刚到达纸山时头顶上并没有太阳，但我感到天空和旷野是明亮的。是被季节和植物的颜色照亮的光。那是一种岁月的光，一种异地独有的光。村庄在一个山套里，四周山色清楚，收获后的稻田条理。有鸟儿若隐若现地飞。我特别喜欢南方的稻田，那是我的生长经历中很少靠近的事物。

我相信我的同行者都对这一切有着同样的热爱。在山坡上那片已经收获后的稻田里，我们一群平时矜持的困于文字中的写作者突然兴致高涨起来，放纵地玩起了行为艺术：我们每人站在一个稻捆面前集体合影，我们欢笑，大声说话，做着各种奇怪的动作。那一瞬间，精神的捆绑完全被解除。我们想赋予这样的行为一个能够明确一些的主题，却怎么也找不到主题。也许本来就没有主题。——那是一种带有荒诞、变形、后现代色彩的造型，一种无主题变奏，我们在无意识中塑造了一种另类的稻田。而我感到，这个行为从精神上更接近一种远古的舞蹈。

在纸山下的那个村庄，至今保留着很多已经完全成为黑色的老屋。墙壁和屋顶都是黑色的。屋顶是黑色的小瓦。老屋很美，住在里面的人很美。当我们从岁月的视角望去，它似乎无，它又似乎有。在你心里，在我心里，在居住者心里，在一部分怀乡者的心里。这样的老屋可以直接居住我们的灵魂，它们存在于岁月之中，也依然在世界上，成为世界最终不能消失的部分。它让这个世界上曾经发生过的事情可以有一个我们能够看到的结尾。其实它曾经有多高贵和卑微都不重要，重要的是，它曾经存在，真实过。它曾凝聚风雨。更是时光和岁月的晶体。在心里留住它，它可以更完美。人很多时候是物的容器和遗址。从形象上，人类的精神几乎可以与它构成一种完美之姿势。

我对一个地方和一种事物的名字并没有追根索据的癖好，甚至我更喜欢没有名字的事物。那些没有命名的事物，才能更深刻地呈现事物的本质和古貌。但在纸山，当我看到满山的翠竹时，我就开始隐约感到这个名字的来历了，那大片的竹子正是做纸的原料。事实上，山下的这个村庄里就有一个几百年的很古老的造纸作坊。他们还为此建了一个小小的造纸纪念馆，讲述着他们造纸的历史，其实就是在讲述他们生生不息的生活。旁边的造纸作坊是简陋的，一如从前那么简陋，而这简陋也是他们刻意保护和延续的。在无数的沤着竹子的池子一侧，一个农妇正在劳作着，专注地操持着古老的工艺。我看了很久。我陶醉在她简单重复着的动作里。

在山野，我总是喜欢远眺和仰望，在纸山的小径上，我依然是一边行走一边远眺和仰望，我大口地呼吸着，无论是胃囊还是目光。这不是傲慢，而是对世界的热爱和虔敬。在世界的真身面前，我很少赞美某一种具体的植物，我也从来不赞美某一种具体的鸟儿，我总是直接称呼它们植物或鸟儿。对自然呈现之物，我从来不对它们进行归类。我努力以最大的情怀尊崇万物，尊崇每一个具体的事物。我一直觉得对某一种事物的赞美里，总是包含着对其他事物的否定和贬抑。

在冬天，在北方的山野，我常常感动于红色的桃枝的颜色，以及它喻示和呈现的生命力。而在南方的纸山，我则感动和惊异于满山的竹子的高大和声势，这是被我们忽视了的自然世界的高贵。因此我让它在我截取的画面中，衬托和格致这个世界。而我俯身透过它的竹梢遥望着世界。那在北方的冬天的寒冷和僵硬中呈现的桃枝的暗红，和这南方的温暖中竹子的节杆呈现的浓翠都是如此鲜艳，是一种寂寞的鲜艳和耀目，那是冬天的肌肤下在不同的地方律动着的血液，是比海洋中无边的波浪，比喷发的火山的岩浆更汹涌的激情。

山野里这样的事情这样的细节很多。但说实话我不是一个只关注山野细节的人。我总觉得那是山野里的小资格调和小家子气。我当然也会关注这样的细节，但我更喜欢以更宏阔的视野远望和俯瞰，并常常一个人伫立于原野默默激动。无论是在南方还是北方。我更多的时候是沉入大地律令和世界秩序中，与山脉一起呼吸和起伏。

在南方，在这个叫纸山的地方，我再次成为一个山野行走者和沉思者。

其实，无论身处哪里，我们所能够面对的只能是一个表象的世界。这是我们的视野，但这注定是一个被阻挡了的视野。表象是世界秩序和法则的结尾。是结果的外衣。我永远相信世界万物存在是有根据的，我们不能失去寻找这个根据的功能和能力。行走可以让我们尽可能地去接近和融入。

在纸山，我有一直走下去的欲望，我的双脚再次感到了来自大地的踏实和引力。是的，对我来说，这里还有些陌生。但这里的一切已经足够有力量地吸引了我。当我翻过一个垭口，看到更开阔的山坳，我有些激动。山路蜿蜒，树木苍翠，南方的山势和景物都显得柔和而细腻。先人的墓地透露着沉睡的吉祥。飞鸟如不落之叶在空气里舞动。翻过垭口，我才发现我的这次南方之旅才刚刚启程。可我又必须停止于这个垭口。因为身后有同行者喊我返回。我装作听不见，继续前行。喊声在更远的地方再次响起，我只好停止任性并停下脚步。站着。站着。就想站着。我不想返回。我不想离开我刚刚看到的事物。我不想回到需要语言和说话的地方去。我只想看到更多我命运里没有看到过的事物。万能者创造它们是赋予了它们意志的。而此时，它们仿佛都是在这里等我，仿佛等了很久。我的行走也像一种不竭的寻找。这也是我为什么说一切事物都是有神性的。

我在山野常常问自己：你相信有创造一切的万能者吗？而我又总是无言以对。面对我们视野中的世界和我们身处的世界，我们只有相信。对世界的态度只能依赖于相信还是不相信，但我们也永远有怀疑的权利，因为这个世界上存在的一切将永远不能被证明。所以我面对世界的态度永远是：它已经存在，而我永远对这存在表示怀疑。因为相信并不能让我们与世界的关系更紧密，而怀疑却能。不如此，我们如何相信和面对已经摆在我们面前的万物？世界的结果已经在我们面前了。而对于我们来说，是否相信，将会获得不同的生命美学和格局。

我总是乐于在山野信马由缰地思想，让肉身化作无数只鸟儿四散飞翔。如果大地不能给予我们这样的思想，它呈现给我们的风景又有何意义？

我让目光循着鸟迹，沿着山势，最后望了一眼身边的这座纸山，最后望了一眼葱绿的群山，和群山之上被染绿的天空。

返回吧！

返回。

离开南方有一段日子了。我早已重新陷入我习惯了的北方的日子中。我在时光中转换着生命的场景。而那个叫纸山的地方一直令我想念。那里的绿，是我身体里的温暖，并且一直在我身体内部滴翠。

我不知道什么时候能再回到纸山上，回到那个让我被迫停下脚步停下行程的垭口。

此时，我似乎闻到了渺远的瓯柑的味道。

坚硬的风景

　　石头向着天空伸展，便形成山。形成绵延的山脉和丘陵。断裂处是峭拔的石壁和千奇百怪的岩层，并展示山的痛苦。这如同生命，如同生命在母腹中膨胀隆起的过程。所有的一切都变成远古，变成失传的神话。岁月随风一起消失，只有山永恒。

　　当一块块的石头如生命般从山体上活起来，那也许是人。是无数的石头的精灵。

　　那就是人。

　　那些人将山打碎，然后拣拾石块，垒砌栖身的穴居。便有了房子。

　　但也有房子并不住人，却千百年存在着。

　　有一石屋很小。在某一山凹。孤零零如一老人在那里蹲着。静静地听一下，仿佛那石屋有微微的喘息声，似乎远远地喊它一声，它便会咳嗽一下，迟钝地立起来，做一个简单而又原始的动作，证明一点什么。

　　它当然什么也不会证明。石屋毕竟是石屋。山里有很多很多这样的小屋，并不曾有谁记起它们。它附着在这山体上，仅是山的一点微小的凸现。不知道人们当初为什么建它。建它的人一定很蠢。这里也许发生过什么，也许什么也不曾发生。日月在它身边悄悄流失。没有留下什么。它和巨大的山体一起忍受风雨，忍受岁月，忍受无边的阒静，忍受无数的践踏。它只是静静地卧着。它冷漠在悠长的山风里。

无数的巉岩巨石隐伏在它的背后。以恶怪的风格显示山。残断的石壁使我们想起灾难。啸声如瀑撞击巉岩之石壁，发出果断的锐利之声。风从石壁上跌下来冲向石屋，石屋在一瞬间消失，又在一瞬间再生。有悠远的哨鸣似雾般涨起。苍鹰在天空静听，忘记飞翔。

石屋向下是山谷。山谷狭长而深，深如岁月。像一种无法满足的饥饿。有一乱石滩，上面布满无法破译的痕迹。翠鸟群在低狭处飞翔。发出有颜色的声音。翅膀总是撞击石头。翠鸟仍然在飞翔。有残羽被风吹走。而鸟落下，混于一片碎石中。

一切都不属于石屋。石屋仍然是石屋。做静卧状，做沉睡状，做寂寞状和对寂寞的冷漠状。造屋人哪里去了，谁也不知道。就像谁也不知道造山人一样。仿佛依稀能看到凿山搬石的手那糙裂的影子，感受到一点造屋人的体温，这只是幻觉。偶尔有野兔山鼠窜至其中，总也要离去。正如总有上山人，总也要下山去。

石屋是山一样的颜色，那颜色是山风塑造出来的。有被摩擦过的痕迹。石屋有门洞而没有门，便像黑沉沉的眼睛一样醒着。听远古之声，听神秘之声，只是听。

石屋有被烧过的痕迹。炭烬留下了火的精灵和岁月的寒冷。记忆中闪现出被烧焦了的手和被烧焦了的眼睛。闪现出人类遥远的声音，那是没有修饰过的呐喊。呐喊是人之真声。

山常有离奇百怪的声音。是山语。是山在自语，在询问，在呻吟。

造石屋干什么。岁月在问。

常有山风的淫威，常有巨石的滚动，常有野兽飞鸿，常有山泥淤积。而石屋只是一日日陈旧下去。并使这陈旧永恒。

只要有山，便有石屋。

山屋不倒。

鹰　穴

　　当鹰在天空中静止的时候，山便开始盘旋，山上便开始有风。

　　那山上的石头便像带了灵性似的，它们向着空中的鹰乞求翅膀，向着广阔的天空乞求飞翔。

　　山上的每一株松树便变成石头，变成大山的棱角，变成大山不安分的造型。松树的生命，变成大山的生命，所有严峻的石头以及整个大山都变成松树的根。

　　飞翔着的是大山的气息。静止的是鹰的气息。

　　抑或是在某一个山崖上，抑或是在某一块乞求的石头下，也许就在某一株松树旁，有一个充满着棱角和石头的阴影的洞穴，这便是鹰穴。那地方有一丛顽固的草，有一股石头发霉的气息，有一丝嘴唇一样的湿润，以及一阵山风的阴冷。

　　这也许是一个本来生长松树的地方，甚至可以想象那松树有多茁壮。但却长出一只鹰。就是在天空中静止的那一只。

　　鹰在天空中静止，如黑色剪纸。

　　那洞穴不知在什么时候形成，是某一棵松树被狂风卷走后留下的遗址吗？是某一次雷击留下的烙印吗？是某一块巨石经历了自然的剧痛之后留下的残骸吗？抑或是某一个神话和传说的外壳？

　　云朵飞来又飞去，这里没有它的洞穴。

　　山鹰飞走又飞来，这里有它盘桓的根。

　　我们可以想象某一次骤猛的狂飙在这山的躯体上恣意地暴虐横行，在每一块石头上抽打，在每一株松树上啮咬。山像一个坚硬而又萎缩的外壳，像一个任人宰割的影子，默默地忍受着这一切。而山鹰，这个大山的黑色的魂灵，似一束黑色的火焰从洞穴中冲出，用两只剪子般的翅膀在狂飙中搏击，它代表大山以及每一块沉重的石头在风的无情与残忍中挣扎呐喊，它相信自己的力量，相信自己那一双锋利的翅膀，它相信狂飙中它的翅膀会变得更成熟更坚硬。于是它搏击，它冲杀，它奋力飞翔。当它从狂飙中证明了自己的力量后，它又飞回到洞穴中，鹰穴藏下了一个山的灵魂，鹰穴成了山魂坚硬而又温暖的外壳。

　　山鹰为了大山而飞翔，鹰穴为了山鹰而沉默。

　　而且，那洞穴也像有翅膀似的，长在很高的山顶上，令人想象那洞穴带了鹰的灵性。我们可以想到那山民，他们有山的脊梁，他们善于像山那样沉默，但他总是匍匐在山下，他们面朝黄土背朝天，他们善于将目光垂向土地，他们以自然的地势而生存。他们偶尔也抬起头来，他们要仰视才能望到那鹰。他们将自己的房子建在山下，那房子也像带了山民的禀性。而那鹰在天空飞翔或俯冲，它们俯视山的脊梁、山民的脊梁以及房子的脊梁，它的腹下狭窄而又沉闷，它的翅膀之上的天空却广阔而坦荡。山鹰走向天空，人走向石头。

房子到鹰穴的距离，是人类到鹰的距离，是蠕动到飞翔的距离。我感叹人类的低矮。

而山鹰径自在天空飞翔，它那么强悍，那么勇猛，那么高远，那么潇洒。而那个洞穴却那么幽静，那么温暖，它像一个深厚的胸怀，在那里等待，等待那飞翔的鹰。

而鹰的飞翔便充满了思念。它飞向云端，冲向猎物，或者飞向太阳的后面，飞向世界的尽头。它不懈地搏击，它永恒地冲刺，但它总是不能忘记那个坚硬而又温暖的洞穴。

它代表大山飞翔，它代表每一块石头飞翔，它代表每一个山民飞翔，它容纳大山的寂寞、山民的寂寞以及每一块石头的寂寞，它以飞翔和搏击来证明自己的一切。

但是，当夜晚到来的时候，山鹰飞回洞穴变作一块沉睡的石头。

在大地上走丢

现代的舟车之便造就了许许多多的现代旅游者，但过于繁忙和紧迫的生活工作节奏又往往使人无心真正寄情山水，万千云海山壑中留下的往往是因急迫而浅显的脚印，和因匆匆而模糊的身影。不仅仅是时间的拮据和钱囊的羞涩，是浮躁的心灵和精神的猥琐造成的对自然的漠视，是过多的蜻蜓点水式的游走以及对景点式的景区过多的贪婪而造成的胃口不适。

我们最落后的交通方式也比徐霞客不知要高级多少，我们当今的旅游机制已经完善到傻瓜都可以走遍天下。我们的一次远途旅行也只不过是徐霞客一次迷路或者问路的时间。我们的旅游已经简单到只须确定地点和缴费。但回首我们的来路和归途，我们在游走之后留下了什么，"到此一游"是一些旅游者留在景区令我们最痛恨的皮癣和痼疾，但它不恰恰是我们当代旅游者最生动的写照吗？我们只是通过旅游使我们的生活高级化、虚荣化。徐霞客们则不是，行走天下是他们的生活本身和生命本身。徐霞客们不可避免地要早起夜行，风餐露宿；饥肠辘辘，车马劳顿恐怕更是家常便饭。但他们留在大地上的目光更厚重，他们的肌肤、精神和身边的草木山川更和谐。

不可否认，游走给我们的感官和心情带来的轻松和愉悦也是存在的。在庐山的诗境里，我们感觉到的是我们与庐山共同的呼吸，我们的目光既停留于飞瀑流泉，又追踪于庐山的历史；在贵州古屯堡文化中，我们可以将我们的笔触伸向那样一个偏远闭塞、文化独立、神奇神秘的民族部落。我们的心灵是那样强烈地渴望走近它；在桂林，那独秀于天下的山山水水再一次滋养我们的身躯和灵魂，美丽的景致令我们的脚步只能在它的山山水水间慢行；在黄鹤楼和磨山楚文化中，我们感受的是楚文化对我们的熏染，它正在沉入我们的生命底部构筑我们新的生命背景；而水乡周庄就像是一只承载我们的单桨小船，那个包着蓝布头巾的摇橹的江南女子令我们有一种隔着岁月的审美感，我们一边听桨声和水声的交流，一边阅读具有几百年历史的、藏着一副文化肺叶的江南水乡名镇，好像不远处还有丝竹管弦和吴侬软语隐约传来；在巴蜀，在云南高原，我们读到了大地上那样的雄美和奇崛，身体被晶亮的铁丝般的阳光缠绕；在陕北的一个叫店头的小镇子，肉加馍的香气至今还在我的胃里翻滚。

有一个奇怪的现象，享受着当代一切便利的旅游者们在每次游走之后发出的更多的往往是太累的感叹。为什么？这是为什么？我曾经对此百思不得其解。后来我渐渐明白，是因为我们没有把心真正交给旅途，我们仅仅是怀着简单的好奇上路，在好奇得到满足之后，兴奋就变成了累赘；是因为我们的所往，往往是无数人的所往，前面的脚印太多，身边的同路人太多，没有旅途上应该有的孤独感；是因为我们游走的地方太多，特别是当代景区的过于趋同，使得我们的肠胃产生极度不适和审美疲劳。所以三日游海南、五日游四川、十日游欧洲，我们成为游走于无数景点之间的苍蝇。遍尝五味，却对什么都食之无味；遍游天下圣景，却如游自家房后菜园。

徐霞客们则完全不是这样。受当时条件的限制，地理位置上的茫然心绪上的茫然都是在所难免的。那些缠绕在崇山峻岭中颠簸起伏的羊肠瘦路，那些时断时续的路途以及对打家剪径的担心都增加着他们远行的难度。对一座横亘的山峦的翻越可能就会成为对他们生命的考验。一场雪也许会使他们的行程耽误数日。"日高人渴漫思茶，敲门试问野人家"的境况可能随处而遇。但正是这样的行走，却可以使他们聆听山野的虫鸣鸟唱。他们随时可以停下来，饮路边泉乳赏农耕之乐，他们可以随时叩开农家柴扉，享各处风俗人情。他们身体上路，心也上路。他们结庐田园，行程日走日新，他们胸肺澄明，气度豪迈。他们日日孤独，但他们享受孤独；他们日日茫然，但他们享受茫然。何累之有？何处不乐？

当代人真的在走丢自己，走丢的不是肉体，而是精神、思想、心绪，以及从容的人生态度和健康的目光。

寻找城市入口

　　在我们的大地上，城市的生长应该说是最快的事物。即便一个从来没有搬过家的人，好像也已经不是居住在原来的地方了。我们的身边已经发生了巨大的变化。过去我们平视着的城市，在今天我们自己要仰视它了。

　　但我们是有记忆的，我们的心里记忆着以前也记忆着随时发生的变化，所以我们对自己身边巨变的城市还能保留着自己的认同感。我们适应着新的一切，也在寻找着新的归宿。但我们永远会把一部分心力留给我们曾经的记忆。

　　所以无论城市怎么样变化，它的旧照片一直在我们的心里，在记忆的深处。

　　在城市疯狂地生长的过程中，我们面临的一个问题就是，我们应该怎么样进入一个城市。它的入口在哪里？它的入口通向哪里？

　　今天的城市已经不像古代的城市，厚厚的城墙，高峨的门楼，东西南北四个入口几乎是定律。进出之间有着我们今天才能看到的含义。城墙内外是不一样的天空。我们用泥土围住一块土地的时候，那块土地也就失去了它作为土地的本来的意义。我们围住了政治、等级和权力，隔绝了一部分人心和另一部分人心。人类的整体性在消失。大地的整体性在消失。城墙成为土地断裂的一种显示。

现在的城市已经没有了城墙，没有了门楼，它的道路可以说是四通八达。城市的路口到处都是，没有限制，没有规则，看上去畅通无阻，进入城市的速度变得很快，几乎是风驰电掣。但城市仍然有着它无形的门楼和城墙。我们今天进入一座城市的难度其实一点也没减少。这种难度是今天的城市的无限丰富的但还不够合理的内涵决定的。

构成我们今天的城市的内涵是什么，这是我们必须面对的。我一直认为城市的发展是应该循序渐进的，是要有层次和质感的。我们对城市的创造是要保留记忆的。城市应该有自己的传统，那样我们才能知道我们的城市从哪里来，到哪里去。但发展过快的城市造成的在外观上的巨变，在让我们每一个人对它进行享受时，也感到了茫然。让我们在抬头望城市的顶端和城市之上的天空的时候会感到颈部的隐疼，并造成我们心理上的空虚，使得我们感到自己变得越来越卑微。并最终让我们丧失或者放弃仰望城市的高度和城市上的天空的渴望，并最终让我们在城市里变得重新狭隘和封闭。就像我们当初在土地上一样。所以，怎么样让我们和城市达到和谐变得极其重要。

在这样的城市不要说一个外来者，就是我们一直居住其中的每一个人也面临着如何进入城市的问题。我们要怎么样进入？和城市的什么去融合？是饭店、歌厅、马路，还是文化上的和精神上的部分？城市的魂是什么？对一个外来者这更是一个难题，我们不应该让一个初入者一进来就陷入茫然。所以我们的城市应该眉清目秀，条理分明。让城市里没有威严，没有疙瘩，只有宽容、善良和伸展双臂的接纳。城市不应该只是一部分人的城市。

其实，我是一个没有真正的城市居住经历的人。其实，我们中国也是一个只有很短的城市经历的国家。真正的城市文化和精神还远远没有建立。我们现在所具有的虚脱的城市自豪感是多么的脆弱。因此我们可以做我们对城市最根本的思考。城市决不仅仅是金钱和物质的堆砌。城市也决不仅仅是一个给我们提供更好的吃饭、娱乐、做爱的场所的地方。城市不仅仅需要骨头，还要有肌肉、血液，还要有心脏、神经和魂魄。因此那些在城市的夹缝里生存着的人仍然是城市最重要的因素。

我们建造城市不是为了让它成为又一个枷锁和藩篱。所以世界上许多城市在逐渐地放弃高度和深度。城市应该构筑新的简单和明快。事实证明，我们建造一个视觉上的、外形上的城市并不难，难度是城市里的无形的东西。城市可以有各种形象，但必须要有自己的品位、个性和韵味。我们今天的城市太雷同化。进入一个城市和进入另一个城市没有什么异样的感觉。所以城市的文化感是极其重要的。建筑的个性、文化的个性、风俗的个性都要明显。没有文化，我们的城市就不知道怎么去传承，我们今天的城市在未来的城市里就没有构造力和作用力。我们的城市必然地成为未来城市的废墟和累赘。这样的浪费不仅仅是巨大的，而且是历史性的。

所以城市应该重新建立自己的胸怀、大度和包容性。城市不要防范什么，隔绝什么，拒绝什么。城市不是在土地上建立威严。城市的尊严应该是人的尊严的显示，而城市自己并不需要有尊严。要让城市和我们永远并肩站立，要让城市变成不是土地本原意义上的丧失，而是新意义的再生地。那样我们的城市才会到处都是入口，平面的、立体的，空间上的、文化上的、精神上的，来自四周的、来自天空的。

只有那样，城市的入口才能直达我们每一个人的心口。

去了高原的兄弟

　　一把藏刀，一条洁白的哈达，一帧你自己拍摄并放大的布达拉宫的照片，这就是你还未走下雄奇的青藏高原就已答应要送给我的礼物。"我已经准备好了，那把藏刀是我亲眼看着那个老藏人打制的。"你在走下高原前给我的最后一封信中说。于是我便期待着。但你迟迟未来送于我，我的胃口被你吊得有点痛苦。我便忍不住向你索要，一次又一次地。你每次都来信答复一定送来，可一直没有来送与我。我在给你的信中曾刻薄地说，你要遵守你许下的诺言。是为了你的诺言，还是因为我太刻薄，你终于将礼物送来了，只是一个铅灰色的用一根牦牛尾巴做成的牦牛刷代替了你原来答应的那条洁白的哈达。

　　但我实在不能容忍你的这种更换，倒不是我不喜欢这个牦牛刷。这是不足为重的，它同样是关于那座高原雪域的纪念，也同样能勾起我这个从未去过那片奇景圣地的人的憧憬，无论是哈达，还是牦牛刷，当它们离开那座高原后其意义和价值都是抽象的，它们完全超越了自身的意义和价值。

使我最不能容忍的是你更换它们的理由和原因。

"实在找不到了，那条哈达。我记得它放在某一个地方了，可去找时怎么也找不到。"这就是你用牦牛刷代替那条哈达的理由，这也就是我责怪你的原因。你说这话时坐在我面前，此时已是你走下高原之后的第四年，但这却是我们四年以来的第一次谋面。那时你在高原，我们相距几千里，而现在我们的居住地相距不过百里，可我们竟是四年才相见。现在我们总算相见了，你、我，还有几位要好的朋友坐在我的斗室里，喝着酒。你说上面这些话时语气里只有歉意——这歉意竟是送给我的；没有愧疚——这愧疚应该是对那座雄奇的高原的愧疚，是应该对那段高亢的岁月的愧疚，是应该对那次矢志不移地赌注一样的选择的愧疚。你怎么能连代表那段岁月的哈达也找不到了呢？那是你生命中最闪光的一部分啊！我替你生气，甚至在心底里责怪你。

"找不到了！"多么轻松，多么简单，而沉下心来想一想，这里面包含了什么。人世间的一切难道真的都可以化作烟云吗？我亲爱的朋友，我数载苦读的同窗，你找不到的绝不仅仅是那么一条哈达，早晚你会连同对那片高原的回忆，那用青春换取的已植入生命年轮里的经历一起丢失得无影无踪，也许最后连自己也找不到了。好兄弟，我们还没老，我们经历的风霜雪雨还太少，生命的风景还不奇幻美丽，我们甚至都还没活到三十岁，我们也没有到对生命可以无所谓的年龄。

几年不见，你成熟了，但在这成熟中似乎多了一丝不应多的东西，不多，就那么一丝。是什么呢？世故？庸俗？我说不清楚。我只清晰地感到这绝不是高原上的风在你身上塑造出来的，而肯定是从高原归来的这几年中世俗落在你身上的尘土。你仍然是那么直爽、热情、豁达、坦诚，这在你身上是最主要的，也是你永远无法更改的品质。你一直是我最信赖的那种朋友，就像我在信中给你写过的那样，"你身上永远有一种令我喜爱令我钦佩的东西，这种东西令作为好朋友的我感到踏实而又温暖。你是那种永远令我不能忘掉，即使半生不见，仍然使我无法忘掉的朋友。"现在这样的朋友已经不多了，能有几位这样的朋友你就会感到人生有了所依。他能在你需要的时候给予你无私的帮助。他在需要帮助的时候也会第一个想起你，即使你有时什么也帮不了他，送给他的也许仅是一两句安慰的话。而在平静的岁月中，他则以人格的力量照耀你，但现在，我的好朋友，你身上确也增多了一丝东西，这丝东西多在别人身上我会感到没什么，而多在你身上多少有些令我感到陌生和不舒服，就像一枚钻石上多了一丝微尘。

我们喝着酒，迟到了的洗尘酒。烟缕像往事一般袅袅上升飘满了我那不大的斗室的空间。洗尘酒，我洗你身上的什么尘，已经四年了，你身上挂满的高原之尘早已不知抖落在现实的哪个角落里，新的尘又重新落在了你的身上。可我们总算相见了，加上你去高原的时间我们大约有近七年没见面了。我平庸了七年，碌碌无声地度过了七年，而你却有了生命选择的经历和攀登一座高原的经历。再喝一杯酒吧！这埋藏着火焰一样的激情的透明物。我想让你在血液的冲撞中讲你的高原。那里肯定有一些奇特的经历，有最孤独深刻的感受，有许多的撩人的或美丽或坎坷或沉重的故事。我是多么想听你的高原和高原中的你啊！我对你说，我一直想写一篇关于你的文字，写你对高原的选择，写你走高原的经历。题目我都拟出来了，《生命的高原》或者《走上高原的朋友》，也许是《走下高原的朋友》。"总之我想写写你。"我对你加重语气说。而你却说：回来后这些年，我几乎没对任何人谈起那段经历。你终究也没有对我谈起。如果是一杯酒，我会再三劝你饮下，而这件事，我又怎能敦促你呢？我不知你在其中沉淀了一种怎样的感情。想起你找不到的哈达，我心中有一丝淡淡的不悦。我真的不知你心中的高原是怎样的一座高原，是你不愿谈及，还是想让那段经历永驻心间。我希望是后者。我望着坐在我面前的走下高原数载的你，你的脸庞上留下的也许今世消失不掉的颜色。好朋友，亲如兄弟情同手足的好朋友，我是多么地爱你啊！经历了高原的洗礼你变得更深刻了。

后来，我终于读到了你寄给我的你在高原雪域中写下并在《西藏日报》《日喀则报》上发表过的一些文字。在那些文字中我读出了真诚、执着、生命力昂扬的你。在那些文字中，你赞美高原，你歌颂珠穆朗玛峰，你惊叹于雅鲁藏布江畔，你抒情于金色的牧场，你将感情倾注于浓墨去描绘那个生长在这个世界最高的地方的古老而神秘的民族。你是用生命和青春蘸着鲜艳的血写下这些文字，正是因为这些文字，我终于理解了青藏高原在你心中的位置，我才知道你的双足——精神的双足一直站在那座高原上审视人生、审视生命、审视自己。我还从《日喀则报》上读到一则关于你从高原返回内地后举办"西藏风光摄影展"的消息。我知道你为什么对我说几乎没对任何人谈起过的那段经历了，原来你在用另外一种形式向更多的人叙说那座高原。我才知道在你不愿谈及的平静后面，埋藏着一个多么广阔丰富的世界啊，蕴藏着多么厚重的沉实的情感啊！生命永远是自己的，这一点毋庸置疑。有了更多经历的生命永远是最美的，只是美得复杂了。我责怪你找不到那条哈达了，也许是不应该的。经历太多了就不再珍惜，不再珍惜一个具体的物。一个没走上高原的人怎么能责怪一个走上高原的人呢？我有什么资格责怪呢！好兄弟，请原谅我的冲动吧。而且你现在毕竟已不在高原，已经回到了人群拥挤的东部。雪峰、牧草、最蓝的天、最白的云、最纯洁的太阳，以及在那座高原上魔鬼一样巨大的孤独，以及另一个民族的风俗已不再构成你生命的立体时空，你不可能再以高原上的心境和豪情面对人生。你必须也应该重新面对现实。走上高原和走下高原不可能是一种人生哲学。对于你来说，藏刀、哈达、牦牛刷都是形式，只有在你心中埋得最深的那一份才是你固守的真。你把最珍贵的东西放在了离心脏最近的地方，放在了心的最深处，在生命最需要的时候它能给那颗搏动跳跃的心脏供上最好的血液。透过并不厚重的岁月的帷幕，我又看到了那个义无反顾地走上了高原的你，那个在天地之间走得高大了的你。那是一条殉难者的路途，在那条路途的尽头你的生命接近了太阳。

在人生的孤独旅途上，那终归是一次壮丽的辉煌的选择。在这世界上，粮食、水、空气、阳光构成了我们的生命，如果这一切都拥有了，如果帷幕想让生命焕发出更绚丽的色彩，那么我们还需要什么。我想，那就是信仰——一个在我们生命的天空高悬着的目标，一种诱惑着我们的生命向着天空生长的神秘，一种来自我们生命内部的对这个目标的信念与渴望，一种渴望过后的壮丽的行动。因此，我们渴望着在生命的旅途上进行选择，渴望着去做别人没做过或只有少数人才去做的事情，渴望将自己的豪情注满天空，渴望做出惊人的一举，然后在遥远的天边倾听生命的回响。

但那座高原实在是太遥远了，对于我们来说是一种不可想象的遥远。甚至对于我们这些从土地上走出来的在那时甚至从未跨出省界的人来说只是从地理课本上学来的一个概念。

那只是教学用的地图上一大片褐红的颜色。我们从来没有在生命中设计过那片高原，在我们居住的地方几乎俯下身来就能听到大海的波浪声，而要倾听那片高原却是不可能的。那片雪域圣地只是在世界的边缘抽象地沉默着。但越是遥远的地方便越是有诱惑力。因此，当你把你的选择来信一下子告诉我的时候，我几乎是惊讶不已，羡慕不已，甚至要嫉妒你。但我知道这需要勇气和力量，我不知道面对这个选择时吓退了多少人，而你却费尽心机地去争取这次机会。当你行至了人生的岔路口，当生命的选择摆在你的面前时，敢不敢横下心来去选择那条壮丽但充满荆棘的路，是衡量一个人是强者还是懦夫的尺度，选择是美的，但也是艰难的。因为那不是去旅行，不是去朋友家赴宴，而是几年的居住。你也肯定不是看了一眼太阳就下了那个决心，没那么简单。这已经是什么年代了，人们都在追求安逸、享受、舒适。有谁愿意去做这样的献身。那时你已经和那位我们都是同学的姑娘订了婚，一个温暖享乐的小家正等待着你立即去构筑，而你却要走向高原雪域。我想你和我想象的一样并没有把这种选择当成一次旅游，就像后来的最近几年兴起的青藏高原旅游热，去那里寻找一种刺激。我和你一样把你的这次选择当成了你的一种生命高度的选择，当成一次对生命承受能力的严峻考验。是的，这也许是一次旅行，但这是一次高昂的生命旅行。天地在你的生命视野里一下子宽广辽阔起来，你奏响了生命的又一乐章，一曲激扬的进行曲。所以在你走上高原的时候，我的心也跟随你一起走上了那座高原。

是的，你走上高原，迈向了生命的又一个高度。就像生命如向日葵的梵高走向了法国南部的阿尔，就像高更走向了他的塔希提岛。就像卡夫卡在他精神的世界里走向了那条孤独的现代艺术的小径，就像杰克·伦敦走向了生命荒原中的那条老狼，就像艾略特走向了他的四月的高原。而你走向了你自己心中的青藏高原，那座最令人望而生畏而又最希望征服的高原，那座神秘莫测、冷酷无情、平均海拔四千米以上的高原，那座高寒、缺氧、干燥荒凉、四季无夏的高原。那里的空气稀薄，但那里的空气澄明、清新、神圣，像盛在一个高贵的器皿里。那是生命真正需要的空气，虽然它不怎么大方，但它绝不会污染生命。在那样的高原上，生命和太阳拥抱得更近，那一轮古老的太阳像一位生活在宇宙中的老人，它用智慧的阳光把高原和高原上的生命照耀成金色的形象。在那样的高原上，你才能看到高山背面的常年不化的积雪，那雪也许在史前就有了，苍老但仍然圣洁，像一个和岁月一样古老，却又永远充满青春气息的处女。在那样的高原上，生命被稀释得透明而又晶莹。

万峰之首的珠穆朗玛峰迎来了它的又一位虔诚的朝圣者，世界上最高的河流雅鲁藏布江宽容地接纳了它的又一位儿子，一位来自遥远之乡、眼含火焰的儿子。

我当然无法想象你第一次站在高原之上心中充满了一种什么样的感觉。但我想象得出你像栽下一株幼苗一样栽下了你的生命之根。天地骤然宽广，视野的辽阔肯定令你感到心旷神怡。你一走上高原就深深地爱上了这片神奇壮美的土地。你尽情地瞩望着雪峰、太阳，你贪婪地倾听着雅鲁藏布江在喜马拉雅山和冈底斯山脉之间的峡谷中奏出的辉煌的乐章，人生能有这样雄奇壮丽的景色做背景，一切都值得了。我想那种壮阔的景观肯定令人倾倒、陶醉和绝望，那是一种大美的极限。我当然也想象得出你一走上高原遇到的困难，缺氧，缺水，生活的不习惯，接下来便是头晕、呕吐、胸膛里的翻江倒海，高原在考验着你的忍耐力。你有一副好身板，但你还是不能一下子适应这座高原。但此时对于你来说，头晕、呕吐又是一种多么独特的感受啊！那是高原的神奇力量直接在你的内脏中搅起的一种感受。你在走上高原后给我的第二封信中说，你可以打十分钟、二十分钟篮球了。我捧着你的来信，在几千公里之外替你高兴，并默默向你祝福。你经受住了高原对你的考验。你真是好样的。于是你便奔向了雅鲁藏布江，去了岗巴拉山下的圣湖羊卓雍措，造访了布达拉宫，在辽阔的大草原上驱车疾飞。你被高原的一石一木一景一物吸引住了，那美奂绝伦的高原彩虹、那色彩纯粹的高原湖泊和海子、那顽强苗壮的荆棘草，都使你感到美妙无比。为此你爱上了摄影，你不惜欠债买了一架单反相机，从此高原上的圣境便常常尽收你的镜头。在我写这篇文字前不久，我有幸去了四川西北部的阿坝藏族羌族自治州一趟，那里已基本上是藏民区。我尽量不把此行当作旅游，我第一个想法就是尽量地去体验你在西藏高原上的感受，我不知我的这种努力能有多大效果。

有谁不被那座高原诱惑，又有谁不被西藏高原征服呢？高原留下了越来越多的强者和冒险家们的足迹。有一位外国画家走上高原后大胆地预言，西藏必将产生出一流的艺术，因为这里离太阳最近。何止因为这里离太阳最近，还因为这里的高峰大河都是世界的骄傲，是世界昂起的头颅。因为这里有古老的历史，有一个顽强的生命力旺盛的民族，有自己完整的文字，有几千年形成的民族风俗，有自己的宗教和信仰，有自己执着不屈的民族精神，这座高原上的一切在这世界上都是独一无二的。所以当你义无反顾地踏上那座高原之后，你不仅爱上了那座高原，还爱上了生活在高原上的那个民族。记得有一次黄昏，你在一座边陲的小县城里散步时与一个毛驴队伍相遇，正值秋收，驴背上驮着收割下来的青稞。赶驴的是一位矮小的藏族老人，绛紫色的脸，深刻的皱纹像是用刀刻下的，使他的整个脸膛在收缩着，饱经风霜的样子。头顶上盘着英雄结，脸上的表情平静而深刻，显示着生命的坚实。望着那张饱经沧桑的脸，你仿佛从上面就能听到高原风的回声。你从来没见过这样的脸庞，那上面映射着一个民族的精神之光。你被这种光吸引住并且征服了。于是你便常走入那些盘腿而坐的藏人中间，喝他们的青稞酒，品尝他们的酥油茶，吃他们的糌粑，从而感受一个民族最本质的内涵。在和他们的交往中你深深地感到，他们是众多民族中最豁达开朗乐观的一个，又是最能承受磨难的一个，从他们身上你学到了很多的优秀品质。你爱上了他们，并愿奉献你的一切，你以最大的热情、最忘我的工作向那些孩子们传授知识。当住在隔壁的藏族女学生操着不规则的汉语站在你门前说"水借我"的时候，就赶快将自己的水倒给她们。"即使只有一口水，我也宁愿自己不喝。"你这样写道。因此，走向西藏，你不是以一个游者和看客的身份而来，而是真正地将自己的生命融入其中。

我想象不出在日喀则中学简陋校舍的一间房子里盛下了多少孤独。那是你在高原上的居住之所。在那个房子的墙上你贴上了一位诗人的话："倘若你没有义无反顾的献身精神，倘若你没有一败涂地的思想准备，倘若你可以爱但爱之不深，你有意志而并非坚韧不拔，或者不具备做些事情的能力——我要说，这块土地，这片高原是不适合于你的。"说这段话的是著名女诗人马丽华，一个和你是校友的人，一个更早地只身走上了高原且终生不归的勇敢的女性。你的选择义举我不知是不是受了她的启示。我们都是在读了她的《我的太阳》《走向羌塘》等名篇才最初向往高原的，你是适合那片土地的，你早在进藏之前就做好了"义无反顾"和"一败涂地"的准备。正是在那间小屋里你开始沉下心来为你寄情的文学苦熬寂寞。我想象得出高原上的寂寞是巨大的，当夜幕降临，太阳将世界上所有的光明和温暖都带走，只剩下巨大的超越人的想象的高原，像一架坚硬的兽壳或骨头，此时透过沉沉的夜色也许只能朦胧地看到雪峰背面的雪，你找不到第二盏烛光和灯光，没有人和你一起承受这高原上的巨大孤独，那一时刻，你的精神和灵魂都被挤扁了，没有什么时候比这一时刻更能使你看清这个世界，看清突然放大了的生命。你尽可以哭，可以笑。可以发泄，可以发狂发疯，可以撕裂喉咙大声喊叫，高原没有任何回声，不会有任何人耻笑你，你只能听到你的声音在高原上震颤，并消失得非常非常遥远，而接下来便是更大的孤独扑向你，把你重新压扁揉碎。这是命运的惩罚吗？不，一点也不是，这正是高原对于你生命的馈赠。因为这种孤独只能在那样的高原上找到。这不是那种孤独——在拥挤的人群中被人抛弃的隔膜和陌生的荒凉，这实在是人生的一种享受。此时你真正获得了拥抱世界，和世界相融相合的机会。

就是在这样的一个个夜晚，你总是揿亮灯，有时候甚至会点起一支蜡烛，然后读书或者写作。你要寻找一种对得起这高原之夜的有效方式。没有比孤独相伴时更能读得出一本书的内涵，更能抒写得出生命本质来的了。孤独对于有质量有深度的人生实在是一种不可或缺的营养。你在一篇叫作《孤独》的文字中写道："我正是为了寻觅孤独，才披起苦行僧的袈裟奔走高原的，高原之于我，永远是苦涩的甜美。"你甚至说"孤独是一种悲壮"。我几乎能想象得出那支蜡烛火焰跃动的样子，想象得出你苦读勤耕的神情，甚至想象得出蜡烛的火焰燎着了你的头发。高原的烛光下你的生命被映照成一棵多么美的树啊！在那座高原上最后熄灭的蜡烛属于你，你对得起青春和岁月。两年多的岁月中你写下了一百多万字的作品和札记，有些还发表在《西藏日报》《日喀则报》及其他一些报刊上。我记得你给我写了一封三十七页的长信，当时我坐在单位收发室的长椅上几乎读了一个小时。那时我完全被这封信的长度感动了。此时，长度不是一种形式而是一种内容。我知道我的好朋友正在高原雪域之中经历着多么巨大的孤独。我不知这是不是你写得最长的信，但它绝对是我至今三十年的生命中收到的最长的信。你实际上是在采用这种方式打发着多余的时光坚守孤独。你就是这样在高原上守望生命、勤耕苦读、倾听世界、颖悟人生。高原给了你一次展露灵魂、反视生命的绝好机会，高原必将为你构筑一个让你一生受用不尽的世界，高原使你再生。

这就是伟大的高原，一个令生命敬仰的高原，一个充满魔力的高原，一个将生命塑造得更坚强、更丰满、更有韧性的高原，一个给予生命永恒启示的高原，一个像信念一样永远屹立着的高原。好兄弟，这也是你义无反顾迈上去的高原，岁月将证明你是正确的，岁月中将越来越显示出你选择的壮美。无论是高原还是你对高原的选择，今生今世，你再也不敢轻言它，在高原上形成的一切信念，你将一生不能也无法背叛。

是的，你现在已经走下了高原，离开了高原，像是完成了一种神圣的使命，你的行囊鼓鼓，你归来的步履沉沉，你将背负着高原赋予你的使命走向未来的岁月，而未来的岁月将永远是那座高原延伸出的余脉。

也许你沿着这条余脉从此将走上另一座高原，一座生命的高原。

也许从精神上讲，你永远走不下那座高原，因为那座高原本身就是一座生命的殿堂。

是的，你将积重难返。

归乡者

他茫然地站着，像碑一样。四十年铁一般沉重的岁月就是那么可怜的一瞬间，令他突然感到了那在脸上陷得很深的皱纹。他望着茫茫的原野和穹窿四盖的天际，目光贪婪如同呆滞了一般。昏黄的大平原的泥土翻腾着细细的波浪从他的脚边漫向遥远，一直蔓延到离天空很近的地方。他似乎感到有一张巨幕在这大平原上飘荡着，并且他还看到了幕后面遮掩着的四十年前发生的一切，岁月的流失是无情的，只需一声叹息，便从岁月的那一端飘到岁月的这一端，并使你怀疑那流失的一切都是不真实的。他望着，他被眼前这个世界溶解着。这一切对他来说是那样陌生。

是的，四十年后他终于又回到了这片土地。不，应该说四十年后他又重新拥有了这片土地，他那颗老了的心在一种无形的无声的震撼中渐渐地热起来，像种子遇到了季节和土壤。四十多年来，游子一般的生活使他一直在渴求着什么，他曾怀疑自己就是渴望这片土地，但他立刻否认，不是，绝不是的。其实，他不是否认，而是拒绝承认。现在他终于明白了，他渴求的就是这片广阔平坦的土地。四十多年来，这黄色的泥土一直悄悄地流淌在他的血液里，一刻也没停息过，哪怕是他恨这片土地，哪怕这片土地并不爱他，甚至厌弃他，以至于他和这片土地誓不两立。但现在这种渴求他再也无法否定。他贪婪地望着，他的灵魂山谷一样饥饿，他有一种要吞噬一切的欲望。他苍老的目光在这古老的土地上跋涉，有一朵苍凉灰暗的云从天边滑过，云朵在天光下的暗影曾笼罩了他好一段时间。

四十多年的沉重岁月就是这飘忽的云，被放逐在这广袤无边的天空。他沉重地想。但现在一切都已经过去了。他又想。

他感到有一只岁月的风筝在飘，越来越近，越来越近，从遥远的天空飘来，最后落在这沉沉的土地上。

然而，对于老人来说，这四十多年漫长而又短暂的异乡岁月并不是一段轻松的日子。他似乎始终被一种无形的东西绞缚着、统治着。他曾想活得随意些轻松些，但不能。他抗不过来自灵魂深处的力量。四十多年来，他一直居住在长江边的一个喧嚣而又紧张的城市里，他似乎是那座城市的楼群中最能耐得住寂寞的人，最初是他默默地在那个城市的街道上走着，上班或者下班。后来是坐小车上班或者下班，很多年里他似乎没和那个始终给他开车的黑壮的男人说过一句话。他在那座城市里白了头发。一直到他年届六十要退下来时，他忽然发现自己还没找到人生的归宿地。长江边的那个城市不是他的归宿地，他很肯定地对自己说。他在那里生活了近四十年，他感到自己对那个城市仍然很陌生。他不过是那个城市久居的客人。他一下子想起了他不敢想而又无法抛弃的大平原，想起了那片祖宗无数代生存的土地。当这个想法像火柴一样一下子在他的脑际里划着了的时候，他就再也无法将这束小小的而又顽强的火焰扑灭。他耳畔似乎有一个殷切的声音在呼唤着他，诱惑着他，支配着他。他终于知道四十年的沉默到底是遵守了什么，又到底是为了什么了。

他是在一个深深的夜里回到这片土地的，四十年前他也是在一个夜晚离开这片土地的。前一个夜晚他是被迫的，而后一个夜晚则是他有意这样安排的。似乎是为了重温那遥远的岁月。他归乡的路不是来自某种空间，而是来自岁月深处。他乘江轮顺着长江从自己居住的那个城市漂到长江边的另一个城市，然后换乘火车在故乡的省城下车，他的一个老战友正等待在空旷的夜幕下的站台上。久别重逢的老战友执意劝他在省城小住几天，叙叙旧。他谢绝了老战友的好意，他归乡的心是那么激动和急切，他的耳畔响着来自那片土地的呼唤声，这声音催促他，使他再也没有耐心。四十年的等待够漫长的了，他再也不能等待。他让老战友的司机当夜就把他送回去。老战友理解他的心情，挥泪送别。在车上，他知道自己离那片思念已久的土地越来越近了，他抑制不住激动向那个司机问了好多话。他发现自己真像一个孩子。车行到村庄边上时他又执意劝走了要送他进村的司机。他在一瞬间做出决定，他要独自一个人走进村子。

当他的双脚和土地接触的一刹那，他简直不敢相信这一切都是真的。来自土地的感觉像电流一样充满了他的全身。他的心里在一遍一遍地重复：我回来了，我回来了。他还记得那一次，一位老乡也是老战友要回故乡探亲，问他有什么事情没有。他在那里呆坐了好一会才沉沉地说：我去送你吧！他们沿着长江岸走着，不时地有汽笛拉响，他望着那滔滔东去的流水，心中那条河也在翻腾涌动着。老战友懂了他的心思，默默地走在他身旁。是的，这样的灵魂任凭什么样的语言也是安慰不了的。他望着长江中高耸的桅杆和穿行的江轮，极度伤感。老战友终于踏上了归乡的船板，在静静地向他挥手。他站在江边，目光久久地凝视着。老战友乘坐的船早就不见了，可他依然站在江边的风中，他面对永恒奔涌的长江流下了两行热泪。

自己那条归乡的大船在哪里呢？他在苦苦地想。

他遥遥无期地等待着。

苍凉的天穹

现在他终于真实地站在故土之上了。他的灵魂睁着眼睛望着。

那个在夜色中像一个浓浓的斑块一样的颜色就是他的村庄，从村庄向四周铺展的泥土就是大平原。但如果在白天他肯定不认识这里的一切了，但晚上他认识，他凭着村边上那棵苍老的巨槐和那几面池塘，凭着血液中流动的黄土和来自灵魂深处的记忆以及四十年的沉默认定这就是四十年前的那个村庄。他觉得能认定这是四十年前的那片土地是一件很重要的事情。

这的确很重要。这确定了他曾经是这片土地上的一个泥块，以及证明更多的连他自己也无法说清的东西。这如同儿子凭着某一种标记一眼就认出了久别的母亲，并回忆起母亲身上特有的气息，从而也就证明了自己就是那个儿子。是的，就是这片土地养育了他的最初的生命。这是一种证明，也是一种权利的赋予。历史中断四十年后，在这个飘飘忽忽的瞬间重新衔接上了。

　　他很想分清走在这块土地上和他四十年中走过的其他无数地方的感觉有什么不同。他感到自己的心在颤抖，四十年前他离开这片土地时可不是这样。他又想起了那天晚上的两声枪响，那时他像一个兔子一样从村子中蹿出，后面追赶者的脚步声隐约可闻。当他跑过那棵巨槐，枪响了。无数的槐树叶从天空黑沉沉的夜色中淋下来，淋在他头上、脖子里、身上，威胁着他的生命。从那两声恶狠狠的震人心魄的枪声中，他听出了一种改变他命运的力量。他知道，他将再也不能回到这块土地上来了，他将丢下他的母亲、妻子以及那个酷似他的女儿，永远地离开这片土地。他曾咬牙切齿地说："不回来了，再也不回来了，这片仇恨的土地，这片罪恶的土地。"

　　现在，当他走到这株巨槐下时，四十年前的两声枪响仍然震撼着他的耳膜和他的心。他的命运就是在那两声枪响中拐了弯，使他走上了一条事与愿违的路。

　　巨槐似乎仍然和四十年前一样粗细，四十年对于这棵几百年的巨槐来说也许是短暂的。他伸出手来抚摸着巨槐上的每一个伤疤，目光如飞蛾缓缓爬向树冠。经历了四十年风风雨雨，历史留下了什么，岁月留下了什么？他知道，他自己以及四十年前追赶他的那些人活得都不会轻松。但现在他仍不知道，四十年前的那两声枪响所表现出来的愤怒以及誓不两立的仇恨是否已经结束。的确，从他内心深处来讲，他仍然铭记着那所有的恩恩怨怨。他铭记着这一切并不是想纠缠什么，相反他是处在恩怨的另一面，被这恩怨纠缠着。随着岁月的流失，他的所有的这一切都逐渐被对家乡的思念和对故土的怀恋所代替。而且岁月越久远，这情绪越强烈。所以他现在更觉得他做出的回到这块土地的决定是多么正确。

是的，他曾发过誓：我再也不回来了。但是面对四十年的沧桑岁月、面对强烈的恋土之情，什么誓言都是苍白无力的。但他毕竟离开了这块土地四十年，毕竟四十年前他曾在这里留下了血债和仇怨，因此，他不知道当他回到村子后，等待他的将是什么。四十年前的那个旋涡还在流吗？他在巨槐下站了很久，这曾是他命运发生转折的见证物。一直到深夜的寒意渗透了他的脊背，才离开了它。但他并不急于回家，他围着这个比他离开时显然增大了许多的村庄转了一圈之后，才向村子里走去。

但他已记不太清楚自己的家住在哪里了。夜深沉得不见一人，有狗叫声自遥远的地方传来，令人感到岁月的久远。他游魂似的在街上走着，黄土的气息侵蚀着他的灵魂。夜晚的院落和胡同幽深而神秘。大平原和沉寂的村庄因为游子他乡归来睁着惊奇的眼睛，但并没有显出激动。他怕敲错了门，从而惊了这个村子，便在街上走着，并丝毫不感到疲劳。他记起母亲的房子是在一个苇塘的西侧，他怀着忐忑不安的心寻找着。

在这四十年中母亲去过他那里三次，每次都是住半年多。母亲住不惯他居住的那个城市，说惧怕那条很大很大的河。北方人将所有有水流动的地方都称作河，所以他知道母亲说的是惧怕长江。因此无论他如何劝说母亲和他住在一起，母亲就是不同意。母亲最后一次去他那里也是十几年前的事了。那时由于政治原因，他正过着他一生中最艰难的日子，母亲是流着泪离开他的。所以后来母亲托人写去的信便多了许许多多对他牵挂对他不放心的话，直到现在仍是这样。

他突然记起母亲在一封信中告诉他那两间草房已翻盖了房顶，现在他隔着苇塘就望见了一个只有两间房的院落。他绕过苇塘走过去推开院门，正是母亲住的地方。八十多岁的母亲听到门扉的响动声，便跌跌撞撞地迈出来，从那脚步声中听出了一个孤独老人的寂寞和等待。那其中包含着一种极其浓缩的力量。母亲竟在夜色中认出了他，母亲把他迎进屋什么也不说，只是哭。拉着他的手哭，抱着他哭，最后坐在土炕的旮旯里哭。屋子里阴暗而又潮湿，空气因缺少流动已有了霉味。老女人的哭声干哑而又顽强。他望着苍老的母亲，开始还挺得住，劝母亲，后来他终于也忍不住了。母子二人静静地哭了一夜。黎明的曙光吝啬地从窗棂子中间挤进来，母亲起身给他做饭。他对母亲说，先别告诉别人我回来了。于是母子二人就这样又在屋里坐了一整天。他问了很多事情，母亲断续地给他讲了许多。母亲问：你给咱孩子打信了吗？那可是个好孩子啊！母亲说的是他的女儿。

打了。他说，临上船发走的。她出去多少日子啦？

八年了。跟她男人去了外地的单位上。回来过两趟，每次都来看我，还买一大包的东西。

一直到夜幕降临没大有人注意的时候，他才一个人走出村子。其实在这个村子里还能有几个人认得他呢！毕竟是四十年了啊！

　　他仍然在这苍凉的天穹下，在这茫茫的原野里站立着。世界只剩下阔大无边的大平原和他渺小单立的身影。走了无数的地方，走了遥遥无尽的路途，走过风风雨雨，走过沉重的岁月，现在他终于又站在大平原上了，大平原的泥土和天空终于又属于他了。但四十年的岁月对于一个人来说毕竟太漫长了，它耗去了他太多的生命。留下的是什么呢？皱纹、白发、负疚的灵魂，以及对岁月太多的叹息和忏悔。这就是四十年沧桑岁月结下的果实吗？夜幕厚重，只剩下星星和黑暗是可以感知的。世界倏忽间遥远了，但这浓重的夜色挡不住他那苍老深邃的目光。记忆中的一切更具体而清晰了。他来到这个世界上所经历过的一切像电影画面一样凸现在他的脑海里。——真是一场梦啊！

　　他向着原野更深处走去，灵魂变得更充实立体起来，这是深秋的大平原，刚收获后的土地舒缓坦荡而又温柔，但这温柔因为太广阔太平坦而变得神圣而又庄严，并滋生出一种空茫感和恐惧感。原野里剩下的唯一作物是棉花，它们正在经历秋霜的洗礼，这是棉花最后的最艰难的路途。若在白天，能看到棉花的叶子正在变红，那是季节涂抹在岁月上的颜色。但现在什么也看不到，只有纯粹的夜色笼罩了大平原。他在旷野上走着，脚步声震撼着泥土。渐渐地他意识到自己已经来到了自家的坟地。他看到了一眼枯井，他丈量着，一米，两米……白天母亲已经告诉他，从这眼枯井向西南九米的土地下埋着那个四十多年前和他结为夫妻，三十多年前被他一封信休了的女人，应该说，四十年来他最对不起的就是这个女人以及这个女人为他生下的那个女儿，他既不是一个好男人也不是一个好父亲，而且还把自己留在这片土地上的恩恩怨怨让她们背负了四十年，那本应是由他背负的啊！这就是他四十年的负罪之源。他望着枯井西南九米远的地方——没有坟头，因为国家正在推行平坟运动，那儿和大平原一样平坦。——他的泪水在黑暗中滚涌出来，以至于湿透了整个夜晚。

他感到脚下的土地在颤抖，他想，那肯定是埋在地下的那个女人的心在抖动。

那个不幸的女人在遥远的黄土下面感到了他的归来。

大平原感到了他的归来。

鲁西故事

　　这是鲁西那片一望无际的大平原，是一片沉静的黄土地。在这片土地上生存着以黄土和青天为命的人们。日子像没有什么指望的叶子在黄土地上飘落并埋入地下。他们耕耘、播种、收获或者忍受土地给予的惩罚，但没有人对此有什么不满。他们只知道靠这片黄土活着，除此之外再没有什么别的。

　　能忍受一切便是在这里生存着的人们所具有的独特品格。他们对土地无比虔诚。他们舍得把生命耗费在这片土地上，他们期望把自己的尸骨埋于这片泥土之下。这种愚忠、这种固执、这种僵化，形成了这里闭塞坚实而又超稳定的泥土结构。日头升起又落下，风雨像一首千年古曲永远唱不完。一个个村庄在这片土地上长大，一代代人在这片土地上繁衍。永远是这片正在老去又永远不老的土地。岁月在重复一切。人们的心像大平原一样平坦宁静。他们看着老天爷的脸色生活。他们永远在老去，却从来不知道畏惧岁月。他们没有非分的想法，没有奢望。一个太阳、一片土地、几间草房可以打发埋葬一代又一代生灵。

他们的房子建在这片土地上，他们的坟头堆在这片土地上，草房和坟头是人们生存的标记，象征着活着和死亡，象征着活过和死过。也会有残杀械斗，并会为此结下无穷的恩怨仇恨，但这永远脱离不了愚昧的主题。归根结底是为了脚下的这片黄土。就是这样一片土地，它锁住了一代代人的心，像无数个扎得很深的树桩。他们没想过也无法想象会离开这片土地生存，除了这片泥土之外，他们无法接受更多的东西。人的心沉向土地最深的地方，像根一样。因此，当一个人站在这片土地上的时候，会被这片博大沉寂的泥土之胸怀一下子罩住，使你忘掉岁月和声音。

现在我要把这片土地上的岁月倒转六十年。我要记叙一些什么。

那是一个骤雨暴风的深夜，那时整个大平原上泥水横流、树折草断，像腐烂了一样。在一个大院的偏房里，一个女人猛一下蹬掉了身上的被子，一片血光映红了窗上的纸。一个滚烫的生命从母亲那痛苦的敞开的大门里滚涌而出。这就是那个六十年后站在大平原上尽情眺望的老人的生命的起点。当他的第一声哭喊从他的胸腔里呼出来的时候，正有一个巨雷在天边滚动。那声撼天裂地的雷声像是他发出来的，所以他的母亲后来曾说他一生会狂躁不安。是的，他的一生经历过狂飙和激荡，但后来的命运却又恰恰是相反的一个样子，以至于他曾沉默了四十年。

他家本是一个富足殷实的人家。但等他来到这个世界上时，这个家已有些破败不堪。母亲是父亲的第四个老婆，是父亲剋死一个赶走两个之后续的第四个老婆。母亲娘家日子不算好过，是贪了父亲的这点家底。母亲无论如何应该算是一个苦命不幸的女人，因为母亲在父亲眼里至多不过是一件玩物、摆设和传宗接代的工具。找过三个女人的父亲已经对女人没有了那份安安稳稳做男人的心思。

其实父亲原来是一个勤恳朴实的庄稼人，有力气脑瓜也聪明。变成后来这样子也与女人有关，父亲最喜欢的是第一个女人，事事处处都觉得她好，只是那女人不生。从来没和那女人生过气，可后来生了一次邪气，失手把那女人给打死了。这件事给父亲的打击太大，后来找一个赶走一个。这过程中就有人败坏父亲：这哪里是正经庄稼人所为。再后来找了母亲，虽没有再赶她走，却也真不再是正经庄稼人了。他学会了赌，常常是一赌多少天不回家，而且也就从赌开始结下了仇人。老人每当想起父亲总是一腔复杂的心情。他一生恨父亲，因为父亲不曾给他一点体贴。而且回家常打这个骂那个，像谁欠了他。

父亲下赌的地方是哨门里。那是村里的一个大家族，很富，哨门里人家大都会个手艺，蒸馍馍、倒卖牲口、卖炒花生、剃头、挂掌等。哨门里以刘四爷家人口最众，家大业大，是哨门里的主户。他家除雇些长短工种田外，再就是下赌。哨门里的人内部矛盾很多，但对外却格外一致，刘四爷凡事打头，所以在乡里要横最多。父亲开始时是因为和刘四爷关系不错才去那里下赌的。但后来人心一恶便生出些邪念来，特别是有了大的输赢，便开始有了纠缠。以致到后来凡事都认起真来。最后积下仇怨。

父亲是被哨门里的人给害死的。父亲死的时候，老人十六岁，那时他正在离家有一百里地的柳林师范读书。说来也怪，老人从小就喜欢读书，且不管那时的家境已破败到何等地步。母亲以最大的心力来支持他。母亲知道，家里出个读书人是一件光彩的事。那时家里几乎就由母亲一个人来支撑。他不负母望，从私塾一直读到师范。那时柳林师范在大平原上很有名气，是一个大户人家出过洋的儿子回来后创办的。在大平原闭塞、愚昧的环境中，这个师范在人们心中占有非常神圣的地位。但那时的柳林师范也就不过是一个有几排房子的大院子，坐落在著名的京杭大运河西岸十几里的地方。那一天他正在听先生讲课，同村的一个和他挺要好的脖子上有一个肉瘤的小伙子来告诉他：你爹死了。当时他听到后没有悲痛没有惊讶，甚至没有一滴即便是装样子也该流出来的眼泪。他对那人说：我知道了，你回去吧。那人又说：你爹是被哨门里的人逼死的。他说：我知道了，你回去吧。那人又说：是你娘叫我来的，你娘叫你回去。他仍然说：我知道了，你回去吧。然后他头也不回，去先生那里听课去了。

他是当天赶回去的，他的内心当然不像他的外表那样平静。是的，他恨父亲，但他不能因为恨父亲就对此事置之不理。如果从个人感情来讲，他倒希望父亲早早得到这个结局，那样他和母亲反而可以幸运些。但父亲毕竟是父亲，这种与生俱来的血缘关系在乡村有一种无形的象征意义。他知道自己的一生显然会搁置在这片土地上，而如果想生存下去就必须要为自己的家族争口气。

他回到家就询问母亲是怎么回事。母亲哭着对他说："这全怨你爹。你爹天天去赌，把家里的东西都赌没了，把地都押上了，可还是输了。也许你爹这时才明白什么也没有了。要和人家反悔，哨门里那些人哪是好惹的，怎么也不答应，非要你爹立字据，你爹不立。那些人就说，你只要吃下这个铁锁，字据可以不立。你爹抬眼望着刘四爷手中举着的那把锈红了的铁锁，他的眼也像长了锈似的红起来。你爹是叫那把锁憋死的。你爹抬回来时已经死了。满脸说不出是什么颜色。不像个人样子。"母亲越说泪越多，哭声更大。他不理解母亲对这样的男人有什么要哭的。父亲的尸体就放在旁边的门板上，上面盖着一块印花粗布。他自始至终没有揭开那块印花粗布。他没为父亲出殡，就叫了几个好友，当夜就把父亲埋进了大平原的泥土下。但他刻骨铭心地记下了母亲那些话。

直到那时他也绝没想到自己将来会离开大平原，而且一去就是四十年。他只想在这片土地上像祖宗们那样像一代代的先人那样活下去，活成什么样子就是什么样子。有一件事情可以证明他那时的确就是这样想的。那就是父亲死后的当年，他便娶了那个现在埋在坟地里离枯井九米远的地方的女人。应该说，他爹死了，他便更好成家了，因为他家少了一个为庄稼人看不起的赌徒。他家虽说已破败了，但他母亲积存了点东西。这些东西给他娶了一房媳妇，并且供他一直到第二年从柳林师范里毕业。到他毕业时，他心里想的仍然是一辈子就在这片土地上活下去，守着自己的女人。母亲作为一个女人命太苦，他决不能让自己的女人再像母亲那样苦一辈子。

但他始终没有忘记母亲给他讲的关于父亲死的话。他并不是要报仇，他仅仅是从血缘和家族的观念出发去争口气。他固执地认为自己要在这片土地上生存下去，就必然按这种观念和轨迹去做一切。那时他太自信自己的这些想法。他决不会想到结局会是后来的样子，以至背井离乡，远走他方。那时他还没看透土地。如果那时忍一口气，他的命运将完全是另外的一种样子。他在柳林师范上学时，结识了许多朋友，其中有的就是地下党。所以他便又找到他们秘密地入了党，开始加入各种组织，再后来又悄悄地加入了队伍。他把已怀孕的妻子丢在家中，开始在外面做事。应该说他加入队伍是有强烈的个人目的的。

哨门里那些人当然注意到了他的所作所为，并已开始提防他，甚至在悄悄地商量对付他。老人当时知道，哨门里族大人众、单枪匹马和他们对抗是不行的，必须有一伙人帮忙。他在队伍上干得很出色，再加上他有文化，很快便成了一个分队长。一九四七年初，鲁西北冬雪未化，他便带着队伍回来了，当时的运动是镇压罪大恶极的大地主。他便把哨门里刘四爷五花大绑押了出来。他把哨门里的人以及全村子的人都赶出来看批斗会，大会会场就在那棵巨槐下，会场四周都是拿枪的队员看护，只要是平日受过哨门里的气的人都可以上台伸冤，于是那些平日和哨门里的人有仇而敢怒不敢言的人便都上台，借着人多势众拳打脚踢，撕脸扯腿，硬是把个刚五十岁平日耀武扬威的壮汉刘四爷折腾得哭爹叫娘，疼死过去。后来他又报请上级批准，判了刘四爷死刑，罪名是欺压百姓，害死过人命。害死人命其实就是害死过他爹。

执行枪决那天，他又把全村里的人召集到刑场上去。那时冬天的第一场雪仍然还未化尽，原野里有几处雪斑。太阳灰蒙蒙的，几朵浮云在漫钝移动。土地骚动的季节还未到来。刑场还是老槐树下，周围是黑压压的人群。这里据说已有些年头没处决过人了，据说上一个朝代，不知因为什么案子处死过一个人，一刀过去把人头削掉了事。有老人说："刘四爷又摊上了。"现在人们都等着看这个读过书的年轻人怎样处决刘四爷。他在扔了很多烟把子之后走上台去，念完公文和判决书，就把刘四爷拉到了会场西面几十米远的地方，然后三个队员在离刘四爷不到十米远的地方平端起枪来，对准了捆在一个树桩上的刘四爷。刘四爷怒目圆睁，自始至终瞪着他，他走到哪里，刘四爷的目光便跟到哪里，死盯着他。这曾使他不寒而栗，脑海里一瞬间闪过恐惧。枪终于响了，刘四爷满腔开花，三枪都打中。待仔细看时，才发现中间的队员端的是打铁沙子的在大平原上只有打野兔子才用的火枪。这令看蹊跷的人暗暗咂舌。

哨门里的人恨得咬出一片牙齿声。他全然不顾，喊了一声：收尸吧！扬长而去。

　　这样他和哨门里的人便结下了血仇。哨门里的人虽说族大人众，可目前他是队伍上的人，手下有百十号带枪的人呢，只好强咽下这口气。但随后形势发生了变化，大队伍都去远方了，只有他和少数人留下了负责地方工作。还乡团又重新出现，多次在村子里反攻倒算。他那时几乎都不敢回村子了。哨门里的人便借助那些势力进行报复。多次捆绑毒打他的母亲和妻子。他自己也好几次险些被哨门里的人捉去。哨门里的人发誓。捉住他一定先折磨他三天然后用绳子勒死他，勒断他的脖子。他这才发现这种怨仇结得太深了。而且结下了这种怨仇受难的将不是他一个。

　　眼看着他在这片土地上待不下去了，可他还是不肯离开，他不想去没有踏实感的远方，他想一生守住这片土地。一块的战友劝他和大部队走吧，家里的事已经这样了。他也明白就是这个样子了，可他还是下不了那个决心。这不是他的初衷，他只是想通过这一切来证明一下他的力量，从而坚硬地在这块土地上生存下去。他现在才明白，在乡下谁家族大人口多，谁就硬气，其他的一切都是暂时的。那一次，他已经好多天没有回家，他的女儿已一岁多了，他还没看过几眼，他便趁夜深天黑跑回家去。

　　他还是被人盯上了，没等他和妻子女儿亲热一下，便听到了街上的脚步声。他片刻也没敢停留，就从后面的吊窗上翻了出去。

　　那些人闯进家中，一看他已逃去，就顺着他留在吊窗上的脚印追了出来，追在前面的是刘四爷的两个儿子德仁德义。他兔子一样仓皇地跑着，脚踩在秋天原野里浇过水的烂泥上。后面的脚步声越来越近。他知道只要被捉住就别想活着。幸亏夜色救了他。当他跑到那棵巨槐下时，身后的枪响了。

就是在那个夜晚，他的命运发生了变化，他才下了最后的决心：逃了吧，离开这罪恶的土地。

但他的心中懊丧极了，为了这片土地所做的一切，却使他最终不得不逃离这片土地。这就是他的命运。那天晚上他惶惶如丧家之犬，一气跑出去六七十里地，直至确信后面没有了追赶的脚步声，才放慢了脚步。

就在这时他听到了河水流动的声音，他意识到自己已经来到了那条横贯南北的大运河。他爬上运河大堤，一眼就看到了在夜晚波光幽幽黑金子一样的河水。他太熟悉这条象征着中华民族勤劳与智慧，也象征着残暴与专制的大河了。过去在柳林师范上学，他常常要在这条河上走去走回。他也常常站在大堤上望着奔腾的河水发幽古之情，感人生之慨。现在他站在大堤上回过头来望着被大河哺育滋润着的大平原，望着河水中散落的星星，他的眼中涌出两行热泪。他意识到自己真的要永远地离开这片土地了，去海角天涯做一个游子。不这样他将卷入这场几辈子也不会结束的仇恨的旋涡，流血杀戮都会一次次地发生。他躬下身捧起一把黄土在天光中久久地凝视着，像注视着自己的生命。最后他恶狠狠地猛一下撒向夜的天空。他在黄土落地的声音中扭过头来。他不敢去惊动那条停泊在运河上的乌篷船。他顺着运河的大堤向南迤逦而去。从此他一步步迈向离大平原越来越远的地方。

在他回到了部队上的时候，国共战争正处在由相持向反攻转变的阶段。他在中原打了多半年仗便开始南下。在解放了长江边那座城市后，他便在那里停了下来，那时他是副团长，他的好多战友都在解放后回了北方，组织上也曾征求过他的意见，他一口拒绝了。他转业在一个科研部门工作，因为那时他这样的文化人少见。

再接下来，他一纸书信休了那个和他结发的女人。他内心很痛苦，但他又不得不脱离和那片土地的一切关系。那时有政策，部队干部原来属于父母包办的婚姻可以解除，重新组合家庭。他在心中感叹那个和他结婚但并没有生活过多少日子的女人的不幸。这违背了当初的意愿，自己制造了一个像母亲一样不幸的女人。他在这个城市中又成了一个家，有了自己的房子，还有了自己的女儿和儿子。

但在这个城市里，他时时都感到孤单。有一种无着落感。离开大平原他仿佛失去了许多东西。开始在队伍里转战南北还觉不出来，当在这个城市中安顿下来时，他的那份恋土之情便像种子一样萌动起来。但活生生的现实决定了他不能回到那片土地上去。他隐约觉出大平原是容不得他那样做的。因此他常常一个人在这个城市的街道上走他苦涩的步子。几十年来，他总听到他逃走的那个晚上的追赶的脚步响在他身后。他听着他不熟悉但后来越来越熟悉的长江波涛声，走过了一个又一个夜晚。每当夜深人静时，他便回忆他在大平原上生活时所经历的一切，村庄、坯房、土地，还有母亲、妻子、女儿。他甩手走掉后留下的血仇的旋涡将转嫁给这些本来就不幸的女人。那时为什么就不忍一忍呢？

每当他早晨醒来后看到林立的楼房、烟囱以及人流船桅，他便思念大平原上的宁静。如果说读书已经使他有了一颗不安分的年轻气盛的心的话，那么他还没有离开那片土地生存的欲望和本能。这种本能不是别的，就是一种积蓄了多少代的心理上的力量。这种力量不仅是属于他一个人的，而是祖宗无数代在积存了千百年之后一下子传递给他的。他抵抗不了这么沉重的力量，这是血液中的东西。那时他只想借助某种力量来证明一下自己在大平原上生存和站稳的能力，但他似乎还没看透他所借助的一切力量都是瞬间无力的。特别是在一片封闭的土地上。在这样的土地上，家族的力量、血缘的关系、从土地上繁衍出来的观念历来是什么也抗拒不了的。甚至风的力量也是不可抵抗的。这就是土地哲学。当他悟到这一点时已经有些晚了，他已经像被逼上岸边的鱼一样身处异乡，失去了赖以生存的土地。

他是家族上多少代以来第一个被迫出走那片土地的人。他只好在长江边的这个城市里过着日子。他像树一样，活着但沉默着。

岁月在流失，孩子在一天天地长大，他一根根增加着皱纹和白发。那座城市也变化着。但他仍然不能改变自己这种沉重的心理。相反，随着岁月的流失，他对那片土地的依恋之情，对妻子女儿母亲的负罪感更重更强烈了。他更加苦涩地思考着自己的命运。他有时想自己和那片土地到底是一种什么感情和关系，到底应该是他恨那片土地还是那片土地恨他，那片土地欠了他的债，还是他欠了那片土地的债。这样思考着他便变得更加沉默。他全然不去感知那个城市的一切。

人生就是这样难以捉摸：他想回到那片土地上去，但他却不能够；他对这个城市陌生而又麻木，他却又必须生存在这里。心中那个世界和身处的这个世界相距太遥远。命运就这样决定了他，造就了他，泥塑了他。他希望随着岁月的流失，这一切能变得缓和些，他相信岁月的力量能冲洗掉这一切。人们都会老，善良和恶在一个人身上也会随躯体一起老去。他离开大平原或者说逃离大平原去过像现在这样一种对他来说痛苦的生活，这已经是生活对他的惩罚和他对生活付出的代价，因此他希望这种代价能换回一些什么。

他在这个城市里游魂一样走来走去，永远像这个城市的一个过客。泥土塑就的灵魂在折磨着他，有时他站在滔滔的长江岸上，望着浩浩渺渺的天幕下不尽的流水，他便想起那条脉搏一样在大平原上流动着的大运河，以及大运河所滋润着的土地，想起在那里生活着的祖祖辈辈，想起自己那些像黄土一样颜色的日子，想起他留在家中的那几个女人在如何经受着土地的煎熬的同时，还背负着他留下的沉重的血债。特别是自己那个贤惠的女人，她已经不是自己的妻子，她其实再也不该有义务去负担他留下的仇怨。但就因为她曾做过他的妻子，她便必须去经受哨门里那些人的嘲讽、谩骂、刁难、欺凌、折磨。这是母亲托人写来的信中提到的。一个没有男人的女人在一片土地上生存是艰难的，一个有过男人，但最终没有男人的女人在一片土地上生存更艰难，况且还要背负男人留下的血债，其艰难程度更是可想而知的。

他曾在给母亲的信中提出过把他离开时仅一岁的女儿接出来由他抚养，他想分担一点责任。但那个女人坚定地拒绝了他。他因此知道那个总是默默不语的女人是多么坚强固执，而且他从这次拒绝中感到女人对他不可饶恕的愤怒。这也告诉他，他所结下的冤仇血债并没有因为他的逃离而结束，它正发生在一个弱女人身上。他是仇冤的制造者，但他不是仇冤的承受者，因此自己实际上是一个无能而又有些卑鄙的人。那女人承受着仇冤的重压，但她并不是仇冤的制造者。因此她是一个坚强勇敢的女人。他还竟然提出要女儿，这显然是那个女人生活的唯一依赖和希望。因此他在心中积贮了越来越多对女人的负罪感。他因为自己是在离土地很遥远的地方而不是在那片土地上负罪而使这负罪感更加沉重。父亲的一生制造了母亲那样的不幸的女人，他的一生制造了比母亲更不幸的女人。

有时他真恨这片土地，恨那土地造就了自己这样的一生。他渴望在这憎恨中断然抛弃一切，包括大平原，他还不具备这样的抛弃的力量，这样连他赖以生存的精神支柱和心理平衡也失掉了；而逃避责任，将会更增加他的罪过，对那个女人也是不道德的。当初，他逃离了大平原，逃离了仇冤的旋涡，现在他怎么也不能连责任也逃离掉。因此他对那片土地的依赖之情像一条根，扎向灵魂之土的深处。他在根脉下沉的过程中感受着人生与命运的痛苦，他又在这种痛苦之中寻找着心理平衡和安慰。

这决定了他和那片土地的关系，不是单纯意义上的爱和恨，而是一种永远无法逃脱的心理依赖，是根对土的依赖。哪怕这根很苦。

记忆的重量

  从原野回来，老人和母亲坐在那盘土炕上。煤油灯孱弱的火焰照着那只悬在屋子中央，已落了一层厚尘的电灯泡，它似乎比煤油灯更古老。大平原已接上电多年了，但一年四季都是在午夜之后凌晨四五点钟有电，所以有电灯和没电灯是一样的。老人望望那只灯泡，再望望那盏油灯，觉得大平原上的很多事情是很有意思的。

  母亲蜷缩着瘦小苍老的身躯坐在灯光的尽头。母亲永远像在等待着什么，没一点声息。

  这就是母亲。他想。他的鼻子一阵阵发酸。

  "这些年来，您是怎么过来的？咱这村子是怎么过来的？"他在沉默之后突然问出这个话题来。母亲去他那里时，他从来不问这个话题，他有多么渴望那个村庄，他就会多么想绕过这样的话题。甚至母亲一说"这些年，咱村里……"一类的话，他马上就将话题岔开。后来，母亲觉出了他的心思，便不再提类似的话。是的，他没有勇气去问这一切，去正视这一切。其实不用母亲说他也能想象得出故乡是一种什么样子。但现在，四十年后的今天，他已经站在这片日夜思恋着的大平原上了，他突然就有了这种勇气，他已经用不着再回避它了。

母亲从土炕另一头抬起眼睛来望着他，似在表示一种惊讶。老人从母亲的眼睛中读出一种特异的目光，那是一个在一片土地上孤单沉默了很久岁月后的女人才会有的目光。母亲的一生是不幸的，母亲的皱纹在证明着这一切。他想，如果这世上有什么可以帮助他赎回不幸的话，他一定赎回母亲的不幸。

"你刚才去了哪里？到你爹坟上去了吗？到她坟上去了吗？"母亲真老了，周身不时地痉挛着，声音哆哆嗦嗦、颤颤微微，像一个衰老的心在做着一种极大的努力才发出的声音。

"去了，那里没坟头。但祖坟地我还是认得的。那眼祖宗打下的从来就没有过水的枯井我也认的。我这一辈子对不住您、也对不住她。她走得太早了。她替我受了一辈子屈冤。我真没脸回到这片土地上来，我欠下的债太多了。"老人的声音很低沉，包含着一种复杂的成分，声音在这两间土房灰暗而又潮湿的墙壁上滚动并消失。

窗外起了风，风吹在院墙、房屋上的声音像从一个干渴的嗓子里发出来的。老人透过木格窗子朝外望着，望着在夜晚更加苍老的几乎辨认不出来的天空，很久地望着，望不够似的。风似乎刮来了遥远岁月深处的记忆。在他回过头来时，外面下起了雨。他听到了雨声。

母亲见他转过头，接着说："日子真快，我老了，你也老了。按说很多事情都该忘得差不多了。那时我真不敢想你老了是啥样子。离开家时，你还是个孩子呢！一晃眼都该入土了。"

他听母亲说着。是的，都老了，不只是母亲，还有自己。但很多事情却并不是那么容易遗忘的。他无法忘掉这一切。

"那个黑夜，"母亲继续说的是四十年前那个他逃离大平原的黑夜："街上一响乱踏踏的脚步，我就知道你回家来了，那些人在抓你，我坐在窗台底下朝外看，那天真黑。我在心里给你祷告，老天爷可得保佑你。我就你一个儿子，没有你，我一个孤老女人还有什么活头。我哆哆嗦嗦趴在窗子上听，后来脚步声没有了，我不知道咋了，又待了一会儿，就听到枪响，一枪又一枪，震得房子都晃。我寻思，完了，这两枪就会把你的命要了，我就蹲在屋里哭。心话，男人叫哨门里的人害死了，儿子又叫他们给打死，这是作孽啊！当初你借着公家的势力和哨门里的人算账处死刘四爷，我就想劝你，咱乡下人有些仇是不能结的，所以有些仇是不能报的，能过日子就行，非争那口气揍啥。可你后来都做了，到后来咋着，还不是哨门里的人势力大。那天黑下我哭了一夜，天麻麻亮，你那女人就来了，她眼睛红肿着，也是哭了一夜。给我说你头黑下回来刚进门就被哨门里的人追跑了。我说人咋了，是死是活？她说，想是跑掉了，他们没追到人就又回到家里来，把家给砸了一顿，走了。"

　　母亲说到这里欠起身子拍了一下靠在炕边的大三节柜，那柜是油亮的黑紫色，古老而又结实，像铜。

　　"这柜就是那次给砸坏了盖子。这是咱玉兰临走时没舍得卖留到我这里的。这是枣木做的，老祖宗打的，多憨实。硬是给捣烂了。我一听说你没让他们抓着，心里一块石头落了地。可又一寻思，这一辈子怕是见不上你了。直到解放后你打信回来，才知道你没死在外面。娘就又哭了。娘是个女人，就是眼泪多。"

　　雨声和着母亲的讲述一起沉入他心底，他感到这声音潮乎乎的，带着岁月的辛酸和凄凉。母亲坐在灯光的昏暗里，眼窝干干的，他知道母亲的泪水早已随着生命的河水一起干涸了。是啊！那时连他自己也没有想过自己能否活到四十年后的今天。

　　窗外的雨声紧一阵松一阵，像隐含着世界的痛苦，那是大平原上一曲古朴久远的古谣。母亲的声音永远是一种调和的语气，声音中散发出苍老而又腐朽的被牙齿粗糙地摩擦过的气息。

　　"你爹去了，你也走了，就剩下我一个女人家守着两间空屋子熬日子，苦啊！我常常在心里骂你爹那个死鬼，他不争气，为赌把命搭上，要不是他活着做下罪业，你也不会去做后来那些事。你爹有你爹的命，你有你的命，可不管咋说，你爹是个男人，一个女人家有个男人就比没有强。女人什么男人都守得住，哪怕他打你骂你，把你不当人待。女人主贱。这贱是命里带来的，改不了。日子难熬我就常常夜里一个人爬到坟地里，趴在那个死鬼的坟上哭。哭一阵，心里就好受一些，要不日子真熬不动。后来国家让平坟，可他们平了，我就再堆起来。嘛也不用，就用手。这些年我是再也堆不动了。日子真难挨呀！还有这房子，你走时那两间旧房早就翻盖了，不翻盖不行啊！那次我去你爹坟上，正趴在坟草上哭你，猛一下子就刮起大风，风真有劲，就像很多很多荒魂似的在野地里转着圈刮，呜呜地怪叫。我寻思把我刮到哪个地方一下子摔死就好了，可想死的人老天爷偏不让死。风刮了一夜，我也在地里趴了一夜。天快亮时我回到家，才看到房子塌了。在乡下塌房子可不是好事。我在队里的一间草屋里住了好多日子。我想用你寄给我的那些钱把房搭起来，可哨门里的人放出话来，谁给盖房子，他们就和谁过不去。没法，我就去求亲戚，唉！家里就我一个没用的女人，亲戚也不亲。亏了那些钱，房子才搭起来。日子难总算过去了，眼下也是八十多的人了，再没几天日子了。我快和你爹去那野地里作伴了。快了，快了，这就快了。"

到最后母亲的声音就喃喃起来，透着刺骨的哀伤和悲凉。老人已被母亲的话感染了。母亲真不行了，她说话时有口水流出来，口水流出来时，她便哆嗦着袖管用一个迟钝的动作去擦。口水再流出来，便再去擦。总擦不完。

面对苍老的母亲，他知道再也不能给予她什么了。甚至想尽一个儿子的孝心也不会有更多的时间了。窗外，雨仍然紧一阵缓一阵地下着，他想象得出大平原正在这场深秋的寒雨中缩着身子，树叶正在夜色中飘零，飘向根。——这有点像他的命运。大平原的泥水正在流来流去，可总也流不出大平原。——这也像他的命运。许多燕子将在这秋雨中得到季节的暗示，开始飞向遥远的南方，但到了春暖花开时，又飞回到这片土地上来。——这也像他的命运，但又不太像。因为当他从遥远的岁月里飞回这片土地时，生命已到暮年，而不会像燕子一样拥有下一个季节。人的一生太短暂了，恍惚间已远去。

　　母亲接着说："你要我去你那里，我还不愿去，家里再难也不愿去。我离不开这房子这院子。我怕你那里那条大河，我总觉得会出事儿，那么大的河还能不出事儿。在家总能找个老人说话，也总有个活干，这样心才踏实。从最后那次去你那里回来我就觉着我该死了，再也不能出去了，要不连骨头也运不回来。院墙倒了，屋子塌了，西头那棵老柳树也给雷劈了，村里那么多老人都死了，连替你受了一辈子罪的媳妇也五十多岁就死了，可就剩下我这把老骨头不死，像还等什么。一个女人家还等什么呢！一到黑下我就坐在这炕上想事，想这人世间的事。谁也不和我说话，可我老听着有人喊我。一会儿听听是你爹、一会儿听听是你，再听听又觉着谁也不是。像刮大风的声音。我常看到死了的人阴魂到我这屋子里来，围着炕和锅头转。别的魂我不怕，有两个魂是我怕的。"这时母亲一转话题突然问："你还记得刘四爷的两个儿子德仁德义吗？"

　　老人使劲点了一下头，他当然记得，那是刻在他骨头上的两个名字。四十年前的黑夜就是这两个人的枪声改变了他的命运。他问母亲："怎么了，他们两个现在怎样了。"

"他俩都死了。德仁死了十几年了，德义刚死了二年。"母亲说："我最害怕他们两个的魂。他们作恶惯了，死了也青面獠牙，一脸凶相。德仁一进来就站在锅头那边，不时地用脚踢锅盖，德义一进来就站在门后，怕谁闯进来似的。他们一进来就问我：你儿子回来了吗？他藏在哪里？他们一吵我就害怕。心话，你爹的魂咋就不来呢？别的阴魂说，你爹愧哩，不敢回来，没脸哩！哎，你爹死了倒有良心了。"

老人听完母亲的话，心中充满了凄冷和悲哀。母亲已到了凡事混乱的垂暮之年，渐渐地开始糊涂了。屋子里潮湿而又黑暗。木格子窗、吊窗和那个从来就关不严的门上透着雨光。此时他到真希望德仁德义的恶魂从门缝里遁进来，如果真有的话。刚才一听母亲说到这两个名字便禁不住打了个寒噤。在此之前，他不知道这两个人已经死了。现在他突然意识到自己所留在这片土地上的仇冤已随两个人的死去而结束，这应归于他对这一切四十年漫长岁月的回避。他问母亲："德仁德义是怎么死的？"

"怎么死的？"母亲的脸像核桃一样，纵横的纹格又令人想到古陶。母亲擦了一下嘴角继续说："德仁的死是十几年前的事了。那时街上到处闹事。你那时不也在受罪吗？是啊，就是那时候。早年你不是给刘四爷定了个地主吗？那时成分不好可不行，没运动的时候德仁德义比谁家都难惹。可一来运动，他家先倒霉。政府的力量谁扛得了啊！运动一来就摊到他家里。咱村不大，地主就他一家，哪有不斗他家的道理。要说德仁那杂种也该挨治，祖宗辈上就是赌种还能有好东西？在村里不是欺负这个就是欺负那个。你跑了后来折腾我不少回。我说，你们不是东西。仇是我儿子结下的，来折腾我一个女人家不怕丧尽天良？男人死、儿子逃不都是你们哨门里的人给做下的罪业吗？折腾我一个守了一辈子寡的女人家天理不容啊！他爹的魂会找你们。后来他们不那么折腾我了，可总断不了折腾你那女人。她娘俩真为你受够了罪了。德仁是叫公社管理队给治死的。公社那个管理队长和你年纪差不多，是个从小没爹没娘的光棍汉子，脑子不知道想事，愣青，从小当枪使惯了，也是个恶种。什么事都做得出来。就是家里成分好。那时他看上了你那女人，想点子得到她，她是死活不依。有一次她来对我说，娘，我一个人在家里怕，你去和我做伴吧！我就去和她做了两年伴。其实你那女人胆子大着哩，可她没给我说为嘛，我是后来听别人说给我的。咱家成分也好，那个队长也没敢对咱家咋样。可他想在你那女人跟前显显自己。有些事便总和哨门里的人过不去。他知道咱家和哨门里有仇。那次队里的粮库被偷了，管理队的人进村就把德仁给捆上了，不管咋辩，认定了就是他。脖子上套了一布袋粮食，满公社游街游了十几天。后来就押回公社。硬是给打死了。那年头，一个地主打死了也就打死了，收尸就是了，还能咋着。其实到现在也不知是谁偷的。硬逼着德仁承认，德仁死不承认，死不承认就打死了。德仁死得看来冤枉，比他爹冤。他爹不冤。哨门里人虽然强壮，谁也不敢惹，可运动来了谁也挡不住。后来那管理队长也死了。是喝酒喝多了醉死的，听说是得罪了一些有权有势的人，反正死得也不清白。他一个光棍家死了也就死了。"

母亲停下话题，久久地望了屋顶好一会才继续说下去。

"德义死了才二年，他就那么死了，这些年成分的事没人再提了。德仁德义的下辈都是些精明能干的人，眼下可又算咱村最富的人了。你说怪不，真要让放开过日子，还是人家哨门里的人日子过得好。旧社会这样，新社会还是这样。眼下人家过得又快和解放前一样了。可他们的下辈德性好，不恶，不像前辈老子。想是从他们老子的下场中学了些东西。人啊！做恶多了没好处。德义的晚年不孬，家道也好，儿子也孝。不大下地干活，成天扛个猎枪牵条狗打兔子。那次吃了黑下饭，对女人说：赶明儿去打兔子，给我备下吃的，一天不回来。话是傍黑下说的，夜里就死了。德义身子壮着哩！可壮也不行，还熬不过我这把老骨头呢！人一死不就嘛都没了。这两年乡下死人又兴埋了。德义的棺斗子好着呢！殡也出得大了，吹鼓班子也请了，为打棺斗子特地花两千块钱买了两方柏木，连乡里都有人来吊孝呢！看出殡的人涌了一街筒子，外村的人都像看戏一样朝咱村子里涌，棺斗子从咱院前走过时我也抱了把麦秸点了堆火，人死了嘛也没有了。我死的时候还不知道有几个人给点把柴火呢！人一辈子活不出样子，死出个样子也是福气哩！"

老人双目微眯，他在母亲哆哆嗦嗦的声音里沉思着。是啊！德仁德义都死了，这是他没想到的。在没有走进这片土地之前，他曾一次次地推测，大平原等待他的将是什么，现在他才觉得，这一切真的该结束了，四十年前他留下的血的旋涡已经不存在了。

但是当他意识到这一切时，这对于他那在四十年的寂寞岁月中所形成的灵魂并没有什么安慰。现实中存在的一切都已消失，无法弥补的是心灵深处的沟壑。因为自从四十年前制造了这个仇冤的旋涡后，他一直处在这个旋涡之外，即使这个旋涡仍然存在，也许不会再是他想象的那个样子。四十年能使一代人变老，也能使人心深处那仇冤的情结变得苍老枯萎。人老了就不会再像年轻时那样凭着力量和血性去解决一切。因此这个旋涡存在与否似乎是一回事。老人感到对于这四十年自己所负的责任是最重要的。自己所欠下的，欠给死了的和活着的以及这片土地的债务是最重要的。自己不能因为任何原因而逃避这一切，从而原谅自己。即便是人死了，甚至将来自己也死了，这片土地还永远活着。人生的经验使他固执地认为，人和土地的感情，不仅仅是爱，也不仅仅是恨，而是一种无法解脱的依赖。这种依赖是什么呢？说不清，只要血还在流，这种依赖就不会消失。

老人从身上摸索着找出一支烟，他已经两天没吸烟了，他似乎忘记了自己的生命中还有这种习惯。一回到大平原，他一下子就被这片土地上的某种东西笼罩住了。他凑到煤油灯如豆的火焰上点着，烟一缕一缕地上升，他的心却在下沉。风声雨声和母亲的讲述声化成一种大平原特有的宁静满足着他四十年来那颗一直渴求着的心。是的，四十年漫长的岁月终于过去了，可他已实实在在地老了，他终于重温了四十年前的那种生活气息。他再也用不着在长江边的那个城市里像一个游子一样飘零了。他盼望的那只载他归乡的船已经把他送回了大平原。在这里，他找到了他的根，找到了那埋着他发苦的根的泥土。

　　老人一口一口地吐着很重的烟雾，像是吐着他心中的块垒。他想起了母亲提到的德仁兄弟，他感到德仁的命运有点像那个被他处死的刘四爷。历史总是这样不断地重复循环。大平原那么广阔平坦，那么坦荡温柔，而发生在这土地上的一切总是充满血腥气。一个又一个的仇怨的旋涡在它上面流淌，使土地载负了过于沉重的压迫。但大平原却默默地包容了这一切。人们在这土地上生存着，正是为了生存人们才做一切，而这归根结底又似乎都是为了土地。是土地决定了人们怎样活着，好像人身上所具有的一切土地中都有，是不知不觉地从土地中汲取来的。土地真是一种永远也说不清的东西，不仅仅生长庄稼养活人，还用泥土塑造你的生命。自己的父亲、刘四爷、德仁兄弟、自己，还有无数在这土地上生存着的人们所做的一切会冥冥中似乎都是受了土地的支配。所以，只要土地存在，人们将会继续做下去，做一切。四十年前刘四爷被自己处死和十几年前德仁被那个公社管理队长打死是一回事，自己的爹一生造就了母亲这个不幸的女人和自己一生造就了比母亲更不幸的女人也是一回事。岁月冲洗掉一切，也积贮着一切。人世间有很多事任你怎么想也想不透。甚至越想越糊涂。还有德义，他那么健壮也许真该活下去，在四十年后的今天和自己坐在一块一边喝着发苦的酒，一边数落一下这些年的事情。该忘掉的忘掉，该清算的清算。可他也死了。老天爷似乎是在成全他和土地，似乎在安慰他四十年的飘零岁月以及那颗负重的心。德仁兄弟留给他的将永远是四十年前的夜晚那两声改变他命运的枪响。

雨仍在淅淅沥沥地下着。雨声像岁月的脚步声从他窗前一直响到很遥远的地方。夜像是没有尽头似的。孱弱的煤油灯像是没油了，灯光正在急骤地衰老下去，有几个灯花开在油绳上，周围的空气像血一样暗红。母亲沉默在土炕另一端的昏暗里，像失去了生命气息的蜡像。老人在大平原无边的雨声里靠在坚硬的墙壁上思索着一切。

他这样想着，烟蒂灼痛了他的手。

遥远的岁月

　　远方归来，他和母亲就这样一连在家中待了三天。这三天中没有一个人来过这个院子，空气独自在这个院子中窒息凝固着。老人便由此想象出这个院子平日的孤寂和荒凉。第四天的时候，老人便走出院子，来到街上，在街筒子中走，但没一个人认得他。有很多人和他擦肩而过后又回头望他，但那只是惊异这街上怎么突然出现了这么一个老人，一个令他们和整个村庄陌生的人。老人不好对谁说话，继续在街上走。他从人们冷漠平静的目光中感到了自己被遗忘了。是啊！这块土地不认识他了，他也不再认识这个街上的一切，他和这街上的一切隔着厚厚的四十年岁月的墙。而他心目中那个村庄的样子早就不见了。他打量着这条比四十年前平坦多了也直了的街道，打量着一幢幢新盖的砖房，是的，变了，一切都变了。只有村东头那棵巨槐和他那颗心没有变。但是当他站在这条街上，他心中仍然一下子充满了神奇庄严的命运的力量。他眼前幻化出四十年前这条街道的模样和人们在这条街道上走来走去的样子，以及在这条街边上响起过的各种声音。四十年前他在这里做了一切留下了一切。同一片土地，同一个村庄，在岁月这头是这个样子，在岁月那头是另一个样子。无情流淌的岁月改变了一切。

即使被冷落了，走在这街上，他心中仍然感到踏实。因为在茫茫的世界上，只有这片土地是他的归宿。街上的人都是很忙碌的样子，有的赶着驴车往地里送粪，有的驾驶着拖拉机出村子做营生。他极力辨认着，想认出其中的一个，但他一无所获。走在陌生的人群中，若不是脚下的土地提醒他，他真会有一种身处异乡的感觉。他慢慢走着，街道在他身边缓缓移动。两边的院子里长满了榆树、椿树、枣树等，翠绿葱茏，散发着叶子的气息。砖墙上探出向日葵成熟的头颅。几只鸡很有身份似的在街上闲游觅食。阳光均匀地洒在这条街上，均匀地洒满老人的视野。

他看见一个闲置的碌碡上坐着一个生命力衰弱的老人。他揣摩自己也许认得这个人。便凑近去看，等快走近时，他一下子就发现这个人的脖子后面有一个大肉瘤。这标记他太熟悉了，虽然这肉瘤也随着老人生命的苍老而老去而干瘪，他仍然认得，这就是四十年前他爹被哨门里害死时跑到柳林师范给他送信的人。他走过去，对那老者说：

"福哥，歇着啊？"

那肉瘤眯着眼睛，正在等慢慢往上爬的太阳。听到脚步声向他走来，也没睁眼，听到有说话声才微微动了一下脑袋，眨了一下眼睛。

"嗯哩。想干也干不成了，骨头都糠了。哎，你是哪一个？耳生哩。"

肉瘤声调含混不清，牙齿间呲呲地漏着气和黄唾沫，一副垂死的样子。

老人说："还记得四十年前跑了的那个人吧？"

"记得，咋不记得，不就是杀了哨门里的刘四爷，被哨门里的人赶跑了的那个。四十多年了哩！"老肉瘤仍然眯着眼看太阳，似乎总感到太阳暗了些。他脸上苍老的皱纹围着眼睛打成两个旋涡。

"和你说话的人就是他哩，他回来了。他在街上走了一圈没有人认得他，他也认不出谁。他就认得你脖子后头那个肉瘤哩。"他见对方说话声音高，猜他定是耳背了，便也和了他大声说话。

"不信哩！他还能回来？四十多年了没有回来过一遭，都到该死的时候了，他还回来？！也没听说打信说要回来呀！不信哩！"他扶了一下手中那柄枣木拐杖仍然眯着眼看太阳。

老人没想到连这个年轻时和他要好的伙伴也不认得他了。"我真的是那个人哩！你睁眼看看，没谁骗你哩！"

肉瘤这才转过头来，趴在他脸上，左看右看，"真是你回来了，想不到哩！也没个信，猛一下子和从天上掉下来似的。只道是你一辈子不会回来了，想不到哩！我眼花了，不中用了。"说着话便松了拐杖，伸过手就抓住他的手。就抓住了，就狠劲地摇。"刚下车？"

"回来几天了，这些年你好吧？"

"这些年？好个球。这不耳也背了，眼也花了，还瘫了半拉身子，连拐杖也拄上了。嘛也不干了，就等死了。"

说着话，又松了手，又捡起拐杖，就站了起来向街心走了走，对路上的人喊，对路上人介绍他是谁。就有许多人聚过来，大都瞪着眼，惊奇地听肉瘤一遍遍地述说。

那些人大都露出尊敬的神色来，他在这无数目光中一下子得到一股来自泥土和岁月的温暖。其实他和这些人只隔了四十年的岁月。如果他不离开这片土地，他将是这人群中的一个。

就这样他回来的消息很快传遍了全村，全村把他的归来当作一件新鲜事，没有人根究他四十年没回来的原因。

接下来是父老乡亲一次又一次的拜访，母亲这座四十年来一直冷落荒凉的小院一下子变得无比热闹。考虑到他在外面的职位，乡里的人也亲临了这小院。哨门里的人就像什么也没发生过似的也来了，他们还请老人去喝酒。当时他无论如何不同意，可哨门里的人情谊实在拗不过去，德仁家大儿子还对他说："咋这么多年才回来，还能把咱村子忘了？"

老人意识到，该结束的似乎真的结束了。

但有一件事情对他触动很大。那一次他正站在村子东头的巨槐下和几个老人说话，就听到远处一个老女人在大声地喊："都该死。"声音有些沙哑，却包含着一种神秘的撼动人心的力量。

他扭过头，就见那老女人嘟念着刚才那句话朝他这里走来。她满脸污垢，披散着头发，露着惨白的牙齿。老人一愣怔，问这女人是谁。旁人告诉他，是那个刘四爷的三房。"不到七十的人都疯了四十年了。竟没死掉。"

就见那女人走过来，指着他们，语无伦次地喊："他回来了，你杀了人，你就该死。"

老人望着那老女人，他看见老女人眼中令人悚然的阴冷的目光，他猛一下打了个寒战，他的灵魂一下子像被撕裂了。

旁边的人连忙把那疯女人赶走了，转过身来告诉他："她平时就这样，见了谁都这样。四十年了，她一直是这个疯样子。"

后来，他发现那疯女人确实并不是认出了自己，她对着谁都那样大喊大叫。

但只有他感到这疯女人的目光最阴冷，四十年的仇怨被这个疯女人记着。

"那老女人没有疯。"他痛苦地想。

陌生的父女

　　过了几日，那个随丈夫搬到外地去了的女儿回来了。那天，他正在院子里走来走去想事，有一朵在树上早已枯了许多日子的梧桐树花落在他的头上，他一抬头，就看见一群人簇拥了一个四十多岁的中年女人进到院子里来。他的目光落在她的脸上，就一下子惊呆了。这个女人就和他留在长江边的城市里的女儿简直像一个人似的，只是眼前这一个脸上多了些风霜老了一些。她们都酷似自己。他内心强烈地震动着。这就是四十年前从自己奔腾的生命里分解出来的女儿。他走上前去，低沉而又饱含深情地说："香兰，是你回来了，算着你也该回来了。"

　　香兰却一时镇定得出奇，她用一种在久久地等待久久地渴望之后那种不知所措不敢接受不敢相信的目光望着老人，竟望得老人一时不知如何是好。当她颤抖着用并不太大的声音喊了一声："爹！"老人发现她几乎把全身积存了半辈子的力气都使出来了，这低低的一声呼唤撩起了老人很多很多的东西。周身的血液急速地滚动着。一声爹，把他们之间的距离一下子拉近了。

人群外有一个声音说："别站在院子里，四十年没见过面，这就好了，都回来了。"说着就朝门槛外迈。香兰就连忙走上前扶了她："奶奶，你好吧？"人就都进到屋子里去了

等人们都散去了，香兰就扑到奶奶怀里抽泣起来。她的肩膀越晃越厉害，最后竟呜呜起来。老母亲抚着孙女的头发，满脸哀伤的表情。那本已发木了的皱纹也抽动起来。"兰儿不哭，把你爹的心哭碎了哩，哎，苦哩。"

那哭声哪里还压抑得住，像一条被拦住了的河终于冲决了堤坝，一泻而出。呜呜声中压抑了四十年的艰难和辛酸，压抑了四十多年来对一切的感受，这是无字的声讨和控诉啊！

老人坐在一边，心中翻江倒海，眼泪流进苍老的皱纹。是啊！他自责，他悔恨，他负罪。他只生下了女儿，但没养育她，没对她承担任何的责任和义务。就像四十年前他在这片土地上制造了仇怨的旋涡，却没对此负担任何责任和义务一样。在女儿最需要他的时候，他却不在她跟前。而现在已是四十多岁的人了。也已经有了皱纹和白发出现在她的脸上和头发里。她有父亲，但她得到的不是父亲的爱，而是父亲留下的仇怨所带来的磨难，辱骂，欺负。她在这个世界上无端端地尝尽了凄凉困苦。但这一切除了向早已背负重压的母亲又能向谁诉说呢！

老人也知道这样的日子有多难，现在一切都过去了，岁月的流失是无情的，他再也无法弥补自己失掉的义务和责任。他想，一个人逃脱他应该承担的责任和义务就是罪恶。

他望着女儿抽动的身影，听着她那压抑的呜呜声，他突然觉得，这些年来一直就有这样一个抽动的身影在他的生命深处呜咽。

"香兰，你就哭吧！爹的心已经不怕破碎；它早就碎了。爹对不起你，对不起你娘。"

香兰从奶奶怀里抬起头来，泪水和头发在脸上胶合着。她止住哭声，掏出一块手帕，揩去了满脸泪痕，然后起来说："奶奶、爹，我出去一下。"就抓起一个自己带的黑皮包出了院子。

后来老人知道，女儿去了她母亲的坟上，在那里哭到天黑。有一堆纸灰烧黑了一小片大平原。是啊！一直和女儿相依为命的是她的母亲，她只有对着母亲才能淋漓尽致地哭。

老人渐渐地重新适应了这片土地，他常去一些老人家去，和他们讲古叙旧。他也和他离开这片土地之后才生下的下一辈人交往，询问他们的庄稼、日子和孩子。所到之处都显示出对他的尊敬和热情。他们惊奇他在外边的日子，询问一些好奇的事情。他也开始讲自己居住的那个长江边上的城市，并且也有了兴致。有时他也去田野，去舒心地望一切，土地、草屋、庄稼，苍苍茫茫的天空。

他一直想，女儿回来后会向他提出各种要求。他等待着，但女儿始终只是细致地服侍他，没提出过一点什么。

漂泊者的悔愧

又是一个黄昏，他对女儿说："香兰，随爹出去散散步吧！"

父女二人便一前一后出了村子，沿着村后那条小河走，傍晚的时候，大平原开始失去一天的喧闹，走向宁静。太阳醉红的轮廓已接近大平原遥远的地平线。疲惫了的阳光涂满西边天宇，也洒满袒露着的泥土。片刻之后，随着太阳被埋进泥土中去，暮色和雾气便从泥土中长出来。

他们默默地走着，和着黄昏的脚步。他们在一个干松温热的田埂上坐下来。天空在他们头顶上无限地高，泥土在他们周围无限地阔。

"你过得还好吗？"老人滞重的声音。

"还好。"女儿回答。

似乎再也说不出别的。

又停了片刻，老人问："是不是恨爹啊？爹一辈子对不起你们啊！现在我常想，我该怎么办呢？"

女儿抬起头来，望着老人："几十年苦累都过去了，别提它了，忘了它吧！"她的声音冷静而又低沉，几十年岁月塑造了她淡漠而又成熟的心。"你知道母亲临走说什么？她抓着我的手说：别怨你爹，谁也别怨。怨也没用。就怨女人命苦，怨咱娘俩命不好。命不好，怨嘛也没用。母亲信命，可她不信命又信什么呢！我回来这几天，好多人为我出主意，让我提出各种苛刻的要求，我就想，四十年艰辛都过来了，提这些干什么。我最需要的是一个父亲，哪怕他什么也不曾给过我。给我一点安慰也好啊！"

老人呆坐着，他感到自己的嗓子发堵，他真希望自己也能有个地方大哭一场。

"给爹讲讲你们娘俩这些年的日子吧！"

"我一回家就想讲。可我看到您已这么大年纪了，真不想让您伤心。您在外又有了妻子儿女，不一定真的就会记着家中这些年的事情。"

"怎能不记挂呢，爹逃避了责任，可还有良心。讲吧！爹听着呢！"

"你离家时，我还不懂事。再往前那些事，都是娘讲给我的。从我记事起，家里就娘和我。我从小就发现娘从来不笑。她下地干活、纺线、织布，总是一脸愁苦相，一直到死就是这样子。我始终不知道娘笑是什么样子。她也不大说话，她给我留下的印象就是能干活。什么活都干，家里的，地里的，场上的，你知道母亲很瘦，可有些活是强壮男劳力才干的活。那时我还不懂我们家和哨门里的人有仇恨。那种年岁的日子到现在想起来还心有余悸。我一问母亲爹去了哪里，母亲就哭。

"母亲常常哭，可都是守着我哭。在外面不管受到什么欺凌，她从来都是倔强地咬着牙。我们的院子恰好是村西头第一家，墙西和房后全是黑沉沉的庄稼地。南面隔一条路是队里的猪圈。只有东面是人家，可人家从来不和我们说话，大概是怕哨门里的人。我们的院子就像从村子里多余出来的一家。我和母亲从来都是天一傍黑就插上大门躲在家中。

"哨门里的那些人凡事都和我们家过不去，解放了也不行。我五岁那年的一天夜里，我和母亲都睡着了，就猛一下听到房顶上有人。我和母亲都醒了。就听到房顶上有人咚咚地用力跺。我和母亲都吓呆了。周围都是庄稼地，喊也没人会应。房顶上的跺脚声越来越急越来越响。房子和天都像要塌似的，我吓哭了，母亲赶紧捂住我的嘴。母亲嘟囔着：造孽呀，这是咋了呀，留下血债让我们还。

"可是除了我听见，谁听得见呢？跺脚声就这样响了大半夜。房梁上的土哗啦往下落，窗户纸像招了鬼似的啪啪地响，后来房顶上有个地方给用东西扒透了，有脸盆子那么大，就看见上面鬼魂似的转着几个黑影子。我怕得周身哆嗦，母亲抱住我，蒙住我的眼睛，可我感到母亲也和我一样哆嗦，那景象老天爷都会吓个半死，可就两个女人，谁也不敢出去。到现在想起那个夜晚来，心还发麻。要是家里有个男人谁敢。到了天亮以后，母亲才敢开门出去，到院子里一看，母亲一下子就背过气去了，家里的羊被牵走了，磨盘给掀走了，偏房上的门给卸走了，连院子里那棵大榆树也给刨走了。明摆着是哨门里的人干的，可又有什么办法呢？母亲是自己醒过气来的，醒过来就爬上房去堵那个豁口。

"这还是暗地里的，有时就明着来。清'四旧'那阵，刘德仁在街上见了母亲硬是伸手从母亲耳朵上扯下了金耳坠就走，母亲的耳朵被扯破了，血朝外涌。母亲上去和他夺，竟又被打了一顿。那时你已经休了母亲，母亲便对刘德仁喊：和谁结了仇找谁去，我都不是他的人了，咋和我一个女人家过不去。天打五雷轰呀！人家不管，打了就打了，还能怎样，照样欺负你。每年都要跑到房顶上跺一两次。那个豁口，母亲补上，他们就再扒开，再补上就再扒开。人家放出话来，决不让我们过安生日子。

"后来，我长大了，知道了从前的事，但也是一个女人家又立不起门户来。我就常和母亲抱头痛哭。我十七岁那年，已经和现在的丈夫定了亲，为的是早有个男人照应一下。可他又在外工作，哪照应得上呢？母亲让我搬到婆家去住，可我舍不下命苦的母亲，便一直守着她。丈夫结完婚就回到单位上去了，家里还是两个女人。有一天夜里，我和母亲早早睡下，到了第二天发现房子的后墙上被挖了一个足有一米多高的大洞。那洞口，人稍一哈腰就能进出。我们醒来时躺在炕上就可以看到房子外面的庄稼地，房子就像在庄稼地里。等起来看时，我的嫁妆被偷得一干二净。连桌子都给抬走了。母亲说她睡得死，没听见，可我到现在也不信。我那时年轻，干一天活累得厉害，一觉到天亮。可母亲再累睡觉也很少，这么大的事她不会听不见。她肯定认了。那时母亲已经将泪水流干了，就呆坐在炕上，也不给我说话，肯定是怕我怨她，我当然不会怨母亲，她命苦一辈子，任谁都不会忍心说她一句。我只能这么说几件事，几十年的日子就这么难，说也说不完。两个女人本来就会很难，何况还有你留下的血债，这一切都是母亲替你承受了啊！

"后来母亲病了。病的起因很简单，有一次端盆子进屋时绊了一下，摔在地上，爬起来就觉着不好，后来老是觉着疼，去了我爱人那里医院一查，癌症晚期。我知道母亲不会有多少日子了，但我发了疯一样为母亲治疗。土医生，偏方，我都信。我那时想没有了母亲会怎样呢！我和母亲不能分开。我花了仅有的积蓄，卖了院子里的树，拆卖了两间偏房，可还是没留住母亲。母亲临死前，脾气极坏，疼爱我一辈子，竟也对我发起火来。专吃稀罕东西，桃没下来要吃桃，下来后又不吃了，等过去了又要吃，我一切满足她。病是过年时查出来的，靠着这样竟维持了多半年。有一天，母亲把我叫到跟前，说不让我再忙她的事了，说她要死了，快给她准备好衣裳。母亲已瘦成一身干骨头，话也说得含混不清。断断续续母亲说了好多，不让我恨你，老说她命不好。说你这一辈子也不易。说到最后就说不出来了。

"母亲昏迷三天，就死了，总算穿上我给她做的衣裳。在我心上母亲是能干而又坚强的，她爱我超过爱她自己。但母亲的命又太苦。一个女人背负着一个男人留下的一切血债在乡下活，那是比做骡子做马还苦还艰难的呀！母亲去了，我失去了依靠。像我这样本来就该出嫁走了的女人因为母亲的死就更无法在村子里住下去了。母亲死的第二年，我和孩子们去了丈夫那里。"

老人一直静听女儿的讲述。他的目光望着夜的最深处，渐渐地感到夜色湿润斑斓起来。哦！他流泪了。女儿讲完了，默默地坐在他身边，可他脑海里还浮现着那不幸的女人的面影。他从田埂上站起来，向着原野走去。女儿也站起来，向着原野走去。

大平原藏在浓重的夜色里，令人不能感知它的平坦和辽阔。天空漏下的星光总是令人想起遥远的岁月。泥土在老人脚下响着，灵魂在痛苦地感知着泥土和岁月的折磨。四十年……四十年……老人的心全乱了，自己欠脚下这块土地的债太深。四十年……四十年……这是怎样的四十年啊！父亲、刘四爷、巨槐、两声枪响、德仁、德义、疯女人、母亲、埋在地下的女人、女儿，这一切都在他脑海里显现着。他欠了多少啊！

转了不知多久，回到村边的时候，老人对女儿说："你回去吧！我还不想睡。"

女儿扭头望着他："是我伤了你的心吗？"

老人说："是你安慰了父亲，我只是想自己站一会儿。"

女儿回去了。老人扭过头来对着夜晚的大平原，他听到了土地在呼喊他，岁月在呼喊他，那个埋在地下的女人在喊他。

他又听到了自己心中那个回应的声音。

他又跌跌撞撞地走向了原野。

　　第二天，人们发现原野里枯井西南九米远的地方堆起了坟头，旁边有数不清的烟头，以及一个人坐过的痕迹。那痕迹很深很深，以致令土地感到了痛苦。

　　大平原知道，那个埋在地下，已经死了十年的女人，又被一个从长江边的城市里归来的人记起来了。

街　边

今日出门办事，快到我要去的单位那条路路口时，被一个中年男人招手拦住了。

我不知何故，停了车。男子显出略微焦急的神情对我说，我是外地的，不注意自己的包被人从车里偷了。他还指了指旁边停着的一辆现代车。我很茫然，觉得出门遇到这样的事情怪让人同情的。他看我脸上露出同情，便对我说，你做个好事，给我点回去的费用，我把手机号码留给你，回去我就给你把钱打回来。

我很犹豫，我突然就被截下车，随后就被要钱，我一下子转不过弯来。人遇到难处，确实该帮一把，但我就是在路边遇到他，一切就全凭他说，我怎么能随便就给钱呢！可不给钱，他要是真的遇到难处，我也太不仁厚了！

那一瞬间我内心里经受着强烈的道德自我审判。

他还在一直祈求我帮他。甚至说"我们都是开车的，帮帮忙吧"。我心里话，路上开车的都是一个阶级？我都应该帮忙？但我对他说，你到哪里办事情就找他们帮帮忙，起码

他们了解你，应该能帮你。他说，我在济南被偷的，到这里
没有油了。我说，那你应该在济南把这件事就解决好啊！他
说我们走到这里没有油了才求你帮忙的。我说这样吧，忙，
我帮。但你要证明一下你的身份。说实话，在他一直的解释
中，我的直觉开始告诉我，这可能是个骗局。

他回车拿了驾驶证回来，让我看。——他去拿驾照时，
我发现车上还有一个男人。

驾证上的地址是南京栖霞路。现代车也是江苏牌照。他
说，这样你信了吧！你帮帮忙，我会还你。我还来这里，到
时候请你吃饭。此时怀疑和愧疚在一起折磨我：帮，还是不
帮呢？最后，我说，这样吧，我就到前面单位，你和我过去
到网上查查你的驾照和车牌，如确定是你的，我就帮你这个
忙。听我这样说，他脸上有一种莫名的无奈烦躁的表情。他
说，我不能去，太丢人了，我也是要面子的人。你怎么就不
信我呢！

我说是你丢了东西，又不是你偷了东西，你丢什么人啊？

他说，你不帮算了。我不能去，丢人。

我说那没办法，不确定你的身份，我不能帮你。我再次
劝他去验证一下，并保证只要一切属实，我一定帮你。他还
是不去。我说你想让别人帮你，又不想让别人信任你，那怎
么行？

他说话的口气渐渐地急躁起来。但还是说，不能去。我
的怀疑越来越强烈，他趴在我副驾驶玻璃上，我开始担心他
拿我放在副座上的包。最后他说，你给我加二百或一百块钱

的汽油吧。我说，只要你去验证一下身份，怎么都行，你这样我不能帮你。我看到他显出气急败坏的样子。最后，我只好开车走了。但我内心里一直经受着自我的道德审判。——他如是真的遇到难处了呢？

我到了朋友处，说了此事，一个已经在朋友处的人说，他还在那里啊！我也被他截住了。那是骗子。我说未必吧！真有那么多骗子？他看上去很朴实的啊！朋友说，我前不久遇到过一次了。刚才我一看他，就知是骗子。我说我没有带现金，让他跟我去拿。他不去，开车跑了。怎么又回来了？到这时，我已经倾向于那人就是骗子了。但真正让我确定他是骗子的是，那个截住我车的人对前面的人说的是：他是在泰安被偷的，却不是济南。那瞬间，我心里轻松了很多。

但我想，我们这个时代就这样骗下去，到最后，谁还信任谁？真到了我们遇到难处的时候，谁还信任我们？我们在骗我们自己啊！

一次活动

　　不久前的一个晚上，在法国文化交流中心参加了一个叫
"夏日小说"的文学活动。四位应邀访问中国的法国年轻作
家的见面会。中国社会科学院外国文学研究所研究员、诗人
树才邀请，宁夏回族作家李进祥牵线，我、利华、李辉一同
前往。徐星、棉棉在现场。法国驻华使馆文化参赞参加。据
说，法国对介绍法国作家到中国很重视，类似"夏日小说"
这样的活动已经连续做了五届。树才说，如果中国驻外机构
对于把中国作家介绍到国外做到他们的几分之一，中国作家
的影响要大得多。

　　四位法国作家是妙莉叶·芭贝里、阿尔玛·布拉米、雅
尼克·亨奈尔、罗朗·莫维尼尔。前两位是女性，后两位是
男性。

　　妙莉叶·芭贝里的《刺猬的优雅》已经被翻译为汉语，
由南京大学出版社出版。此作是法国的畅销书，据说在法国竟
然卖了120万册，很要命。但我倒觉得这什么也不能说明。是
一个商业行为而已。作品怎么样，要以后有机会读了才能说。

我对雅尼克·亨奈尔很感兴趣，他低沉的语调、忧郁的气质感染了我。

阿尔玛·布拉米25岁，一位年轻漂亮的挺要命女性。和她擦身而过的时候我的胳膊碰到了她的胳膊，被电击。其实按照法国人的礼节可以大方地拥抱并贴一下脸的。靠，我一个乡下人哪里会那个啊！如此美丽的脸蛋，妈的，她将来不出大名，我和法兰西没完。

我参加这样的活动是因为我来自偏远的乡下，想看看这样的活动和乡下赶大集有什么不同，想质感地感触一下另一片土地和另一种价值观下的作家在想什么。其实感觉很同步的。他们素养不低，但也没有什么更特殊的。倒是几个人提问的问题，让我有吞沙的感觉。

随后的酒会上和一个人类学家兼学中医的法国老太太聊了很久，她懂汉语，人不漂亮，鼻子应该补给我一块，但人很好，有亲和力，不是那种很装相的人。反正不花钱，喝了他们的白葡萄酒，又喝了他们的红葡萄酒，还有果汁蔬菜汁。法国酒还真不孬。

随后诗人树才力邀去喝啤酒。我们胡说八道了一些很有学问很有道理的可以载入一个夜晚的语言。树才和我同龄，但他瘦而小，身上很多地方显得很尖。他人品很好，生命态度积极，诗才优秀。今天上午在网上搜了他一些诗来读。由于做过驻外外交官他的思维和视野很开放。记住这份友谊！

返程票：我把自己寄回去

中午散步的时候，利华说，我们去看看吧！大清花饭店那边有个售火车票的地方，看看还能买到29号下午的票吗？

其实一周前利华就已经买好了一起回去的票的。是30号上午的。如果现在去还能买到29号的票，这样的话就可以早回去一天。

我们就去了大清花边上的售票处。很好，我们都买到了各自合适的票。这样我们30号上午的票就换成了29号下午的票。为此我们每人要损失40元的退票费，但我们可以早一天回去。有些账是用人民币算的，有些账是用时间算的，有些账是用心情算的。但这笔账无论怎么算，我们都是盈利的。

早回去一天我就可以在30号开车去接住校的儿子了。这很重要！

出来已经40天了。我在适应现在的生活，但也在想念我以往的平淡无味但也是一直习惯着的生活。我已经很想孩子了。前天在山西的时候，那天是我儿子的生日。我想儿子想得无法克制。他走来走去的样子一直固执地在我的脑海里挥之不去。因为想他心变得很沉。我还是第一次在儿子过生日的时候不在他身边。那天一早我就发了个短信给他妈妈，但口气是给儿子的。因为我知道他两周从学校回家一次，早上是要睡个懒觉的。我在短信息里说了几句很矫情的话：儿子，祝你生日快乐，愿你的生命里永远充满灿烂的阳光。儿子，你永远是熔铸我生命的最重要的一部分，爸爸的双手永远是你的坚强的支架。但我相信已经十六岁的你会越来越独立也越来越坚强！儿子，爸爸妈妈永远爱你！后来我打电话给他，很克制着自己声音才没有哆嗦。我不在他身边，电话那端儿子没有怨我的意思，还让我自己把自己照顾好。这小子，好像比我还稳重成熟。

我还想念我工作室院子里的那一群鸟儿了。那些小家伙在我不在家的日子里，不知道它们勤奋否？我在家的时候，每天要给它们在院子里撒小米的。那是我的另一个家，一个家园。它们很皮，我们天天说话，我喊它们孩子们，它们则会在我的门前或者窗子上嬉戏撒欢。几年来我们已经建立了很深的感情。现在我在鲁院里看到每一只家雀儿的时候，都会怀疑那是我的鸟儿们追了来。我给它们小米不是引诱它们。而是可怜这些小家伙觅食的艰难。特别我来的时候一直到现在都是春天，田野里的东西尤其少。但只要它们别太懒惰，果腹应该不成问题。它们可以去吃草种子的。这是我来之前专门开车去观察它们觅食的情况时发现的。我就是担心它们只知道皮，不知道去干活。

你看我说它们干什么啊，它们都和我儿子一样懂事着呢，都比我稳重成熟得多。

来北京后，我一次次地听到鸽哨声，美极了。像是听到了天空的往事。想想被鸽哨声震动的空气，我的心里也软软的嫩嫩的。我一次次仰起头来，扭动有些疼的颈椎，但气魄却吞吐的恣意。那一瞬间，我的心漫步城市上空。天空下的城市似乎已经可以省略，或者删除。

来鲁院后一直没有动毛笔，应该手生了吧？回去应该划拉几张。

此次来鲁院本来是一定不写东西的，但没有想到竟然划拉了一篇散文《今年的冬天侵略了春天》，给几位学友读，反应很不错。还写了一篇小说式的东西《母亲在我的梦里出嫁》，已经弄了近万字，因为烦它，一直没有结尾。其实都已经有了眉目。给李辉老兄谈起小说的构思，他认为很有价值。——没有价值我能轻易动笔写它？其实真正认真一点面对，是可以写一个很好的中篇的。但我不大把它当回事情。也觉得累，累给谁啊？值得吗？——奶奶的，我竟然写起我不大看得起的小说了！就当是对自己的惩罚吧！

已经很多年没有离开居住地这么久了。很依恋这些年来形成的懒散、自在、山里做王的日子，那种胸无大志，目无一切，雄视古今，鄙夷帝王的日子把我娇惯得很自我、很弱智、很自恋。但我也很在乎而今现在这种并没有多少意思，但以后很难复制的日子。虽然私下里我几次说想回去算了，是有去无回的回去。但我知道我不会真的那么做。只要我不过于任性，不发疯。

现在我已经捏到了那张学习中间的、有去有回的返程票。心里竟然有些淡淡的惆怅。4个月就要过去半程了！

再有一周，我就要把这张返程票像邮票一样贴在身上把自己邮寄回去。但放心吧，我会再买另一张返程票，仍然会贴在身上，把自己再寄回来！！

一定的。

生命就是这样，被邮来邮去的。

赴京纪实

　　春运进京，简直就是一场冒险之旅。但我还是在买不到返程票的情况下义无反顾地踏上了北去的列车。我不知道那是时间里的列车，还是一列生命里的隐秘列车。

　　我最近三个月一直在写《精神的水晶地牢》。干了十万多字。这是我个人很在乎的一本书。是的，是没有下一个环节的写作，是只在精神的自觉与飞升里的一次横冲直撞，是一批密密麻麻的在我的生命里违规的文字。是写给另一个我自己的突围。

　　宁肯兄可能感到了我生命的内在紧张，约我出去散散心。我也答应了过完年就去北京找同学们玩。盛可以也感到了我的自我不可调和，希望我去北京玩玩，并希望我年前就去，我突然默默地强烈感动。我知道鲁十三不能再有意外。

　　那就走吧！天地广阔，不是让我们坐着的。但心中真的很有顾虑：来自内心的懒惰自不必说；对同学的打扰是我不忍心的；何况此时中国正有半壁的大迁移。

　　看看车站的人流和售票点的排队长龙吧！你就知道此时

的出行有多么冒险。所以我一到北京就出去找票，曾在大清花旁边的代售点问过排队的人，他们告知我买腊月二十九的票都没有买到。我突然对我的归途充满忧虑，难道要在鲁院过年不成？但真的是天意有助，我竟然没有排队就拿到了返程票，卧铺，还是下铺。那一瞬间我真正很感性地体验到，握住一张返程票站在北京街头，那是很幸福很踏实很有优越感的一件事情，而我竟然那么容易地就享受到了。

其实旅行的愉快从济南就已开始，我是坐单位的车到了济南的，顺路在省作协流水式的简单见了几个朋友，老友、时代文学社长房义经兄为留我吃晚餐固执地找人改签了我的车票，然后赵月斌陪同在济南著名的钟鼎食府很安生地吃了顿酒。竟然点了数道食府的招牌菜。我平日言少，席间甚欢。岁月与情谊酿造的况味在兄弟间弥漫。饭毕，我对义经说，让你的司机送站即可，可义经并月斌二兄弟执意送站。在济南东站挥别之际，心颇暖。

我刚刚上到地铁的时候，可以发信息问我安顿好了没有，我说我刚刚上地铁，朋友因为留我晚餐改签了我的车票，晚到京一个半小时。可以回复，火车票还能改签？牛。仔细想想，是啊，是牛，尤其在春运期间。

而在北京一端，温暖也在等待，改签之前的车票，我应该是在晚十点半到鲁院入住，宁肯兄在中午和我通电话的时候就说，晚点不要紧，来了一起喝茶。因改签票我夜里十二点才到，喝茶之事才作罢。是在次日中午和宁肯兄喝茶吃饭的，普洱真浓啊！酒却微喝，因为晚上的"盛宴"还在等待。但和宁肯兄的交流却依然酣畅。和宁肯兄的交流总是能达到大境，每每如此。

而晚上的"盛宴"甚"盛"，盛可以下厨的样子有异样之美，因为在我想象之外，我想象的盛可以虽然厨艺甚好，对厨房的耐心一定不足。出入厨房的穿梭中，盛可以不时有小调哼出，令盛宴气氛尤好。鱼头、大虾、湖南腊肉等横陈，宁肯兄代言的黄酒溢满酒杯，古香之气弥漫。可以、陈涛、宁肯及我围坐桌沿，秀莹有恙遗憾缺临。席间言辞无序，酒无感觉。时间于门外踱足，一个浩大的冬天被我们冷落于外。

酒过三巡半，打电话给广西丽达、江西杨帆、江苏顾飞、陕西琯璞。叙同学情于神飞泪盈。电话线一定是烫的。我去京途中，口占一联，应该为半联：千里赴盛宴。话题由此而远。闲辞助酒兴，哪里管它世上有皇帝和爱情。夜深，辞归，留可以独"盛"，心疼其孤，却念天地皆孤，何人能伴？皆独守矣，又能奈何。

次日清晨，站在老鲁院院子里，百味杂陈，口占一顺口溜，特记之：

> 置身鲁院，时光静穆，
> 昔日喧哗，隔岁犹闻，
> 曾经聚首，今去八方，
> 鸽哨惊心，长空静响，
> 独立庭央，心盈泪光，

何曾告别，心存永聚，
我立此地，天涯可近，
时长流短，七月不去，
东水逝东，心言归心。
万千心念，难成一语，
祝福激荡，溢出身体。

中午又聚，在北三环一湘菜馆。仍是宁肯、可以，并因缘结识刚就北京出版社副总编之职的龙冬兄。是个真性情的兄弟。正在重译仓央嘉措的诗集，颇令人期待。不求赐书，情愿自购以示支持。并祝好书行世。

随后和盛可以至新鲁院，此处太新，竟然有鲁院没有来历没有历史之感。不过是有钱后新盖了个房子而已。我和可以去打球，可以的鞋子像是清朝以前的朝靴，打球间竟然滑倒。随毕。我在初次返京的时候在老鲁院打乒乓球，曾一气输于可以十一局，我言复仇，可以说，已经是更没有希望了。随后见鲁院诸多老师，尤其见到战军，相约吃饭，事扰，未成。窃喜，那就和可以单独共进晚餐。谢战军啊！哈哈。和可以又去另一地吃湘菜。酒菜密，话辞急，哪堪半句情语。哈。

第三日上午和秀莹通话良久，感叹未能谋面之憾。她仍在重感冒。却欲晚饭共进，心中感动，而惜玉之心起，忍心憾拒。——如若重感，如何过年？中午赴宁肯家宴，家宴即一个人的国宴。黄酒再助，话题穿梭，两轮共摆，双翅齐振。下午三点多归，打扰甚久，嫂夫人及家中宝贝返回，我为我的吸烟内存歉意。起身告辞，心却不辞。

今年北京年味浓啊！为此我已经把北京带回来了！我南面的山里有个山洞，我在那里洞藏。

被烧红的秋天

　　我们每年都要来这里多次，春天是为了看杏，秋天就是为了看这醉人的柿子了。朋友老郝已经约了多次了，前天我们终于抽出时间再次来到了这里。因为我们再延误下去，今年的柿子恐怕就看不到了。我们前年来过，去年就错过了，今年是无论如何也不能再次错过了，虽然明年还会有柿子。

　　我们跑了一百多里地，来到了这个藏在南部山区的好去处。一到此处，我就觉得今年的柿子明显不如前年稠密，以为是有些柿子已经落了。问山庄的人，他们说还没有落，但他们也证实前年的柿子是最稠密的。

　　我一直很怀念前年的柿子，那年它曾经给了我一次巨大的惊喜，那年我在这里住过一夜，早上醒来我被整个红色的山谷震惊得说不出话来。我在那年的文字里描写这个山谷的时候说，这个山谷就像被烧红了一样。

　　我们还是很兴奋，在柿子林里穿来穿去，不停地拍摄。朋友间互相开着玩笑。我们这些人太熟悉了，已经是十几、二十几年的交情了。所以连开玩笑都是极其放肆随意的。但应该说开玩笑的品位一直把持得比较好。此时，心中的愁云尽散，阳光穿心。

我们选了一个亭子吃饭，土鸡、金蝉、蚂蚱、土鸡蛋、炖豆腐、野菜，都是极其可口的。更有号称当地"咖啡"的"干烘茶"。当然还有酒，白的啤的自己选。这样的聚会多少次已经无法记清了，但这样的聚会已经把我们渐渐地从青年送到了接近中年则是事实。酒足饭饱之后就尽可以去摘柿子了。店家老板是慷慨的，只要你愿意你想摘多少就摘多少，决不限制，不但不限制，还主动给你送来袋子。

老小子和少小子们都去山坡上摘柿子了，我说我就不去了，我要在这里自己喝茶。看他们都走后，我看到了一边的啤酒箱子，便突然来了摘柿子的冲动。后来的结果是，我是摘柿子最多的人。

临走，还带走了7个大南瓜。

还是那个山谷

今天朋友相约，我们一行8人去了南部的一个山谷，现在正是吃麦黄杏的时候，浓密的树叶间杏像葡萄一样一嘟噜一嘟噜的。那里的景致也美，有柿子树、核桃树、软枣树、枣树、桃树、石榴树，当然还有杏树。除了杏，其他的果子正行走在路途上。

那个山谷其实并不很深，但幽静。对于鲁中丘陵来说这很正常。但每一座山的山谷还是很美的。谷对于山来说是阴，是女性，所以它媚、它幽、它静、它美。男人大都喜欢待在那样的地方仰望远处的山脊，或者沉醉其中。我已经在我居住地的周围见到过很多这样的山谷。几乎个个很美，和谷以外反差明显。适合幽会。去山谷的路大都是九曲回肠、蜿蜒曲折，沿路看不到什么东西。我们去的这个山谷就是几乎被各种树木植物埋着，钻进去就往往什么都看不见了。

记得去年的秋天，是深秋或者初冬，那时候我心情已经很不好。朋友为了给我解愁带我来过这个山谷吃饭并住了一宿。我们在深秋的风里喝酒聊天。谈得很知心。我们畅所欲言，心灵直达。深夜的山谷在风里显得更深更神秘了。我们从那个木房子里出来的时候天上是有月亮的。深深的山谷尽处，山脊顶上一轮满月在向大地做岁月和时间的布道。那是神的显现和侧影，那是世界的另一个真身。我们招呼着甚至是搀扶着从陡峭的窄窄的石阶上走下又走上，最后来到我们住的房子。其实吃饭的房子和住的房子离得很近，但走这样的山路已经很久违，所以走得投入、庄严、愉悦而又快乐随意。那样的走路，脚下是有意味的，平时你很难那么清晰地听到那样带着岁月回音的脚花声的。是的，很异样。

在我住的房子旁有一盏路灯，所以月亮是躲在一幕光的幕布后面的。路灯下是现实的翻页。现实多么美，它也是不带神性的。所以，我在那座房子旁，在那盏路灯下，我看到了自己的身体，还看到了自己的影子——那个在夜晚偷偷溜出我身体的灵魂。朋友回他们的房子里去了，我在灯下站着，站了很久，其间，我就看到了灯影中那株美丽的柿子树。那一瞬间我是独自暗暗地吃惊了的。柿子树上叶子几乎已经落尽，但柿子却挂得满满当当。我们看惯了挂满叶子的树，看惯了浓密的叶子间果实闪耀，但只有果实的树却不多见。柿子树像枣树像石榴树像青檀树，树身很苍老虬劲，而它的果实——柿子，却那么红，像火，像烧红的炭。我知道我的经历里又多了很多东西。

接下来我就回到房子里看书。不管别的房间里有什么动静，不管山风如何把山谷当作一个音箱发出轰鸣，我依然看得很投入，那是一部我很喜欢的书：《心灵简史》。我全身心地和那些先哲们交流着，抗拒着房子外的一切，抗拒着睡眠。我想让那文字的森林埋住我疼痛的灵魂。

　　我没想到的是第二天早上起来的时候，我再次被震惊了。在那盏路灯下，在夜晚，我只看到了那一株柿子树。但当我睁开惺忪的眼睛，在太阳下，在天光下，我看到的是几乎整个山谷都被那样的柿子树占领。好像所有的植物所有的石头都被烧红了，红透了。大山原来有时候是这样的热血奔腾，激情四溢。它原来怀着这样一个炽热通透的心脏。

　　我感到，我被燃烧了。

去枣庄的路上

我用了三天的时间去了枣庄。我们的同学聚会安排在了那里，主要原因可能是我的一个同学在那里做执法局的局长。其实一个地方你是否去，什么也不缺，就缺那么一个由头。

所以当我们班同学联谊会的秘书长说要把今年的聚会安排在枣庄的时候，我当时就在心里定下要去的。为什么？很简单，枣庄是我在山东唯一没有正式去过的一个地方。

因为没去过，路是很不熟的。当然可以走高速，但要么转泰安，要么先到临沂，都要绕路，总共200公里要绕近100公里，便决定直接南行。我看了地图，是有一条直接去的路的，可以走新泰、新汶、平邑、山亭到枣庄。至于枝杈和枝节上的问题那不是问题，老百姓有句话：鼻子下面有嘴嘛！

实际上我也是这么走的。7点出发，到新泰城边吃了个早饭。吃饭的时候还和一个83岁推车子卖韭菜的、长着一副很长的山羊胡子的老头聊了一阵。老头的乐观很感染我。但当我给他拍照的时候，他老不与我配合。那时候他在给别人称韭菜，故意把草帽的遮檐压得很低。随后给我说：照相是要折寿的，你照我一张，我少活12年。其实老头虽然不配合，但说这句话的时候已经是在开玩笑了。我夸奖了他的胡子，这一夸奖不要紧，老头竟然唱起了一段关公的戏词，还带着身段表演。别忘了83岁了啊！是什么剧种，我实在没听出来。老头的快乐是彻底的，让我的心情一下子不那么紧了。老头很实际，说给你唱戏，让你照相，你也不买韭菜。我说我是刚刚出门，不然我都给你包了。我没有任何糊弄老头的意思，那样的事情我又不是没干过，我总不能带一下子韭菜去枣庄吧！我上车走的时候，老头也突兀地喊了一嗓子，推起车子卖韭菜去了。

路上我在想，这样乐观的老头年轻的时候肯定也有着各种色彩的生活，比如树林子、棒子地、柴火垛也都是常常去的。但他肯定早当成烟云了，不然怎么会在这样的年龄如此乐观！我的83岁是什么样的？在坟墓里的可能性最大。活着的话一定也不会这么乐观的，不过是一个83岁的伤疤而已，而且不知道结了多少层的疤痂了。一层层厚厚的疤痂包裹着里面最嫩的心。就像一个河蚌。我对自己的总结是，一生活到最后就是活一个大伤疤，身体多大，伤疤多大。

快乐的老头给我一天的好心情我觉得还是没问题的。我开着车走山岭走农田走果园走村庄。车上是班德瑞的轻音乐，窗外是辽远和不辽远的大地。在每一处佳境面前驻足，在每一个岔路口犹豫、选择或者问路。一会我会开得很快——普通公路上我最高也到120迈；一会儿我开得很慢，下

坡我也踩刹车。有好风景我不能不看。玩嘛！要让自己充分
地惬意。

进入枣庄境内不久我就看到了山崮，我很喜欢这个大地
上最似乳房状的造型，为了拍太阳崮我多转了近20公里。我
现在还清楚地记得那个地方叫白彦，那里正在赶集，商贩们
把东西在街上铺了一地，是有些不方便，可我没有任何的抱
怨，至今我还想那个地方，没什么别的缘由，就觉得它自然。

从白彦到山亭有两条路，我在一个胡同口问路的时候，
那个卖鸡的乡村女性是那么的热情，来回跑了好儿趟，她不
知道就去问别处的人。相爱了多年的人早连这点心绪也没有
了，连理你都懒得理你了。这么想着就更觉得这个女性行为
的可敬。其实我知道我这么做比较很不讲理，但在我无处讲
理的时候我就这么武断地做了这么一次比较，爱怎么着怎么
着吧。——我一下子觉得那女子不陌生，那个叫白彦的地方
像庭院，那个胡同口很不窄。

我最后选择了走山里，一条后来知道那么美那么静那么
阳光充沛的路。北方的山就是这样，有的地方树很浓，有的
地方几乎没树。一座山就是一大块石头。山里的路弯曲得令
你心情都弯曲出风景来。突然会有两棵树站在路边的岭上，
离路很近就离你很近，让你无法忽略它。就站下来拍照。不
大见行人，极少见过路的车，只有浩荡的阳光给大地塑造着
金身。空气的清新里有一种异样的东西，让生命吸入。在一
个坡上我和一个推自行车的人聊了一会儿。他热情地告诉我
周围山的名字和崮的名字。还会告诉你哪座山没有名字。还

主动地告诉我他是哪个村子的，告诉我他们村的谁在枣庄的一个区里做五把手，来家的时候怎么喝酒。甚至说了名字，还问我认识吗？我当然说不认识。在那一瞬间他很想把本来很不相关的事物和人联系在一起。怎么就那么质朴呢！我觉得他一回到家就会说起和我在路边聊天的事。我会成为他话语里的主角。临走的时候还告诉我你一定不要在哪个地方拐弯，虽然两条路看上去差不多，但你一定别走那条路。他说得诚恳而随意，但我突然听出了某种人生的意味。我听了他的话，他是那么值得你信赖，但我没问那条路通向哪里，墓地？

在走了几十公里要走出山里的时候，我突然觉得我那么留恋那条弯曲的路。后来的路就宽了，但确远不如窄路更吸引我。我就开得飞快。

很快到了枣庄，在问枣庄大酒店在什么地方的时候，我发现，我转向了。——我又一次转向了！奶奶的！

诺贝尔文学奖在哪里

2007年的诺贝尔文学奖已经出来了，英国女作家多丽丝·莱辛（Doris Lessing）获得该奖。我想除了少数英国文学研究者，不会有多少人知道她。中国人不了解她并不说明她没影响和成就。就像世界不了解中国作家，并不说明中国作家没有影响和成就。但我们可以想象，英国文学群星闪耀的辉煌历史，它的余脉的延伸一定保持着自己的高度和美丽。

国人为诺贝尔文学奖痛经已经有些年头了。并因此闹得中国文学界一直身子不好。想起它来就浑身疼。为什么？因为诺贝尔文学奖的影响太大了，知名度太高了。

但很遗憾，我们一直没找到它在哪里。国人崇洋媚外的传统和自身文化对被世界承认的渴望，使得我们一直以为诺贝尔文学奖在上面，在云端，在我们仰起头来都不可企及的高处。就像我们小的时候觉得世界就是自己的村庄和邻村。县城那就是北京了啊！当我们长大了，走过了很多地方以后，才发现县城也就那么回事，北京也不过就是水泥钢筋多了些而已。因此，我要说的是我们现在一提到诺贝尔文学奖还有些晕眩，还没找到它在哪里。——从根本上说，我们还对诺贝尔文学奖有些神话化了。其实，诺贝尔文学奖就在瑞典，就像鲁迅文学奖评奖机构在北京。中国的文学奖如果真要做到完全公正化，它对中国文学和中国作家的认定比诺贝尔文学奖要有权威得多。

可到今天中国很多作家走不出这个误区。作家们认为获了此奖就确定了自己的地位，自己的创作就是大成功了。文学机构认为，中国作家获了此奖就解决了中国文学的所有问题。

在这样的渴望里，我们国人对诺贝尔文学奖到了痴迷甚至变态的地步。但由于我们是在这样一个背景下，我们的渴望其实是很可以理解并应该被原谅的。

就一个奖来说，一个无数文学奖中的一个比较重要的文学奖来说，我真的不是感觉过于良好：中国的作家获此诺贝尔文学奖已经完全不是什么不可能的事情，中国作家有这样那样的不足，但放到世界文学格局里，真的不差。主要是我们汉语文学由于语言和文化的难度和过于具有独立性，是让那些其他语言系统的人很难逾越的。他们无法靠近汉语语言本身的魅力。因此可以说，诺贝尔文学奖既是对中国作家的考验，更是对诺贝尔文学奖评委们的考验。按说，文学本身就不是一个可以进行比较的事情。有时候时间才是最有权利的人。

其实中国作家已经获得过此奖。就是现在客居法国，拥有法国国籍的一位作家。他以一部《灵山》获得了此奖。他虽然是以法国国籍获得此奖，但这并不能证明这是他对法国文学的贡献。就像刘再复说的，他获奖是汉语写作的胜利。我们国人之所以不很承认他，除了比较敏感的原因，再就是，认为他的作品代表不了中国文学的实际，以及他的作品所具有的中国几千年辉煌灿烂的文化特征和厚度不够。我自己也是部分认同——虽然就作品来说，我个人很喜欢他那部《灵山》，在精神气质上我和他很接近。这也再次反证了诺贝尔文学奖的评委们具有一定的世界眼光，但唯独缺少东方文化的眼光。这也是诺贝尔文学奖评委们的局限，而中国文学正好在这个局限形成的盲区里。——问题是，在文化上，其实是没有世界性眼光的。独立的、民族性的，而且是优秀的文化就是最好的文化。文化不需要世界性的大同。

另外，据说1968年的诺贝尔文学奖其实是准备给老舍先生的，1966年老舍先生又正好投了太平湖，而诺贝尔文学奖不授给不在世的作家。所以诺贝尔文学奖就与中国擦肩了。还有很多年前的鲁迅先生，以及可以延伸一下的美国作家赛珍珠，都是原本可以让诺贝尔文学奖和中国文化牵手的。

所以诺贝尔文学奖真的不神秘。不就是一个奖嘛！

况且我们今天真的应该坚持住文学到底是为什么了，文学真的不是为了获奖，包括诺贝尔文学奖。文学是生命的一个美丽的过程，是我们在精神上、灵魂上、思想上结构并提升我们生命的过程。除此之外，文学不是别的。

诺贝尔文学奖其实现在只与"影响"有关，并以此类推与市场、版税、名誉、金钱以及演讲价格有关，以及与虚荣有关。

所以得与不得此奖与中国辉煌的文化以及文学毫无关系。

在榆次偶遇

旅途，这个神奇的东西，谁知道它会发生什么？

——题记一

这是一个丑男人偶遇美男子的故事，但对于丑男人来说，它超过了偶遇的意义。

——题记二

在到达太原前，我只是听说过榆次，但之前我一直以为榆次是陕西的一个地方。几日前在辗转北京、内蒙古到达太原后和朋友一起吃饭时才知道榆次就在山西，而且就在离太原很近的一个地方。其实我已经是第二次来太原了，竟然不知道。在太原之后的行程本来的计划是安排游览湖口瀑布和大槐树的，那棵在传说和民俗里被剪纸化了的大槐树，和黄河中游那些像女人的裙子一样疯狂下泻的水，很久以来一直强烈地吸引着我。但因为季节的原因，去那里的游览项目，太原的旅行社全都不再安排，随决定改变行程，去榆次。

正是这次改变使我的旅途有了一次小小的偶遇。

那是在令人惊叹的榆次老城里。当我们走到榆次县衙的一个旁院里时，看到地上摆了一地的各种箱子，有4个人在那里坐着或者站着。因为是个小院，几乎没有游人。开始我以为他们是修缮古迹的，但后来我发现不是，那些箱子一看就知道是拍摄电影或者电视剧用的。也正在这时候，其中一个民工模样的人竟然从自己的军大衣里拿出一个数码照相机，然后去和坐在一边的一个人去照相。那人一直坐在一个便携式布椅上，是面壁而坐的。就在他起来照相的时候，我觉得他非常面熟。怎么有些像《大明宫词》里的赵文瑄啊？

《大明宫词》我虽然只看过不多的几集，但其中华丽而大气的台词和那个叫薛绍的典雅而具有书卷气息的男子形象给我留下了极其深刻的印象。难道真的是那个演薛绍的赵文瑄吗，再看看地下那些器材，便觉得极其有可能。

我绝对不是一个追星族，相反我对现在很多娱乐人很是不敢恭维。除了上天赐予了他（她）们一张好的面皮，再没有什么了。但长途奔波之后在榆次的一个园子里遇到赵文瑄，我还是觉得本身就是一件带点娱乐色彩的事情。试想一下，我们在旅途上最希望发生的是什么？不就是偶然和意外吗？

随后，我决定上去问询一下。如果真的是他，我想我会和他照相做个留念的。

促使我上前的内在动力还是我对赵文瑄的个人喜爱和欣赏。虽然他演的第一部电影就是李安导演的《喜宴》，并且该电影获得了1993年柏林电影节金熊奖；虽然他还出演过《雷雨》中的大少爷，出演过《孙中山》《虎啸苍穹》《家园》等，但真正让我记忆的还是他在《大明宫词》里出演的薛绍一角。他和太平公主演绎的那段爱情故事令我心绪难平。在这段演绎中赵文瑄可以说把自己极具个人魅力的男人形象树立起来。他的一举一动和那忧郁的眼神，我想吸引的不仅仅是我一个人。他是那种集古典和时尚于一体的男人，集阳光和忧郁于一体的男人。这让他比一般文弱男人多了深度和力度。请原谅我给他这么多的赞词。我之所以这样还因为在我童年的时候我有一个伙伴就有这样的气质，我在心里一直羡慕和嫉妒他。

赵文瑄曾经被人誉为台湾最后一个小生。做这样的判语的是法国一家知名的杂志《首映》，它曾经评选过世界十大小生，大演员葛里高莱·派克和阿兰·德隆等人都在其列。它界定的所谓的小生是指"纯粹的美感"的形象。我觉得极其到位。他是示范人性美好品质的代表，有典雅高尚的精英气质，纯洁正义，温文儒雅，稳健成熟，坦率勇敢，对爱的执着，对真诚的渴望，对乐观的追求。小生应该是美的化身。综观人类的集体记忆。"纯粹的美"指的不单是美好的脸蛋和身体，而是利用外在的美做工具，呈现出种种丰富的性格和内涵。小生必须把外形和内质的美全部糅合起来才能表现出角色所要求的人性之深，人性之美。而不是油腻和弱者的代名词。

因此，我便走过去问刚刚和他合影的人：你们这是在准备拍电视剧吗？那人说，是的。我说，那个人是演员？他说，是啊，那是个大演员，演过《孙中山》，还演过《大宫明词》。——他把《大明宫词》说成《大宫明词》了。

于是我走到刚刚坐下不久的赵文瑄旁，问他可不可以合个影。我想他如果拒绝的话，我会转身就走的。可他立即就站了起来，很高兴地而且是自己点着头说，好啊。我便招呼一边的同伴，想让他来为我们拍照。赵文瑄指着一旁的一个男人说，他是摄影师，让他照吧。那人给我们拍了两张照片。随后同伴也来照了两张。拍完后赵文瑄问我们是从哪来。我们说是山东。没想到他继续问，山东什么地方？我说莱芜。他说，是吗？脸上的兴奋明显增加了一层。他继续问，莱芜是不是就是莱阳啊？我说不是，莱芜就在泰山附近。莱阳是出莱阳梨的地方。他说，对对对。我就是莱阳人。我们是老乡啊！莱芜我也路过……

赵文瑄看上去很有亲和力，不做作，不矫情。像一个很有人缘的小伙子。比那些造过型的宣传照显得小得多。特别张嘴说话的时候尤其显得小。不断地问你的时候，简直像个很乖的学生。他的随和让我对他更多了分好感。

道别后，他继续在那个便携式布椅上，面壁而坐。——名演员嘛！

一次偶遇，一个小小的意外，丰富了我已经开始枯燥的旅途。

忏悔我就原谅　诚实我就原谅

　　余秋雨先生自从《文化苦旅》以来一直处于中国文化界新闻界娱乐界的风口浪尖上。这对作为大学教授出身的余秋雨先生来说，很让人质疑。我知道在这个浮躁的时代中国文化界新闻界娱乐界的风口浪尖上一定会一直站着很多很多的人头，但余秋雨一直这样站着，我坚信已经部分地脱离了他作为一个文化学者的本质。没有谁说作家学者就不能站在这里，但这样的姿势我坚持不是一个文化学者的应该有的姿态，更不应该是常态。——没有理由。就是不应该。

　　而且余秋雨这样站着，如果一直是因为其文化行为尚且还情有可原，问题是他经常像一个真正的娱乐明星一样弄出种种新闻。一个这样浮躁的明星式的学者其内在的文化核心也很难值得人们信任。

　　再者如果一个文化学者把自己的一切进入公司式经营，其实他的文化品位和学术价值就是在降低，我不是说这样做就是错误，我只是说这样的学术品格不高。而在学术品格和思想境界上，我们对很多人是很寄予希望的。特别是一些所谓的名人。

我很多年来是一直很尊重余秋雨先生的，他的思维方式他的文字他的才情他的看上去还算独立的学术品格，我一直很喜欢，在身边的很多人对余秋雨不屑的时候，我也坚持我的观点。所以我也承认我们在很多时候对余秋雨也一定会有误读的。

但当今天余秋雨先生再陷"捐款门"事件的时候，我的失望突然一下子不可控制，我当然只是通过各种媒体去关注此事了解事件，但我看余秋雨在此事上至少做得不结实，远远不结实。这实在不应该是一直倡导重建精神文化家园的余秋雨先生该出的新闻。因为这已经不仅仅是学术品格问题，而是人格问题。我看了今天网络上关于都江堰教育局人士为其捐款事件的辩解，我也感觉这实在是在亡羊补牢。地震已经过去一年多了，捐什么也应该早捐了。读此文，我们应该知道，至少到今天，余秋雨先生还没有捐什么。况且前不久余秋雨先生是说他已经捐了的。

联想到多年前很多人指责他在"文革"时的历史问题，余秋雨先生也是毫无坦诚之意。我觉得余秋雨在作为人最重要的两点上让我失望了。人格和诚实。

多年前很多人要求余秋雨忏悔，我内心里也是希望他忏悔的，当时他一忏悔我就原谅。但他没有。

当今天再遇"捐款门"事件，如果他在事件一开始就真诚，我还会原谅。但他依然是支支吾吾，玩太极推手。是的，我很失望。

现在网络上说有四个所谓的"倒余专业户"。我觉得这对于余秋雨先生不是什么坏事，你既然愿意做明星就应该接受这样的质询。就是做一个真正的文化学者，那么你就更应该面对这样的剖析与拷问。

写完此文的时候读到新浪博客首页推荐的余秋雨先生的一则博文《警察的智力游戏》，全文如下：

> 一位安徽警察笑眯眯地给我出了一道智力游戏题：一个盗版起家的人突然对别人的捐款账目产生了兴趣，你猜为什么？
>
> 我回答说：据美国报纸报道，当今小偷最喜欢看的，是时装杂志。不是他们品位提高了，而是查看新出时装的口袋缝在哪里。他们甚至认为，时装设计师的动机也十分可疑。
>
> 人的目光，因职业而异。

读罢此文，我更不知道说什么了，秋雨先生，你好游戏啊！

生动的大地

　　这个地方叫石柱山，附近的人喜欢叫它台子。在我的居住地不远的地方。我一直觉得在我们居住的这个地方不会有特别精彩的地方，但这个地方我真的觉得是个例外，它已经不像别的地方带有野气，而是有着自己的风格和品位。

　　过去我来过这里一次。是当地的朋友带来的。主要是看了这里的一些石头，当时就觉得很美很奇，那些搞地方志的人还围绕着石头给我讲述了许许多多神奇的传说。就一直记住了这个地方。就一直想来，但一直没有来，这一晃就是六七年。其实几次到了离它很近的地方，但我恐高，不敢在那段爬山路上开车。

　　昨天是星期六，起得早，准备去活动活动的，突然就萌生了去那里的想法，就叫上儿子开车去了。

　　正是桃子肥的季节，沿路都是卖桃子的。在路上还买了60多斤桃子，是两筐，少了人家不卖，主要是批发的，便宜啊！4角多一斤，在市场上那样的桃子1元好几的。

　　在爬那段登山路前，我停了一会儿，抽了支烟，心里在给自己鼓着劲。后来开上去的时候，发现没那么可怕。

　　毕竟只来过一次，还是别人带来的，所以几次走错路，走到了一点都开不动车的地方。掉头是不行的，就只好倒车，有一次倒了大约有一百米。有几次车底盘都着了地，很是有些心疼的。

　　一到那地方先看到的就是一些奇形怪状的石头。有些狰狞，是铁青色的。在天地间站着，自有威严。那是亿万年风蚀雨淋形成的啊！上次来是看了看石头就走了的，所以此时我还不知道在它后面有着那么美丽的景色。

　　我是在围绕着石头转的时候发现那条道的。

　　那瘦瘦的小道向着浓密的松林里隐去。就撩拨起我的兴趣，跟着路走去。就一次次地被惊叹。都是些几十年上百年的松树，造型各异，我一直觉得松树的站姿是最美的树之一。地下绿草、荆棵、野花遍地铺展，林涧百鸟鸣叫、风声凛冽。大片的阳光在万松之上当空瀑泻。而且在往里行进的时候仍然会有奇石间杂出现，让人感到大山情节生动、松石并奇。

　　最想不到的是在每次觉得要到尽头的时候，转过几块巨石就会再次出现一片更美丽的风景，所以那小道就生出一种魔力，让你不把它走断就决不想停下脚步。让你感到美丽是有层次的，就像《石钟山记》里说的，其进愈深，其景致愈奇啊！到了最后，那里简直就像是人工造就的一般。而站在最后的松树边的崖壁上，就看到了一条堆满了松树和绿色的大谷，大谷的对面是另一座由松树的翠绿构筑的大山。生动的大地在那样的大谷上，目光一下子被拉得很远，鹰和山鸟在大谷里飞行。此时再也难以压抑自己的心脏，对着大谷用尽了身体里所有的力气、撕扯喉咙大喊起来：

嗷嗷嗷————

嗨嗨嗨————

中年的血浆因青春而汇流

今年是我们毕业二十年，五月，我们全班同学在分别二十年后重新聚集在泰山脚下。二十年后，我们中年的血浆为了青春而聚会。

二十年对于一个有限的个体生命来说是短暂的，但是毋庸置疑，当我们这些分别了二十年的同学以及我们的老师再次以已被岁月修改了的容颜相聚时，心中肯定是已经有了太多的感叹和唏嘘。目光中也已多了一份凝重和复杂。

遥想二十年前，那时我们风华正茂又年轻气盛，那时我们激情四溢，热血沸腾。通体荡漾着不安分的元素。我们的生命既是透明的又是多彩的。我们是伴随着中国的改革开放和思想解放运动，成长于上世纪80年代初的一代莘莘学子。那时的我们虽然身体单薄了些行李简单了些衣着陈旧了些，好像还带了补丁，但我们胸中跃动着的那颗心却热得发烫。那时我们都十七八岁吧，在人生那样一个钻石般的、彩色的、美轮美奂的年龄，我们没有和父母在一起，没有和兄弟姊妹在一起，没有和童年少年的伙伴在一起，甚至告别了刚刚培养出感情的高中时代的老师和同学，怀着一颗骚动的、渴望冲破某种束缚的，甚至指点江山的雄心，走到了这巍峨的泰山脚下，我们四十多颗年轻的心碰撞交融在一起。

二十多年后，我们撩开已经有些厚重了的岁月的帷幕，重新凝视那一段美好的岁月时，已经有些沧桑了的心又一下子变得激动荡漾起来。那时的我们像一只只活泼的鸟儿在校园的天空中飞来飞去。我们同窗而读，同室而寝，同桌而餐。朗朗的读书声、馥郁的书香浸润滋补着我们生命的肌体。二十年前我们是透明的快乐的也是单纯的，但二十年后我们重新凝视它时便发现了许多那时我们感觉不到的美和价值，那曾经的一草一木也似乎有了新的含义和生机。相同的学习环境，相差甚微的生活方式，相近的年龄，使我们这些迥异着的生命个体有了一段相同的人生经历。从而也培育了我们一生中其他任何方式都不能替代的宝贵的同学情谊。两年的学习生活成了我们一个独特的成人仪式。

分别的二十年之中，我们也曾经有过许多不同形式的同学相聚，我们每次的相聚为什么总能那么和谐融洽，即便多年不见，也往往是当胸一拳就把分别多时的陌生感打跑了，我们尽兴地喝酒尽兴地交谈。在各自的生活环境中曾经那么拘谨甚至戒备的心灵一下子打开了，心灵直抵心灵，思想碰撞思想，精神融合精神，激情搅拌激情。对亲人和兄弟都不说的话在同学面前和盘托出。为什么？不就是曾经有过两年的学习生活嘛！不就是因为我们是同学嘛！

还有我们的老师，在我们的人生驿站上您是一位重要的指路人。您传授知识给我们，启迪我们认识世界的心智。你们的目光凝视了我们两年，并终将照耀我们一生。那时年少的我们也许少不更事，是不是经常惹你们生气？您能原谅吗？也许您早就忘了。同学之间也矛盾过，争吵过，也拳脚相向过。那是青春的鲁莽呀！我们会真正记在心里吗？那是人生的另一种颜色和记忆呀！甚至是人生的另一种价值和美呀！张承志说过：青春的错误也是美丽的啊！

爱情，我们能回避这两个热辣辣的字眼吗？在那样的年龄我们能回避得了吗？什么样的纪律和规定能阻止得了我们呀！回想我们的两年，如果和当今的年轻人比起来好像没有什么太出格的事情，但谁敢说那时的自己不是一座岩浆喷涌前的火山？我们的内心所经历的那些情感的历程，终将成为我们一生不能荡涤掉的烙印和记忆。那时我们有些害羞又有些蠢蠢欲动，但那应该是人生爱情的一个至高境界呀！之后的情感经历是从一个高度向低处的坠落呀！

此时，我仿佛看见那曾经的字条、情书、情诗像人生最鲜艳的旗帜一样飘扬。

二十年后的今天我们再次相聚，已经开始有银丝上头，已经有一些岁月不经意的笔画留在我们的眼角。我们各自有了一些自己的经历。人到中年的我们毕竟已经经历了许多的风雨，但我们今天可以骄傲地说我们正变得成熟起来。我们少了些莽撞和浮躁，多了些人生的沉着和智慧。铅华洗尽，我们已经砥砺掉了更多的生命的杂质，激情正在变成一种更加凝重沉实的生命状态，构造着我们。在中年到来之际，我们保持住了更美好更成熟的坐姿和站姿。相聚是短暂的，但简单的一杯酒、一句话也许会使我们的后半程人生获得新的鼓舞和温暖。同学相聚，没有身份的差别，没有距离的远近，只有相互间一层深似一层的祝福。

相聚是我们的一次节日，是我们人生历程的一个驿站，是我们同学情谊的一次提升。

是为了告别的聚会吗？不，是为了再次相聚的一次开始。

虽然我们在各自不同的地方，但我们的心很近很近。

有聚会就有分离，在我们告别之时，让我们再次握握手，让我们通过手掌互相传递给对方人生的力量，让我们在今后的日子里，互相鼓励，各自保重。让我们互相遥望，传递祝福。让我们激励心志，踔事增华，在进入一个新的生命阶段时，走向一个新的人生的高点。

唐风宋韵今犹在，元曲依旧唱新风。让生命沉着继续，让同学情谊历经岁月的酿造更加醇厚，让我们的生命获得更加崭新的意义。

让我们微笑着离开，期待下次快乐而饱满的相聚。

股市和生命蹦极

　　昨天股市再次大跌，今天上午股市仍然延续昨天的弱势，让那些在股市里搏杀的股民们继续着难耐的煎熬。真可谓蒸笼里坐冰棱上卧。

　　这就是中国股市，一个正在走向成熟的但还远远不够成熟的股市，一个与中国国民的浮躁、欲望、焦灼、压抑以及赌博精神联系着的股市，让这样的股市很快地成熟起来是很不现实的。即使我们的理论、智慧、观念都已经达到了很高的水平，但我们广大的公众的土壤还不够丰腴，还不足以让这一切健康地成长。

　　透过中国股市的烟幕，我们可以看到中国人的欲望的海在怎样地汹涌着。这不是一片平静的海，它礁石林立，波浪滔天，偶尔还会有厄尔尼诺，偶尔还会有海啸。我们更可以看到它被破坏了的生态结构、断裂了的生物链，还有来自大陆的声势浩大的污染。

　　近来我们听到了多少来自股市的近似天方夜谭式的故事啊！面对激荡着赚钱效应的股市，人们的欲望拔地而起，朝着股市里蜂拥而入，变卖家产、抵押房子、兑出汽车，把所有的钱都填进股市的巨窟，甚至包括养家糊口和治病的钱。同时还放弃了生活、娱乐、事业、工作，更包括午休的时间，所有的精力都对准了股市。有一个股民说，和最爱的女人做爱都觉得索然无味了。

曾几何时，股市像勃起的阳具，高昂着他的头一路并发，从1000点几乎不停歇地蹿到4000多点。就像一个欲望勃发的男人爬上女人的身体一样，一直不想下来，甚至都不想有片刻的休息。人们只能用疯狂来概括它。在股市的K线的带领下，股市大军越来越庞大。像中生代的恐龙。每天的新闻里都在预告着股民开户数量的增加。中国的股市好像有了神奇的力量，好像扔进去一块石头，捞上来就会变成一块金子。

但天下哪有这样的股市，上帝也从没创造过这样的规律。在到达4300多点后，股市渐渐露出疲态。——哪有停留在女人身体上不下来的男人？总应该歇息一下吧！终于震荡开始了，股市和股民的关系变得不那么和谐了。就像男人和女人有很多吵架就发生在这样的地方一样，此时股市的精神气在溃散。

苦了的是那些在到达高潮前刚刚跟进去的股民。扔进去的钱不但没很快变成金子，而且在很快地腐烂。一起腐烂的还有股民的心和身体。

作为在这一轮行情中受益的我来说，也经历了一定的心理的变化。我是中国比较早的股民，但在里面的资金一直不很多，这与我的经济状况有关系。我进入股市较早，别人说是与我学财务管理有关系，其实不然。是与我90年代初我在我们集团的调研室、体改办工作有关系。那时候我们的集团正在积极做上市的准备。我们的工作里就包括着了解和学习股市的内容。这是我较早进入股市的最最重要的原因。我的股市上的第一笔收入来自内部股上市。在当时我只有不到5000块钱，上市后涨了一倍，卖掉了。随后我一直只用5000块钱中的一部分做，每次挣几百块钱就高兴得不得了。那时候做短线好像没赔过一次。后来欲望大增，悄悄地借了一些钱进去了。钱一多心态就变了，特别有些钱是借的。几次可以挣到50%都没卖，但随后就是长跌，最后挣不到10%卖了。好在还没怎么赔过。再后来自己有了些积蓄，进入的钱就多了些。但最高也就6万多。这6万多在几年前曾经到过近9万，当时说，到10万就全卖，可它就是不到，最后是几年的阴跌，到去年上半年的时候只剩了3万多。

　　好在我心态还是很可以的，因为是自己的钱，所以没怎么在乎过，还不至于影响到生活。所以这些年对股票我很少看。甚至连电脑上的股票软件也删除了。没想到在这次股市大涨的前提下，我的股票从去年9月份一路上行。我很少操作，靠长线。中间只操作过几次，后来看全不如我不操作赚钱多。在这次股市大涨中，我一直告诉自己，一定要股票选准，一定不要贪。所以我在股市到达3200点的时候——此时我的6万多已经翻了好几倍，几乎全部卖出，只留了一个刚刚买入的股票，因为它当时还没给我挣钱。

后来看，我有那么一点点保守，晚卖一段时间，我可以再多挣十几万块钱。有一个股票我不到10块卖掉还挣了它一倍多，而它现在竟然到了38元，好在那部分钱转买别的股票，没大耽误挣钱。我4元多进了另一个股票，我14元卖掉。可没想到在我14元多卖掉后，它竟然最高到了27元。但我不后悔，也不遗憾。所以当现在开始调整的时候，我又赚了一个平静的心情。而且让我还有心情去读书，写东西。什么都没耽误。

说实话，我这次心态好极了。我真的没把赚钱当作最重要的事情。在很长一段时间里我没觉得那些我赚的钱与我有什么关系，当然理智上真的那是我的。我更多的快乐来自这样一种感觉：这次我很成功地玩了一场很精彩的游戏，过程尚可，结果尚可、不可都没什么。所以我这次也感到了自己作为一个男人在各个方面的成熟。其实我们根本不需要那么多钱的。可我们为什么老喜欢去赚那些我们根本就不需要的钱呢？我想，这与欲望有关，与我们的文化观念有关，与我们的生命境界有关，与我们的本性有关。也与我们生存的不安全感有关。有些东西我们意识到了也克服不了，何况我们有好多东西就根本没意识到。

中国的股市不成熟既表现在它在不该跌的时候一直跌，还表现在它在该涨的时候不涨。也许这就是它的特点，也是它的魅力所在。在我的股票全部卖出后，我真的没想到它一直会到达4300点的高度，是的，看不懂了。这是很多人，也包括很多专家的看法。我在央视上看一个节目，一个很著名的经济学家同时也是理财专家说过，他在3000点就全部卖出了。比我还早呢！尤其我卖出的股票依然上行，像吃了壮阳药。就觉得真是不可理解，也有过些许的遗憾。就一直盼着下跌，甚至大跌。好在我认为理想的区域再杀回去。最近，我突然不这么想了，一点都不这样想了，我不想因为自己的无关就隔岸观火，更不喜欢幸灾乐祸。为什么？因为我理智地想到那些抵押房子和车子以及借钱贷款进入股市的人。他们将怎么办？我真的不是矫情，也不是装好人。这是无情的现实啊！薄如刀刃的钱真的可以杀人啊！对少数损失极其惨重的人，他们面对的不仅仅是生命的绝望，更有精神上的蹦极啊！一颗普通平常的心将无法得到最简单的复位啊！这远远比得到和失去多少钱更重要。

股市是经济的晴雨表，中国经济的高增长决定了中国股市将有着广阔的未来。这是不容置疑的。但就是在最强悍的股市里也肯定有些股票是不赚钱的。股市里的心情真的是变幻莫测啊！

我们都知道，股市是赚钱的地方。可我最近一直在问：难道在股市里真的只有赚钱和赔钱，就没有别的了？

群鸟铺地

　　鸟儿应该是飞翔在天空，或者在枝头嬉闹的。

　　现在这些鸟铺在地上，是因为它们在啄米。那地上的淡淡的黄色就是小米。

　　小米是我撒在地上的。撒小米是我每天来上班的第一个功课。已经两年了，我很少有误了的时候。著名话剧《茶馆》里有一个爱鸟的老头说过一句话：有我的一口吃的，就有它们的一口。他说的就是他提着的鸟儿，说这话的时候，他看着手里的鸟儿，眼里有大怜和大爱。我现在很理解他的心境。

　　刚刚到现在的办公室的时候是夏天，所以我当时并没有给鸟儿们撒米。我是在秋越来越深了的时候，想到远方的原野里虫子和粮食都不多了的时候，突然开始考虑鸟儿们的吃饭问题的。其实是用不着考虑的，在我下来之前它们不是也好好的吗！但是心里有了一份牵挂和考虑的时候就一下子感到了回避的难度。

　　开始将小米撒在地上的时候，躲在窗子后面看它们飞快地啄食的样子，真的很幸福。但是后来有一个问题一直纠缠着我，那就是，我在做一件什么样的事情？鸟儿当中大都是最普通的家雀，应该说没有人豢养这些小生命的。所以它们有着最自由的天性，它们的一切也都是靠自己的能力来生存。而我这样天天给它们撒小米，会不会让它们失去自己寻找食物的能力？还有就是当它们完全地丧失了对我给它们的食物的警惕性的同时，是不是也会对那些扑鸟者箩筐底下的食物丧失所应该有的警惕性。我们一直有一句话：人为财死，鸟为食亡。

又来了一只。

门口的芙蓉树

在我的办公室门口有两棵树，一棵是柳树，另一棵就不是柳树了，另一棵是芙蓉树。

我是两年前把办公室搬到现在这个地方的。现在办公大楼造得越来越高，外表也越来越华丽，人们在那样的办公楼里办公很容易就把大楼的价值加到自己的价值里，显得威风、显得有身份、显得……

我对这个地方的平房却产生了兴趣。尤其对门口的两棵大树钟爱有加。现在这样的幽静的地方少了。所以我决定把办公室搬到这里来。

已经两年了。四季轮回，岁月更替，我感到我的根也和树一样慢慢地扎在了这里。曾听说这里要规划了的，我的心曾经着实难受了一阵子。好在已经过去了。

我刚刚搬到这里的时候已经有一段时间没有人在这里办公了，所以几乎整个院子里全是落叶。厚厚的，踩在上面有不着地的感觉。按我的想法是不该清扫的，但毕竟是单位的办公区，所以我还是清理了它们。

　　大树应该都有40年了，所以已经可以说是遮天蔽日了，硕大的院子里大部分被影子遮着了。柳树上已经出现了枯枝。那天园艺人员来修理冬青，他们说芙蓉树应该也已经到了暮年的。所以，我现在对这两棵大树就格外地爱护。我办公室里有个水嘴的下水管子是和柳树通着的，所以我从不使用任何的肥皂、洗衣粉、去污粉等化学品的。还会经常地给它们浇水。

　　最近那株芙蓉树正在开花，并已经开始落花了。我不大喜欢花的，但芙蓉花我很喜欢的，它没有叶瓣，是由无数条须组成的。现在我每天来这里的时候，芙蓉花浓郁的香气在我还没走进这个院子时就会扑到我身上。有个词叫落英缤纷，其中的英字，我一直觉得和它最能对应的就是芙蓉花。在叶绿花艳之际，我看看它们苍老的铁色的树干，我会站在树下默默地感动。

绵延的友谊

　　好几年没去北京了。上次是2003年吧！还记得吗，那次是我们一起去的，为了省钱我们被拉到了一个很偏僻的宾馆。我们在王府井吃小吃的情景和晚上散步的情景至今历历在目。我们站在过街天桥上相偎着看下面车水马龙的样子不知道你还记得吗？心里怀揣着幸福看世界，世界是另一种颜色。

　　年前我又一次去了北京，之间已经过了几年，看上去北京变化不是很大。但给我印象最深的是北京的交通好像比以前好多了。不知道你们有没有这样的感觉，过去的北京拥挤而无秩序的交通，一直被我认为是北京作为一个首都其威严的一部分。在那样的公共汽车上北京显得更没边没沿没底。到北京不挤车还叫到北京吗？

　　这次在北京的日子，我见到了几位相识多年的师长朋友。这几位师长朋友一直被我认为是北京最有亲和力的最温暖的所在。回来后我一直想写写他们，但直到今天才静下心来。

　　其中我最先见到的是《北京文学》的社长章德宁大姐。我和大姐认识已经快20年了。说实话我和德宁大姐从一认识就没大有陌生感，我觉得德宁大姐也是。但有一些惊诧。那时候《北京文学》还在月坛一座很旧的楼里，里面很阴暗，当时我敲开门，给我开门的就是德宁大姐，我对她说我找德宁老师，她说我就是，我以为她听错了，我就又说了一遍，她说，是的，我就是。那一瞬间我在心里狠狠地怔了一下。因为我们通信已经很多次，知道她的年龄当时是37岁，可面前的这个人我觉得也就是20多点。她给我的第一印象也是至今的印象是：平静、大方、美丽、温和、宽容、智慧。德宁大姐的美是透彻的，是一个人整体上的美丽。后来的谈话中我也才知道，大姐当时也和我一样是怔了一下的，那时候我24岁，她说不像24岁，但我记得很清楚她没说我像多大的。大姐是一个分寸感极强的人，虽然我并不在乎别人说我看上去大或者叫成熟。后来大姐对我的鼓励一直令我记在心里。发过我的散文，也发过长诗和组诗。她用京腔说过我：陈原，你很有才气的。京腔的最大特点就是要在好多字后面加儿化音。大姐是我通信和电话联系最多的一个编辑。大姐在中国编辑界应该说是大腕级别的人物，但她的平易也绝对是大腕级别的。记得1996年我去中国作家协会送"21世纪文学之星"丛书书稿，我提前给大姐打电话说我到北京老是发愁找合适的宾馆。她竟然一切给我安排了，那次还执意地为我结了账。那时候她是《北京文学》的副主编还是执行副主编我记不得了，但那时候《北京文学》的经济状况很不好我是知道的。我过意不去，不让她结，她说，你是我们的重点作者，我这次不陪你吃饭了，就当我请你吃饭了。从认识以来我和大姐见面不到10次，就是说我每次到北京一般情况下都要和她见一面，说实话我见大姐绝对不是因为她美丽，而是觉得她亲和、尊重人。和高傲的北京是反义词。虽然多年来我已经深深地感到在她的内心是有力量的、有原则的、有尊严的，但她的力量、原则、尊严都不冷傲。这样的气质一是与天生有关，二是与知识和智慧有关。我去见大姐大都是不提前告知，直接奔编辑部去，在我的记忆中似乎没扑空过一次。我们也大都在编辑部附近找一个餐馆我请她吃个饭，虽然她多次说她是东道主，应该她请，但我坚持不让她请，所以她总是找最便宜的菜点。这么多年，我不记得给大姐送过一次礼物。真的是君子之交淡如水。

　　这次去见大姐我依然是和以前一样如法炮制，不提前告知。因为我最近几年写作很少，尤其不发表东西，和外部的联系已经很少。所以我和大姐应该是五六年没见面了。说实话我这次见大姐心里多少有一点忐忑，我忐忑是因为我担心大姐老了。想想大姐已经是55岁的人了，岁月不饶人的。但见到大姐我释然了。是的，她是有一些变化，但变化实在不大，她依然那么有风采，有美丽的资源和资本。我这次见大姐心里很激动，所以老和她开玩笑，我说，你应该去参加超女比赛的。大姐说你就哄我吧你！今天上午领导还和我谈退休的问题呢。——后来知道领导是和她谈不让她退休，让她再干几年的事情。下楼的时候，我对大姐说要不要我扶着你下楼啊！你可是老同志了啊！大姐说，要扶的话那还是我扶你吧！你的腿不好。是的，那些天正是我腿疼得厉害的时候。但我当然不能让老同志扶我。

我们照样去编辑部附近的一个餐馆吃饭，因为大姐下午还有活动。快到餐馆的时候大姐指着路对面的一个房子说，我们上次吃饭是在那个地方，现在那里已经不是饭店了。没想到大姐还记得上次吃饭的地方，她的记忆力真好！这次大姐执意请我吃饭。要了一瓶啤酒，她喝了一杯，我喝了其余的。

我已经多次听到师长朋友赞美大姐的美丽。说在中国真正称得上美丽的编辑一个是北京的德宁大姐，一个是原来在《上海文学》，现在在《文汇报》的潘向黎。很荣幸她们都曾经给我做过"嫁衣"。哈哈。但大姐的美丽不仅仅是外貌上的，更是和人格和修养结合在一起的美丽。她的美丽是朴实而大气的，是静美和善美，几乎超越性别，是上帝和岁月想嫉妒但又不忍心嫉妒的美，这样的美丽是恒定的，不退休的。

大前天晚上，我给大姐打了个电话。是我回来后第一次给大姐打电话，聊了一会儿之后，我又一次说到她怎么就一直那么年轻，走在大街上肯定会让人误会。她说你就老哄我吧你，哪有你说的那么样子。我说我是真心的，客观的。我说在我认识的人中真的没有像她这样年龄和外貌有这么大差别的。我就算是哄你的话也是最低级的但也是最高级的哄法。大姐在那边笑了。我故作严肃地说，大姐，你记住，不允许你老啊！我只听到大姐在那边轻轻地嘟囔什么，我也没听清楚。

其实我知道，大姐平时听这样的话肯定听多了。

我的新编词典

1. 关于爱情

我一直觉得两个真爱的人分开后变成仇人比变成路人更完整更合理。

2. 关于记忆

记忆停留在疼的地方要远远比停留在快乐的地方更久远。

3. 关于幸福

幸福有时候就是当你想哭的时候有地方去哭。

4. 关于未来

未来与过去很有关系。

5. 关于快乐

快乐在人生的整体态度里更接近无奈，甚至有时候代表愚蠢。所以想要快乐时一定要慎重。

6. 关于身体

身体在人的一生中有很多时候是多余的。所以我不大考虑是否健康的问题。

7. 关于目光

目光里有时候有花蕊，有时候有炸药，有时候很脏。

8. 关于声音

在人的一生中最容易忽略的是站立的声音。

9. 关于心跳

心跳的意义是在于要跳动一生，但最有意义的就一下。

10. 关于忘记

忘记的过程往往是一生。

11. 关于呼吸

呼吸是有生长期的。

12. 关于放弃

放弃局部比放弃全部更难。——反之，放弃全部是很容易的。

13. 关于思考

我们的思考很多时候是在思考爱，而不是思想。

14. 关于憧憬

憧憬往往是回忆。

15. 关于说话

一生之中，除了废话，我们往往等同于哑巴。

16. 关于牙齿

那是让食物遭罪的工具。

17. 关于舌头

它应该长上指甲。

18. 关于思想

和头发是兄弟，但不大走动，关系一般。

19. 关于思念

我们往往忘记思念是有声音的。

20. 关于孩子

是让他们传递我们的错误。

21. 关于情人

只是忘记了形式。

22. 关于色彩

伟大的黑色成了色盲。

23. 关于食物

把身体选为跑道，最后的撞线有时候很难。

24. 关于海

上帝小的时候玩挖坑游戏不小心挖大了。

25. 关于精神

我们用它证明高贵。

26. 关于性

最伟大的普通。因为性没有反义词，所以也可以说成是最普通的伟大。

27. 关于等待

忘了回去。

28. 关于死亡

因为有很多的开始在等待，所以我们必须结束。

29. 关于故乡

因为背不动，所以没带走。

30. 关于月亮

在故乡的那一个和在爱情里的那一个是反义词。

31. 关于太阳

老是在我老家的那堵墙上爬来爬去。

32. 关于夜晚

太阳忙不过来。

33. 关于爱情

谁都可以找到爱情，只有爱情是个光棍，没有情人。

34. 关于天空

最伟大的空虚，最残忍的爱。

35. 关于生命

一个永远无法证明的命题和结论。

36. 关于人类

我一直没搞清楚它是个体还是集体。

37. 关于佛教

我们寻找到的另一种呼吸和心跳。

38. 关于文字

黑色是它的基因。

39. 关于最后

我们并没开始过。

40. 关于失败

往往是少走了一步。

41. 关于胜利

是最值得怀疑的东西。

42. 关于气质

气质是第八种颜色。

43. 关于历史

就是刚刚过去的那一秒钟的美学和虚假。

44. 关于渴望

就是杯子到达唇边的那段距离。

45. 关于比喻

另一种理屈词穷。

46. 关于夸张

撒谎和艺术的铺垫。

47. 关于土地

因为它亿万斯年从不慌张，所以它应该亿万斯年被歌颂。

48. 关于森林

它们比人类站立得美丽。

49. 关于丢失

世界上从来就没有过的事物。

50. 关于行走

我们坐在了腿上。

51. 关于肚脐

一直被我们冷落和虐待着的第六官。

52. 关于距离

它消失在相爱的两颗心之间。

53. 关于风景

我们以为是给它镶上了相框，但那是最错误的审美。

54. 关于朋友

我们把自己分解了，装在他们身上。

55. 关于男人

现在的男人基本没有性别。

56. 关于女人

最没有力量的暴力者。

57. 关于性别

我一直没弄明白在什么地方区分它。

58. 关于婚纱

世界上最不合格的抹布。

59. 关于报复

世界上最有力量的无奈。也是最不理智但最容易做出的选择。

60. 关于奇迹

它在证明着我们的生活是多么的平常。

61. 关于季节

我一直奇怪，为什么没把一年分成5节。

62. 关于遗忘

记忆的另一种审美造型。

63. 关于抛弃

把自己从这个世界上隔离。

64. 关于放弃

离抛弃最远的一个词语。

65. 关于收藏

是为了丢弃或者集体丢弃。

66. 关于仇恨

仇恨的准备过程多么美丽啊！那是激烈的爱呀。

67. 关于梦

睡眠的意义。

68. 关于呓语

背叛自己的真实。

69. 关于城市

大地上的溃疡和肝硬化。

70. 关于改变

最难的改变是背叛你的人。

71. 关于音乐

从文字的植物旁边冒出来的芽。

72. 关于诗歌

当代最瑰丽的废墟。

73. 关于回头

对悬崖的批判。

74. 关于誓言

要么是被迫，要么是盲目。

75. 关于眼泪

一种疼痛的流错地方的汗水。

76. 关于玫瑰

世界上最低档次的浪漫。

77. 关于忠诚

嘴直接长在心脏上。

78. 关于欺骗

欺骗往往很精彩。

79. 关于自由

最奢侈的食物。

80. 关于哲学

我们给世界进行编码的一种方式。

81. 关于礼物

身体之外的表达都不够纯粹。

82. 关于往事

血液的上游。

83. 关于真实

最应该删除的一个词汇。——因为客观本不需要表达。

84. 关于博爱

到达泛爱之前的一种爱。

85. 关于河流

大地给疼痛腾出来的一个地方。

86. 关于平等

目光和目光之间搭成的桥没有任何倾斜。

87. 关于嫉妒

是精神必然要长出的枝杈。

88. 关于错误

错误使得这个世界混乱复杂，但也生动多彩。

89. 关于禁忌

由恐惧造成的另一种原则。

90. 关于刑罚

比如高跟鞋对于女人。

91. 关于疾病

身体里的某个部位正在过它们的节日。

92. 关于隐痛

比如你的心，再比如我的心。

93. 关于哭泣

真正的哭泣就像我们现在的表情，没有声音。

94. 关于嚎叫

屠宰架上的猪成了一个音箱。

95. 关于血液

最后被污染的河流。

96. 关于痛苦

它往往一出生就长大了。

97. 关于经历

两个最爱的人分开后，没有任何共同的轨迹。

98. 关于温暖

我们的身体里剩下的最后的渣滓。

99. 关于祝福

确实应该发生在事情之前。

100. 关于桃花

我想通过你歌颂桃子，并最终歌颂心脏。

101. 关于你

你把我的心拿去盖了房子。

102. 关于我

我就是那个站在凛冽的寒风中，欲拔剑无剑，不知所往，只能哆嗦着自己流泪的人。我用无能甚至愚蠢坚守着一个男人的厚重和高贵。

只有追赶着你的时候，我才意识到我。

原来校庆是这样的

前天接一同学电话，说学校50年校庆了。说的是我上高中的学校。

真的是不想去，原因大家都想得出来。我没给学校争什么光，不能给学校赞助，又无职无权。而且学校又不需要我这一个人的人场，所以捧场也算不上，所以决定不去。但几个要好的同学都打来电话说是要去，并说很希望我去，我最后决定去。——所以去的唯一的目的就是去见同学。

学校离我这里有一百多里地，活动的仪式是昨天上午九点。我便不到八点出发，自己开车去。满以为一个小时可以到的，正常是连一个小时也用不了的。但没想到中间好多地方在维修路面，根本提不起速度来。到达那个县城的时候已经是九点半都多了，给同学打电话问在哪里，说是在新学校，也因此才知道是"学校50周年校庆暨新校落成典礼"。便打听着找新学校，到了新学校已经是十点了。

中间在大街上打听新学校在哪里的时候，问的是一对年轻的夫妻，各自提着菜，是从市场上刚出来的。那个男的很聪明，说我就在那里住，你捎上我们，我给你带路。路上才知道那人是扬州人，正好是新学校施工单位的。听他说，新学校投资大约三个亿，我以为听错了，他说，是的，是三个亿。我有点咋舌。

一到学校看那阵势，真以为是三峡工程竣工呢！彩旗彩球一大片自是不必说的，离学校老远就有警察和各种人员维持秩序。学校对我们这些校子们还是很友好的，虽然是那么多的人员，但没有一个是阻止你的。一个接一个地指示我往哪里走。我还是第一次在这么多人的引导下指挥下行车，说不出是什么滋味。

仪式也拖延了，我去得那么晚，其实典礼刚刚开始不久。刚停好车就听到鞭炮礼炮响个不停。几个同学现在都是带级别的人了，给他们打电话，他们都在主席台和嘉宾席。我就在新学校里转悠。到处是人和展板。校园实在是气派，大门也厉害，据说受到了省里主要领导的赞赏。走在这个校园里我不知道是不是该骄傲和自豪，可想想它与我有什么关系呢！我上学的地方是老校园，二十年前的老校园在县城的边缘，是和一大片菜园连在一起的。

其实我对这所学校——具体点说是老学校，是很有感情的。二十年前我是突然到了那个学校读书的。它虽然地处沂蒙山北部的一个县城里，但是一所省级的重点中学，升学率是相当高的。我把我的15到17岁两年的宝贵时光留在了那里。有了很好的一批同学和像父亲一样对我好的老师。在我心里我一直把这个地方看作我的第二故乡。

但新学校却像是另一个学校，我还找不到和它的关系和感觉。

在新校园里转了一圈，谁也不认识，决定先去在组织部当部长的一个同学那里去，给他打电话，他没来现场，我决定去他办公室。但就在我要走的时候，碰到了一伙和我一样不能坐主席台和嘉宾席的人。他们说十几天前就给我联系，因为当时我在新疆，他们就没提此事。寒暄之后，便让他们代缴了钱领了两个袋子，就直奔饭店了。

见到了老同学才有了点感觉，但都在讨论现在这么贵的学校，又不讲价，那些山区的乡下孩子怎么读书的话题。这与典礼上的气氛就不是一回事了。

此次同学见面有好几个是毕业二十多年从未见过的，变化真的很大，我们真的老了啊！有的竟然见了面也想不起来了。还有几个没到的，提起名字，我也是怎么也想不起来了。我觉得很对不起他们。我们都忙了些什么啊！

同学应该是没有任何隔阂的。但因为变化太大，说没有差别是不现实的。当了官的和还在乡下种地的那是不可能完全一样的。

我们是按当时的班级凑的，我们班的也就来了十几个。喝酒是没问题的，坐着喝站着喝，最后是人乱桌乱菜乱酒乱。我因为开车，免了不少酒。但说好，晚上放下车好好喝。

下午，我陪在省里高就的同学去了他的老家，我们在读高中的时候是最要好的几个同学。他说已经安排车了，不让我去，我说一定要去，多少年了，我早就说过有机会一定去看看老人。我知道我的很多同学当时上学是多么不容易，当时他们的父母都是翻山越岭给他们送煎饼的。我上学也不容易，但他们尤其不容易。

马上到中秋节了，这时候去看看老人便尤其有意义。我执意去超市买一些给老人的礼品，无论同学怎么阻拦我还是坚持这么做了。虽然从没见过面，和同学这么多年的感情，我对他的父母有一种视同自己父母的认同感。

去了两辆车。——同学的哥哥带了一个车在前面引路。

同学的家在一个风景很好，但很偏僻落后的村庄里。虽然我知道他们的家过去都很贫穷，但到了同学家，还是没想到会是那样。老人住的是两间西屋，和山体连在一起，已经有百年的历史了。样子已经岌岌可危。院子是我见到的最小的农村院落，仅仅够我们几个人坐下喝茶，周围是一圈棒子架子。据说以前院子还要小，而且那时候还是住了两户人家。

同学说，老人已经同意了，过了年就到县城他哥哥腾出来的一套房子里去住。以前是一直不同意的。是啊！人是有根的，他们不会轻易离开住了一辈子的地方的。同学的父母很朴实，一直给我们冲茶倒水，我们的阻拦是没有用的。其实我喜欢这样的感觉，我有一种做孩子的美好的感觉。——已经好多年不做孩子了！

老人都不识字。给我印象最深的除了百年老屋——我给同学说，屋子再旧也别拆它，等以后我们来住——再就是那个挂在老墙上的挂钟。怎么也想不到，整个挂钟是倒着挂的，挂钟上的数字一律朝下，但表针完全正确。多少有一点滑稽的成分。这是我们这些文化人永远不会犯的错误，可它就是那么郑重其事地挂在那里。——它包含了什么？我在想。

同学两次给他父母提到他在山东大学上学的时候我给他钱的事情。说我好几次去看他给他钱，有一次给了他三十块。还经常叫上他和另一个同学张建国出去改善一下生活。我早他一年考上，但只上了个中专，所以在他刚刚上大二的时候我就工作了。那时候我的工资是36元，后来从工作开始每月补了9元，算是45元。说实话我只记得给过他钱，但给过他多少我真的不记得了。

后来我们的另一个很要好的同学也坚持要来看老人。他现在也是县级干部了，已经有车有司机了。半个多小时后他带车来了。所以我们就坐在同学家的院子里又聊了一会儿，弄得在县城里等待着的同学不断地打电话，催我们回去吃饭。

我们回到县城的时候已经快七点了。当然又是一顿狂喝，白酒七八瓶，啤酒无数。中间不断有同学过来，开始坐下是九人，最后是十五人。我依然以开车为由坚持只喝了几杯子啤酒。

就这样一天下来，我觉得累极了。十点多我们回到县委宾馆，他们给我订了房间，然后又要出去。我实在累，没去。没洗澡就睡着了。他们又去喝了一场，凌晨两点多回来的。

我一觉到天亮，洗了个澡，正好同学打来电话去吃早饭。几个同学过来陪吃早饭。去餐厅的路上碰到县委办公室的人员，因了我同学的身份，坚持不让去大餐厅，要了单间，另准备了早饭。中间又不断有同学来。

　　一个在镇子上做老师的同学前一天晚上吃饭的时候说要搭我的车。一早又发信息来，说已经快赶到县城车站了。我才知道前一天晚上他喝了一斤多酒后骑摩托车三十里地回家了。他身体太好了。

　　我每次来这里，我必须去看看我的一位老师。他对我完全像父亲一样好。特别一些大事情上。我今天的文学之路也是因为他。我先接上同学又返回来，去买了些礼物，到老师开的一个小书店里见他。因为同学有事情，我们只坐了片刻，便和老师道别。

　　行驶一百多里地，把同学放下，然后到矿建公司老郝处坐了一会儿，抽了几支烟，喝了一杯茶，坚辞了他吃饭的挽留，又开车半小时有余，返回驻地。

赤条条地洗洗自己

　　今天我们先去了一个朋友处喝酒，他刚刚拾掇了房子。下午两点多我们开车几十公里去了一个叫乔店的水库。我们在水库南面找了一个比较缓的地方，准备在那里下水。所有人都脱得一丝不挂。在天光下把自己脱得那么彻底还是有些不自在，但说笑声和玩笑话缓解了并不多的拘谨。

　　舒服极了。是真正的融合。即便都是男人，那些平时隐蔽处也是很少互相看到的。但男人就是男人，对阴处的拘谨和身体一起融进了水里，很快就互相打闹起来。毕竟有不拘谨的，有的是抓着自己那里进去的——我说的是进水里的。周围山峦环绕，绿色铺展。天光看着我们这些野性的男人。水是那么清澈，我们试验水的透明程度的方式是自己看水里的自己，看能看到什么地方，结果是可以看到生长错了地方的毛发。因为那里颜色比较浓的缘故吧！那样的自己在那样的水里是忘我的，纯粹的，没有杂质的。的确有天人合一之感。屁股什么的猛一看是不大好看，看多了肯定就好了。

　　由于喝了酒，平时又少训练，加之对那片水域不甚了

解，我们没有深游。我们在那里搓自己揉自己，扎猛子，比
憋气。在里面泡了很久。朋友说，城市的人该喝我们做的
"人参汤"了。

　　真是舒服极了。这样的赤诚相对，这样的将自己抛弃到
再也不能抛弃，是一种很异样的感觉。说实话我是很少这样
下水的，今年还是第一次。除了小时候这大概是第三次。五
年前有一次。外地的一位作家朋友来，我们去一个叫莲花山
的地方吃饭，饭后我们往山里的一条谷里走，看到了一处有
20多平米的水，那是山溪被阻挡后形成的。看看四周没人，
朋友来了兴致，脱光自己就进去了。为了陪朋友，在他的招
呼下，我也进去了。由于在山的阴处，水很凉。颜色是油亮
的透明色。

　　再就是去年。朋友邀我去一个叫桃花岛的水库去游泳。
那次我是做了准备，带了游泳衣的。可到了那里，六七个人
脱光了就进去了。我要穿游泳衣，他们就说我装样，想想自
己别太特别了，也赤条条进去了。

　　有了那两次，这一次我不大拘谨。想想人不就是这么来
的吗？平时那些衣服压得我们多累啊！难得有这样的轻松随
意，为什么不好好地洗洗自己。为什么不让天光看看自己。
同时自己也看看自己在天光下的颜色。多么好！

　　把自己身体上的和精神上的泥洗掉，就轻松了。身体的
周围是不应该有那些磕磕绊绊的东西的。

走到教堂然后返回

　　昨天晚上，我们从所住的酒店走出来，往西走了一站多地，就是洪楼的一座很美的教堂。那时候是晚上十点多，仍然是人山人海。教堂前的广场上以及往两边延伸的地方，到处都是走动的人、跳舞的人、吹笛子的人、拉二胡的人、唱京剧和卡拉OK的人。教堂被打出的各种灯光弄得很美丽。但在这个城市里它应该是一个装饰物。

　　其实这里我来过很多次了，这个教堂也见过多次了。但更多的时候是远远看它。

　　我的记忆里见过的教堂不多，大致还有哈尔滨的圣索菲亚教堂，海参崴的一个教堂，广西涠洲岛上的一个教堂等。我一直认为教堂所展现的是它和生命和精神的关系，是和天空的结构和谐。在中国它和它的四周一般情况下很难有真正的融合。

　　——在中国我们见到的更多的是寺庙和佛塔。

　　我想走近它。于是我们闻着空气里的汗味，穿过熙熙攘攘的人群，走到离教堂最近的地方。我们不能再往前走了，一道金属栏杆挡住了我们。当我们在离教堂最近的地方凝视教堂的时候，我们感受到了它的肃穆和静谧。而背后是欢乐着的人群。

栏杆好像是绿色的。

静静地站了一会儿，我们就转过身，开始顺着原路返回。

生命的不等式

　　我想如果没有博客的话，我一定不会写这段文字的。

　　这是几天前刚刚发生在我们这里的事情。

　　如果我列出下面一个等式，你一定会觉得它是不平衡的。一瓶矿泉水=两条生命+无数人的痛苦+无数人的叹息和恐惧。

　　看到这个等式你一定会觉得它是不等式，一定会想等号的左边要用多长的杠杆才能撬动右边的一切。但是在特定的环境下，它就那么不可避免地发生了。

　　事件发生在几天前的一个夜晚，大约九点半。地点是一个话吧。人物是一个在我们这里的河南打工者，和话吧的男主人——一个交管所的副所长。打工者可能是在打完电话后，拿了话吧的一瓶矿泉水，不知道是有意还是无意放在了身后，被话吧里的人看到了。于是发生了争执。并逐渐激烈。最后话吧的男主人拿出了一把自制的手枪，顶在了打工者的头上。我不知道枪为什么会响，但不幸的是枪响了。一个人不可避免地进入了永恒的黑暗。

随后是话吧里的人的哭声，随后是杀人者的潜逃，随后是我们当地电视台上播发的通缉令，随后是……

这几天我对此事想了很多，联想到几天前在网上看到的北京一个建工研究院发生的一个员工杀死该院书记和院长的事件，以及许多的类似的事件，我真的不知道该说什么。为什么这样的不等式一次又一次地发生？我们的生命为什么总是在这样一个临界点上，好像我们的背后一直有一个万丈深渊跟随着我们。

那个交管所的副所长当晚是喝酒了的。我想他喝酒的时候肯定还完全是生命的另一种状态，他不会想到几个小时后会发生那样的事件。我想，即便在他喝得酩酊大醉的时候，你若想用一瓶矿泉水换包括他的生命在内的两条生命，他也是决不会答应的。应该说他杀人完全是没有准备的。我敢说他当晚绝对没有擦枪。可就为了一瓶矿泉水，他进入了万劫不复。是的，是偶然，但这偶然背后就真的没有一点必然？

关于这个事件所连接的深层的社会的、环境的、人文的根源我不想做我的结论。恐怕也是很难说清的。但我们真的应该思考，我们的社会应该思考，我们的时代应该思考。我们应该怎样对待我们的生命？当需要我们付出生命的时候应该怎样付出生命？

另外事件的真实过程以公安部门的结论为准。我并不关注过程，我关注它发生的背景和根源。并希望大家和我一起思考。

学校今天陷落在高考里

在我的办公室后面是一座学校，依次是小学、高中、初中。今天我坐在办公室里，突然发现以往人声鼎沸铃声不断的学校变得异常寂静。感觉很不适应。后来突然想起今天是高考的日子。

说实话这实在不是学校应该有的样子。回头看看，校舍的门窗变得有些肃穆。今天阴天，天光很暗，更显得整个学校死气沉沉，沉寂中带着淡淡的令人恐怖的东西。整个学校变成了一座废园。

但今天对于很多人来说是一个特殊的日子。有很多孩子的命运将在今天改变和确定。不仅仅是孩子，不知道今天有多少孩子的家长如坐针毡，心神难定。

也不仅仅是孩子的家长，有很多有过高考经历的人在今天都会不自觉地想起自己曾经和他们一样的经历。我自己也是那样过来的。已经很多年了，还记得我当时考试的时候，有一场迟到了，但没超过半小时；有一场考数学没带考试用具，是借的其他班的一个同学备用的一套，他叫李岩，据说他后来在复旦读了博士后，现在好像已经是一个公司的老板了；还有一场忘了带准考证，好在是最后一场，监考老师已经熟悉我，加上我们班主任经过，最后把我放进去了。现在想想挺险的，可当时一点没觉得。

我身后的学校里一直没有任何动静，我听不到那曾经的喧哗和激越。像一个空壳。但我知道那一个个的教室里，一个个的考生们正在怎样紧张专注地挖空心思。难道这就是中学学习生涯的结束？怎么是这样的凝固，这样的寂寞，这样的没有色彩，没有激情？学生就必须是这样的宿命？

因为后面是一个学校，下课后的孩子会大声吵闹，有朋友来我办公室的时候，经常会对我说的是，你要创作，在这样的环境里会受影响的。可我一直不这么认为。不能说对我的写作没有任何干扰，但我已经习惯了这样的环境，问题是我喜欢这样的环境。我已经把自己的办公室当成了学校的一间教室，我有时候会按学校的铃声作息，他们下课的时候我也会站起来活动活动我的四肢，他们做眼保健操的时候我也揉揉自己的眼睛。从学校里飘来的气息让我总是有很好的心情，我会经常回忆我上学的经历，我会保持自己年轻的心态。我经常站在窗前朝着学校张望，看他们做操，看他们朝着厕所奔跑；看他们升旗，听他们念广播稿。下课的时候简直如群鸟炸窝，很有激情、很有朝气、很有爆发力和冲击力。

我的后面是小学的音乐和美术教室，一般说来美术课静悄悄的，音乐课可就完全不是这样了。练发音的时候一群孩子稚嫩的喉咙随着老师一遍遍地发出同一个声音。那样的声音大面积地一下子拥堵到我的房间里来，多少有些令我窒息。学歌曲的时候也是这样子的。我不知道有的歌曲学生们学会了吗，反正我是学会了。问题是学校里有很多班级，这样的过程会无数遍地重复。一个学期也没有多少变化。时间久了，我有时候会觉得我的听觉像螺丝一样在滑丝。但我觉得我还是愿意承受。

当然也有不愉快的时候，有一次我听见一个女老师在发火，那是一个挺漂亮的女老师。我便站起来，那一瞬间我看到了我最不想看到的场面。女老师正在打一个孩子，是用小木棍打的，打在了肩上。那孩子很不服气，在和她争辩。我知道接下来是会继续打他的。我真想大喊一声，但我忍住了。我便一下子站到窗边，还咳嗽了一声。女老师看到了我，我的突然存在肯定令她有些不知所措。呵斥了一声，扭头进了教室。但我听到了她的小木棍有力地连续地敲打在讲桌上的声音。我的泪水一下子冲到了眼眶，它唤起了我很多不好的回忆。我上学的时候曾经遇到过一个经常打学生的男老师，几乎天天排着号打学生。我学习一直很好，挨打极少，但我们班的同学几乎都被他打过，包括女同学。一个叫梁冠跃的同学被他打破了头，撕扯了耳朵；一个叫傅保柱的同学被他打得满院子跑；一个叫刘先忠的被多次打后，他母亲大闹学校。但那个男老师并没收敛。我虽然挨打很少，但我在那样的环境下遭受的恐怖和压抑至今令我惊撼。

自从那天看到那个女老师打学生，她在我眼里的漂亮变得荡然无存。

人的一生中当然会有一些不和谐音，这也是成长的代价。但学校在我的心里永远都是茂密的生长林，是最充满生机的花园。我还是爱它喜欢它。我还是乐于把我的办公室当作一间教室，况且我的儿子就在后面的学校里，这样我们还有点同学的感觉呢！当然我们的最大不同是起始点不一样。我已经站在一边，在他们的背景里正在远去，而他们一切都刚刚开始或正在过程中。但他们早晚都会到达今天，像今天的每一个考生一样，进入这样的寂静。

当然这样的寂静是暂时的，我期待着那充满阳光和色彩的校园再次人声鼎沸无比喧闹起来。

孩子们，我喜欢看你们围着楼群跑的样子，我喜欢你们像枝头的喜鹊一样叽叽喳喳，我等待着并喜欢你们对我的干扰。

生命随记

　　今天午饭的时候，我再次遭遇了极度疲乏的状态。这已经是今年的第二次还是第三次了。我说的极度疲乏已经不是一般意义上的累。往沙发上一坐的瞬间，我像一个漏了底的破筐，力气一下子全从我的身体里漏掉了。丝毫不留，片甲不存。肌肉和骨头似乎都在收缩。我躺在沙发上蜷缩着四肢。对食物没有任何的兴趣，连万念俱灰的力量都没有了，只是在收缩自己。那时候生命没有了任何声响。

　　最近有些累是显然的。连续地写了些东西，并因为写东西带来的精神错位，生物钟混乱都会使我的身体多了些负重。但是，按说我现在的年龄也不应该这样的。问题是我要是想干点什么，尤其是写作太用心，付出的心力远远大于体力。这段时间写作以来，我经常是凌晨3点才能睡觉，即便不写作也要到那么晚才能睡着。而且不幸的是我没有早上睡懒觉的习惯。说实话，那时候我感到了身体内部的某些不祥信号。

　　今天中午睡了近两个小时，起来后稍稍好一点，但还是累。刚才朋友小祁过来拿我们参加活动时的照片，为了放松自己我对她说了这事。她很关心地说一定要爱护好身体。没有什么比身体重要。是的，现在不是有个词叫"过劳死"吗？已经有很多人被它收去了，它为什么就一定要躲着我呢！它哪天要是说请客要和我一起坐坐，我怎么就一定拒绝得了呢？

　　哈哈，怕什么，它真敢请客我就真敢去。看看它到底啥模样。

　　玩笑归玩笑，到真的该内省一下自己的时候了。我们这个年龄的人连那样放弃自己的权利也是没有的。有老有少呢！

　　可我怎么管住自己呢？我站在身体一边的时候，大脑不听我的；我站在我的心一边的时候，我又管不住我的身体。

　　今天不干活了。今天谁请客我都去。可惜没有。那我就傻坐着。傻坐着，我还怕谁？哈哈……

谁来安慰我的孤独

　　节日期间，有两伙外地的同学来。享受了同学相聚的美好。其中有两个是毕业以来从没见过的。模样都依稀了模糊了。一个是在皱纹和淡淡的白发里认出来的，另一个当时不是一个班的，最后也没认出来。他一遍遍地说还记得我，我还是没想起来。但这并没有影响我们尽情地开怀畅饮。毕竟有过一段完全相同的经历和空间。我们坐在半山腰的亭子上吃饭，仿佛回到了从前。二十年的岁月竟然不是距离。我们用回忆把自己弄得很年轻。

　　生命是很美妙的，有时候也往往很意外。这些年我不时地遇到很意外的人，这样的状况丰富和点缀了我们线性的平滑的生命。我对这样的突然发生的事件充满了渴望。回视自己的心灵，我发现了我莫名的等待。是不是我们的生命太枯燥了？

　　不可否认我们的生命在进入中年之际变得成熟、刚毅、稳定，但也凝滞脆弱敏感起来。好像把什么都看透了，看似强大了，却什么也承受不住。内心的领地在缩小，面前的路变得也短了，头顶上的天空已经不像从前那么广阔。我们开始了生命的收缩和回防。我们的内心变得比以往更焦灼和孤独。渴望来自各个方面的交流和认可。更加喜欢怀旧。自己童年时代房屋后面的一棵随便的树，在我们的生命背景里突然的那么高大突兀。

此时听远方的朋友说他那里已经下起了大雨。他独自在自己的房子里。我问他孤独吗？他说：是的，有点。我说：关好门窗，找点事情做。听听音乐。他突然很脆弱起来，说：你的嘱咐让我有些感动，有欲泪的感觉。那一时刻，我在这端也默默地激动起来。生命多么渴望温暖和交流啊！

我这里的天也阴沉得厉害。好像也要有大雨了。——我的孤独谁来安慰啊！

闪电是天空的刃

　　今天是一个有雨有雷电的日子。那道弯曲得很美、美得有些残忍和刺目的闪电一下子刻在了我的记忆里。似乎只有童年才有过这样对闪电的那么在乎的感觉。那一时刻我刚和远方的一个心灵相融者通完电话。那时我站在几十公里之外的一个陌生的大院子里，站在天穹下，从一面玻璃上在闪电的反光里突然一下子看到了自己的心灵。我知道这是一个天空布满乌云、心情不好、情绪暴躁的日子。这是一个天空渴望安慰但没有什么去安慰它的日子。

　　而对于我来说是一个疲倦的日子。——还有很多的各种各样的日子组合着我们的生命。到了现在的年龄我们对很多的事情开始麻木，但我们对自己的年龄、对我们经历的每一个日子开始了关注和默念。迷茫无时无刻不在笼罩着我们。理想像风筝一样飘远。我们只能祭奠手中那根断了的线。我渴望沉默、渴望孤独，但似乎更渴望朋友，渴望其实毫无意义的交流。我的肉体有时候很不甘心于与我的灵魂相陪伴。

　　我们进入了一个什么样的年代啊！人类进入了一个什

么样的时代啊！阳光似乎越来越灿烂，人类的物质创造也越来越丰富，大地的外表越来越华丽，作为动物之一种的人也变得越来越体面。而人类的心灵呢？我们还能找到自己的心灵吗？为什么我们感到了生命的委琐和暗淡？来路是回不去的，前面的路又不想去走，这样的人生多么尴尬！我们在时间里抵触、抗拒，和时间的墙壁摩擦。我们鲜血淋漓。

幸亏今天遇到了闪电，它一下子刺亮了我暗淡灰色的生命，把我生命中最幽秘最旮旯里的东西照耀出色彩，把我们已经不再去关注的东西赋予生机，它让我们在乌云的光芒下成为自己历史的碑，成为未来的雕像。那是天空的刀，那是岁月的刃。它在雕刻我们，惊醒我们。它要我们对自己麻木暗淡的生命喊出我们反叛的声音。在闪电里我打了一个冷战。在闪电中，让我们和天空一起裂变吧。

闪电给大地带来的不过是一场雨。而给我带来的是生命被掰开的最真实的瞬间。

没有闪电，这个日子没有痕迹。

就会和无数的日子一样。

生命最怕无数的日子都是一样的。

但今天，幸亏有这道闪电。

盐碱地

　　盐碱地的洁白令人惊怕颤栗，盐碱地是土地又不是土地，盐碱地不生长庄稼不生长收获，盐碱地只生长红荆条、桑树、刺槐、芨芨草，盐碱地只生长坟头。在距离我们几百年的地方，盐碱地不认识人，只认识野兔子粪，只认识奇形怪状的鸟和奇形怪状的声音。在盐碱地上搭起的第一个草棚子里，居住着的是我们的祖宗，从此盐碱地上有了声音，有了色彩，有了故事。但盐碱地上的故事很忧伤，很悲壮，很古典。唯独缺少幽默，唯独缺少不幽默。

　　祖宗们死了，死成了躺着的形象，死成了一个很大很大的坟头。盐碱地上的坟头也是白色的，后来的人都是从那个很大坟头上长出来的，当他们死了的时候，他们便也得到一个坟头，但后来者的坟头越来越小。无数个坟头在盐碱地里拥挤着，野兔子在里面浪漫地撒野，浪漫地捉迷藏，浪漫地交配。多少年来，古老的风在盐碱地里吹动着，每一个坟头上都有吹不散的哭声。

　　盐碱地里的哭声是咸的，盐碱地里的笑声是咸的，盐碱地里的泪水是咸的，盐碱地里的记忆是咸的，盐碱地里的爱是咸的，盐碱地里的恨是咸的，盐碱地里的痛苦是咸的，盐碱地里的欢乐是咸的，盐碱地里的目光是咸的，盐碱地里的脚步是咸的，盐碱地里的日子是咸的，盐碱地里的等待是咸的，盐碱地里的苦熬是咸的，盐碱地里的粥是咸的，盐碱地里的干粮是咸的，盐碱地里的希望是咸的，盐碱地是咸的。

盐碱地里的哭声是白色的，盐碱地里的笑声是白色的，盐碱地里的泪水是白色的，盐碱地里的记忆是白色的，盐碱地里的爱是白色的，盐碱地里的恨是白色的，盐碱地里的痛苦是白色的，盐碱地里的欢乐是白色的，盐碱地里的目光是白色的，盐碱地里的脚步是白色的，盐碱地里的日子是白色的，盐碱地里的等待是白色的，盐碱地里的苦熬是白色的，盐碱地里的粥是白色的，盐碱地里的干粮是白色的，盐碱地里的希望是白色的，盐碱地是白色的。

盐碱地露着它白森森的牙。

每个坟头前都烧下那么多黑色的纸灰，以黑色提出对白色的抗议，提出对盐碱地的诅咒。红荆条很顽强，桑树很顽强，刺槐很顽强，芨芨草很顽强。盐碱地裸露无数迟钝的根，在白色的土地里歌唱的种子那是生命的昂扬和绝望。

盐碱地的洁白令人惊怕颤栗，盐碱地是土地又不是土地，盐碱地不生长庄稼不生长收获，盐碱地只生长红荆条、桑树、刺槐、芨芨草，盐碱地只生长坟头。

犄　角

一条健壮的牾牛，锋利的犄角向左，另一个犄角不向右，另一个犄角握在一个老人的手里。

握在手里的犄角是一只号角，是一把声音的匕首。

号角嘹亮，号角悠长，号角飘荡。

号角吹奏着大平原的寂静和不安。声音和风一起挂在树桠上、房草苫子上和木犁上，于是大平原上各个角落里都有声音和风，于是大平原上不复有角落。

号角。

锋利的号角。

号角声中，泥土颤栗，泥土深沉，泥土激动，泥土有一种不动声势的欲望。

每当号角声响起，庄稼地里的小伙子不敢对姑娘动手动脚，不敢放肆；男人不敢打老婆，不敢骂老婆，女人不敢撒泼，不敢撒野；光棍汉见了寡妇规规矩矩，寡妇见了光棍汉低声细气。

号角吹着，吹奏着老人的孤独和忧伤，吹奏着没有层次的岁月和时光，吹奏着迷途的小路和季节，吹奏着老人脸上的皱纹和坎坎坷坷的经历。号角吹奏给老牛，老牛是雄性的，它庞大的生殖器射向土地，射向辽阔的毫无褶皱的土地。

握在老人手中的牛角是一句箴言，另一句箴言还长在牛的头上。

一条健壮的牦牛，锋利的犄角向左，另一个犄角不向右，另一个犄角握在一个老人的手里。

木　犁

　　一架木犁不是故事，一架木犁加一头牛是一个故事的开头，完整的故事是一架木犁加一头牛加一个黑色的老头，加一片蓝色的天空，加一片今天黄色明天绿色的土地。再加上古老的风，加上一声声吆喝牛的声音，加上一曲六十岁的调子，加上沉静，加上恬淡，加上辽阔，加上慢节奏，加上无边无际，加上一轮太阳，太阳上找不到圆心，中午时太阳上加上温度。

　　但主角是木犁，木犁后面跟着一群五颜六色的孩子，然而他们与这个故事无关，他们有自己的故事。木犁的故事很多很多，木犁很亮很亮。数年前它曾经是土地上的希望，它曾经把无数只板镢击得惨败，它对土地很忠诚，它对庄稼汉子很忠诚，它对牛很忠诚，它对收获很忠诚。它犁翻土地，犁翻岁月，犁翻欢乐，犁翻忧伤，犁翻记忆，犁翻希望。它将所有土地的苦难和喜悦背负在自己身上，它自己却很瘦。

　　后来它老了，在无数的一代一代的庄稼汉子老过之后，和庄稼汉子一起老了。它从一种沉默变成另一种沉默。它的腰佝偻了，它长了皱纹，长了胡须，长了老人斑。但它仍然对土地很忠诚，仍然固执地按自己的意志走进土地并犁翻土地，它仍然构思着自己的故事。

　　终于木犁死了，它和一个古老的故事和一段古老的岁月一起死了。现在大平原上已经很难再找到一架木犁，所以我的故事在今天被认为是虚构出来的。

苦艾的月亮

　　古老的月亮，沉于浩瀚的天空，你是姥姥生命中的青铜。

　　月光下的土地是一种岁月，记载无数苍老的颜色，把姥姥苦难的生命照耀成月光下一株幽暗的树。

　　在一片土地上缅怀月亮，感情很质朴。在冥冥的眺望中，我看见姥姥的月亮很瘦，月光下遍是唱风的枯草。

　　在姥姥曾经站立的地方，土地总是很旷远，高大的树在很远的地方生长，姥姥总是孤独地沐浴古老的月光，并在月光中泥塑自己的形象。姥姥的眼睛很枯，姥姥眼中的月亮很瘦。后来姥姥把我的生命领进月光，然后唱很涩很哑的歌谣给月光。我在月亮上读很清冷的姥姥，我在姥姥身上读很苦的月光。

　　现在姥姥已经远去了，月光照着她萋萋的坟草。我总是把远去的姥姥想象成天空中的月亮，这样我就能在离乡的每个晚上读姥姥永恒的月光，并且我听见我生命的河流，在月光下汩汩流淌。

梅

　　到了雨天，她便坐在门槛里面，成为一个门框里的苍老女人。她一边静静地坐着，一边望痛哭的天空和横流的水涡，她眼中的两滴雨水一直没有落下。

　　那两滴雨水幽亮，成为两扇遥望岁月的窗。曾经在一个雨水很大的夜晚，一个男人的影子从她的生命里跑了，把她弃给一片残酷的土地，把她抛给一个不幸的命运。那年的雨水成灾，轰鸣的雷声淹没了她心中的悲声。那一年土地的收成真差。

　　她的生命中便有永恒的雨水在奔流，她总是看着黑色的云压在她那低矮的土屋上，萋萋的草在房檐上发抖，然后黑云泻一院子的雨水，那雨水总也退不下，在她又大又长又空旷的院子里流来流去，像她终生的不幸和痛苦。

　　她就是这样听着雨声，在她的院子里老了一生。

　　这个老女人就是我的姥姥，以前，我以为她没有名字，后来我才知道她有，她的名字叫梅，一个很真很美的土香土色的名字。她曾经通过母亲传递给我血液和秉性。

姥姥，不，让我换一种称呼：梅——梅——如果我能早生许多年，我一定会娶你，让你做一个穿红袄的新娘，我要让抬你的花轿，走九十九里路，翻九十九面坡，趟九十九条河，把你迎给很宽很高的新房，红双喜在窗纸上永远地烧，我要让一生没笑过的你，在烛光的红晕里笑，我还要让你在开满油菜花的地里劳动，让你在夕阳的余晖里等待温暖，让你一生没有风雨，让你一生不认识泪水，让你一生都有一个坚实的肩膀。

梅——我要娶你，我要用泪光望你。

平原上的黄昏

　　大平原上的黄昏，是一个陌生的来自异乡的匆匆急走着的路人，他在辽阔的田塍上奔走着，他要赶向一个遥远的童话。他的脸是淡紫色的，他的怀抱里是朦胧的灰色，他的肩膀和后背是深沉的黑色，他穿着一双有形状而用眼睛看不见的鞋子，他背着一个鼓起来的行囊，他的行囊里没有带灯，他在显示自己，而他又在掩盖别人。

　　此时，女人的羞涩被省略了，男人和卸了套的牛一样沉重，土地的呼吸渐渐滚动成听不见的雷声，盐碱地的丑陋被扼杀，此时世界上没有老人。

　　一只觅食归来的鸟，躲在想象的巢穴里，它在构思一张弹弓和一粒石子，它在构思一只在前和一只在后的手，它在构思一只睁着的眼睛和一只闭着的眼睛，它甚至构思石子和自己厮打的那一瞬间，以及构思一团火，一排牙齿的栅栏和一个孩子透明的胃。

　　年轻的男人和女人绕过构思走向一片炊烟，走向一盏明亮起来的灯，他们充满肉感和柔情的背影挡住了一扇夜的窗户；还有一个男人和从另外一个院子里走出来的女人绕过构思，走进了庄稼地深处。那只鸟突然要搬家。

大平原上的黄昏是一个陌生的来自异乡的匆匆急走的路人，他在辽阔的田塍上奔走着，他要赶向一个遥远的童话和一个神秘的传说，他的归宿是荒野里的茅屋，那茅屋里有一个老头，老头吸着一杆寂寞的、一明一灭的烟锅在那里等他。

随后大平原上没有了任何的走动。

大平原在歇息……

平原雪

雪，如一只只绵羊从天空中跑下来，天空在下沉，土地在上升并倾斜，岁月如水从摔碎的陶罐里洒出来。

雪如绵羊，牧羊人在哪里？

雪的气息如童话，如童话中的美人鱼，如童话中的白发魔鬼，如童话中的小女孩，如童话中的歪嘴阿婆，如童话中的童话。

是要雕塑什么，要掩饰什么，要昭示什么，要隐含什么；什么也不要雕塑，什么也不要掩饰，什么也不要昭示，什么也不要隐含，雪只是要展示自己的形象并改变大地的形象。但雪不知道你的形象要掩埋很多形象。

大平原很平坦，但雪比大平原还要平坦。雪很静，很内秀，很有气质，很有风度——我是说在没有风的时候，此时大平原被雪感染，它的形象如一片趴倒的羊群。会有一个老头从被雪掩埋掉的地平线上出现，他的身上是黑色的粗布棉袄，下面是一条黑色的粗布棉袄裤，他的脸膛也是黑色的，他在雪的怀抱里是一个污点，他是专门来和你进行黑白颜色对比的。但他的胡子和雪是一样的颜色，他身上的温暖和雪是一样的颜色，他如同地下的麦苗和土地一样被雪覆盖。他的肩头是粪叉子，他的粪叉子上挑着粪筐，他的粪筐里有粪。他在田野里寻找、寻找，他已经寻找了好多年，但坦白一点说他的形象有些令雪失望。在雪的幻想里应该是一个穿着夹克的乡村小伙子和一个包着鲜艳的红纱巾的姑娘，雪希望他们在冬日的凝望里出现响亮的一吻。雪为他们铺下最圣洁的路，为他们掩盖掉足迹，为他们保守着秘密。

这时的土地晶莹又透明。

但雪有时候也很调皮，甚至是捣蛋——我是说在有风的时候。此时鸟巢被压毁，茅屋被压低，树变瘦，炊烟结冰，天空倾斜，空气如玻璃，而它更加淫威，更加疯狂，漫天卷动。谁也劝不住它，此时大平原听到的是冰块龟裂的声音。但这时的土地更透明。

白色的大平原是某年某月某日某时辰的某一瞬。太阳永恒。

还有从那片雪地里走向了远方的一个孩子的记忆永恒。

泥　土

　　泥土，生长庄稼的泥土，你是没人采撷的金子，你亿万年沉默，没有声音。

　　农人们走近你，在你上面撒下种子，然后抬头看看天，便离开你，只是偶尔来转转看看，或者锄锄草，或者浇浇水，或者喷洒一点农药，倒很像是路过。其他的时间就住在他的房子里，只留下你经历寒夜和露珠，经历长风和骤雨。浩瀚的阳光和无边的黑暗亲切地分割着你，可是你没有声音，所有的声音都属于其他，但你又必须承受一切声音。

　　庄稼要成熟的时候，农人来的次数明显地多起来。等到庄稼完全成熟的时候，农人便带着各式各样的工具来，奋力地砍掉庄稼，将它们全部运回家中，什么也不给你留下。你就只好等待来年的种子，你对种子总是充满了渴望。后来雪就来了，大片地朝你扑来，但它们很快就融化了，因为它们不是种子。

　　泥土没有声音，但人类正是需要泥土的这种静。关于泥土的这种静，与泥土自身的无限有关；泥土越宽广，泥土的静也就越宽广。

平原上的葬礼

　　大平原上有葬礼的时候总是没有太阳，所有的泪水哭泣如雨，脸腮如池塘，嘴裂如风化之石；哭声如水声从高处涌向低处，涌成旋涡，乡村被搅动。这一天午时如节日，每个人都必须准备好泪水，准备好悲痛，准备好鼻涕，等司仪的喊声一响，所有的声音都要轰然而起。

　　模糊的泪水如花圈，哭声如花圈，葬仪场如花圈，最灿烂的是花圈，最鲜艳的是花圈，最美丽的是花圈，最丑陋最荒凉的也是花圈。

　　一根火柴爆炸，然后点燃成堆的火纸，火焰哭泣并舞蹈。死者的儿子如一尊跪着的哭泣的石雕，他的哭声是无数的哭声中最响亮最悲怆最出色的一个，他是节日的领唱。他的鼻涕和泪水混合在一起，冲向孝衣并污染孝衣。他的节奏如舞，表演着一个哭泣者的气度和风采。最后在司仪的喊声中一个精心选购来并贴上锡纸的瓦盆碎如眼泪。

　　这时的街道太窄。最后一个观望者站在人缝里。仍然有人在寻找人缝。平原上的葬礼总是让孩子感到一种温暖。

　　八个雕塑般的肩膀，四根碗口粗的木杠子和一个黑如洁白的棺材，向人们证明着死亡的辉煌和重量。

　　棺材越沉越好，沉得抬不动才好，不然死者的儿子就不够孝，死亡被抬在肩膀上，八个汉子用深沉而又昂扬的号子向人们昭示死亡的重量和尊严。

　　此时，哭声更紧。在棺材离开土地的一刹那，雨降下来，雨是天空的泪水。哭声再次席卷了这个村庄，涌向土地。似乎还听到了土地呻吟的声音。

　　此时灵幡招展，魂烟四起，一支乱糟糟的队伍向着墓地行进。

　　土地开启又重合。

　　一个人进入了土地巨大的胃。泥土最深的地方。

平原上的荒火

　　点燃大平原上荒火的是孩子们，孩子们的脸笑成一朵火焰。

　　是被爹娘唤做十二属相的，唤做二孬，唤做巴子头，唤做阿拉伯数字的孩子，是圆形脸、方形脸、梯形脸、猫形脸、猴形脸的孩子，是攀树爬墙、钻猪圈的孩子，是有父亲没有母亲而有后娘的孩子，是有母亲没有父亲但有干爹的孩子，是男人和女人在野地里偷情生下的孩子，是结巴孩子，是哑巴孩子，是小眼睛孩子。

　　是一个六指孩子也可以，完全可以。

　　点燃。点燃荒火，点燃寒冷，点燃一个过时的季节；

　　点燃稚嫩的雄性，点燃大地，点燃土地以下所有的秘密；

　　点燃。点燃记忆，点燃已经消失的哭声，点燃倒地的影子，点燃胎毛未褪的肌肉，点燃眼睛，点燃自己；

　　点燃枯树。点燃的枯树如同一棵正在疯长的树，点燃圆锥形的坟头，点燃骨头的头发；

　　点燃枯井，点燃枯河，点燃枯朽的一切，点燃复苏。

　　当他们在野性的促使下，点燃了一个原野里的草屋时，一个拾粪的老头从里面跑出来，仰天破口大骂，骂祖宗、骂爹娘、骂方圆一百里之内的亲戚。骂声追逐着四散的孩子们。

　　于是孩子们一个个回家都挨揍，挨揍之后他们便点燃自己的屁股和父亲们的巴掌。

　　点燃，点燃土地，点燃大平原，点燃一切。

　　点燃，点燃大平原上荒火的是孩子们，孩子们的脸笑成一朵火焰。

　　荒火如兽。

© 陈原 2016

图书在版编目（CIP）数据

我在此生此世界 / 陈原著. -- 沈阳：万卷出版公
司，2016.9
ISBN 978-7-5470-4274-8

Ⅰ. ①我… Ⅱ. ①陈… Ⅲ. ①散文集—中国—当代
Ⅳ. ①I267

中国版本图书馆 CIP 数据核字 (2016) 第 197165 号

出 品 人：刘一秀
出版发行：北方联合出版传媒（集团）股份有限公司
　　　　　万卷出版公司
　　　　　（地址：沈阳市和平区十一纬路 25 号　邮编：110003）
印 刷 者：北京鹏润伟业印刷有限公司
经 销 者：全国新华书店

幅面尺寸：145mm×210mm　　　装　帧：平　装
印　　张：11.25　　　　　　　　字　数：250 千字
出版时间：2016 年 9 月第 1 版　印刷时间：2016 年 9 月第 1 次印刷
责任编辑：王亦言　　　　　　　责任校对：李志宇
装帧设计：张　莹
ISBN 978-7-5470-4274-8
定　　价：34.00 元

联系电话：024-23284090　　邮购热线：024-23284050
传　　真：024-23284521　　E - m a i l：book_light@sina.com
腾讯微博：http：//t.qq.com/wjcbgs　　网　址：http：//www.chinavpc.com

常年法律顾问：李福　版权所有　侵权必究　举报电话：024-23284090
如有质量问题，请与印务部联系。联系电话：024-23284452